Jürgen Seibold

Zwei Likes für Lena

Roman

Silberburg-Verlag

Silberburg-Verlag

Jürgen Seibold, 1960 geboren und mit Frau und Kindern im Rems-Murr-Kreis zu Hause, ist gelernter Journalist und arbeitet als freier Autor. Wenn er mal Zeit dafür findet, macht er auch Musik. Beim Silberburg-Verlag hat er bisher Kriminal- und Unterhaltungsromane, einen historischen Roman, einen Stadt- sowie einen Ausflugsführer veröffentlicht. Diese finden Sie unter: www.silberburg.de

1. Auflage 2017

Umschlaggestaltung: Christoph Wöhler, Tübingen.
Coverfoto: ©Oinegue.
Lektorat: Michael Raffel, Tübingen.
Druck: Gulde-Druck, Tübingen.
Printed in Germany.

ISBN 978-3-8425-2025-7

Ein schwieriger Fall

Die Straße lag still, ganz still an diesem Freitag. Weiter vorne, wo der Neugebauerweg von der Durchgangsstraße abging, fuhren ab und zu Autos oder Traktoren vorbei. Vor der Handvoll Häuser, die sich entlang des Sträßchens reihte, herrschte nur frühmorgens etwas Betrieb, wenn die Bewohner zur Arbeit und zur Schule fuhren, und dann wieder mittags und am frühen Abend.

Doch am Ende des Neugebauerwegs war es still, fast den ganzen Tag über.

Gelegentlich kam ein Paketbote herangebraust, einmal die Woche der schneeweiße Kombi der Putzfirma und, ab und zu, auch einmal der Transporter eines kleinen Handwerkerbetriebs. Die ankommenden Fahrzeuge steuerten auf die hohe Hecke zu, die das riesige Grundstück am Ende des Neugebauerwegs einrahmte. Dort warteten sie, bis das Metalltor gemächlich zur Seite glitt und den Weg in den kleinen Vorhof freigab. Dann fuhren sie in den Hof, die Fahrer luden ab oder erledigten ihre Arbeit – und die meisten waren froh, wenn sie fertig und wieder draußen waren und das Anwesen im Rückspiegel wieder kleiner werden sahen.

Alle waren sie penibel gebrieft von der Agentur, die Termine für den Hausherrn verabredete und für ihn Waren und Dienstleistungen bestellte. Niemand bekam jemals den Bewohner des Anwesens zu Gesicht, und in der Regel waren die Lieferanten und Handwerker auch heilfroh darüber – so geheimnisvoll raunte ihnen die Agentur die Regeln zu, die sie zu befolgen hatten. Manchmal aber hielten Handwerker das geheimnisvolle Getue auch für aufgesetzt und unnötig, und an solchen Tagen wurde es hinter dem Metalltor etwas lauter.

Heute war so ein Tag.

Es war mild für Ende März, angenehm warm überall dort, wohin die Sonnenstrahlen reichten. Vielleicht machte das die beiden Flaschner etwas leichtsinnig, vielleicht hatte sie das herrliche Frühlingswetter beschwingt, vielleicht auch die Aussicht auf das nahe Wochenende. Jedenfalls wandte sich der ältere der beiden Männer nach dem Aussteigen im Innenhof nicht zu der schmalen Seitentür, durch die sie das Haus betreten sollten, sondern er marschierte schnurstracks auf die Haustür zu und drückte den großen, goldglänzenden Klingelknopf aus poliertem Messing.

Ein schwerer Glockenschlag ertönte, pflanzte sich durchs Haus fort und hallte bald aus mehreren Richtungen wider, gedämpft durch die Fenster des Gebäudes, die ausnahmslos geschlossen waren. Danach war es wieder still. Dem jüngeren Handwerker war es, als wäre es nun noch stiller als zuvor: Kein Vogel zwitscherte, nirgendwo im Haus regte sich etwas, und sogar der Wind schien vorsichtiger durch die Äste der hohen Hecke zu wehen. Als der Ältere erneut den Klingelknopf drückte und der Glockenschlag die Stille ein zweites Mal zerriss, begann der Jüngere zu frösteln und sah sich nach allen Seiten um. Aber da war niemand. Niemand, der sie einließ. Niemand, der sie begrüßte. Niemand, der sie dafür maßregelte, dass sie sich nicht nach den detaillierten Anweisungen der Agentur gerichtet hatten.

»Siehst du?«, rief der Ältere und lachte. »Keiner da. Warum sollten wir uns also an diese blödsinnigen Regeln halten, die eh keinen interessieren? Ich meine, wir richten diesem Typen das Bad her, dichten ihm den tropfenden Abfluss ab – da wird er uns ja wohl zur Vordertür reinlassen können, der feine Herr, was?«

Der Jüngere hatte hinter sich ein metallisches Geräusch gehört und fuhr herum.

»Is was?«, fragte der Ältere.

»Da hat's gerade geklickt. Als wäre das Tor verriegelt worden, aber …« Er streckte sich und beugte sich nach links und nach rechts im erfolglosen Bemühen, durch eine Lücke im Tor nach draußen spähen zu können – doch da war keine Lücke. »Aber da ist keiner, glaube ich«, beendete er schließlich seinen Satz.

Nun klickte es an der Haustür, und der Ältere fuhr herum und beobachtete gespannt, ob sie nun endlich aufschwingen würde. Sie blieb zu, und es klickte ein zweites Mal im Schloss. Das nächste Klicken kam von der Seitentür her, aber anders als zuvor schwang diese nun auf, ganz langsam, bis sie völlig geöffnet war. Der ältere Handwerker ging langsam auf die Seitentür zu, der jüngere blieb lieber, wo er war, lugte aber angestrengt zu dem Raum, den sie nun sehen konnten. Das Innere lag in dämmrigem Licht, wie es selbst ein sonniger Märztag nicht heller hinbekommt, wenn dicke Vorhänge vor den Fenstern zugezogen werden.

Dann hörten sie es.

Das Knurren begann leise, steigerte sich aber schnell zu einem sehr bedrohlichen Geräusch. Das war kein Pudel, so viel stand fest. Und es handelte sich auch nicht um einen einzelnen Hund, sondern mindestens drei oder vier recht blutrünstig klingende Tiere knurrten sich in dem Raum hinter der Seitentür in einen wahren Wutrausch. Das Knurren kam näher, und als sich plötzlich auch von der Haustür, vom Metalltor und von verschiedenen Stellen der Hecke Wachhunde hören ließen, alle so aggressiv knurrend, dass man vor dem geistigen Auge schon die gebleckten Zähne und die zitternden Lefzen zu sehen glaubte, wurde es dem älteren Flaschner doch etwas mulmig. Schritt für Schritt wich er vom Haus zurück, stieß sich im Rückwärtsgehen den Hintern am Kotflügel seines Transporters und tappte weiter in Richtung Ausgang.

Er zerrte an dem Metalltor, durch das sie eingefahren waren, aber dieses rührte sich keinen Millimeter. Der Jüngere hatte längst weiche Knie und sah sich verzweifelt um, wie er sich vor den nahenden Hunden in Sicherheit bringen konnte. In seiner Panik dachte er nicht an den Transporter. Da fiel ihm eine Leiter auf, die er bisher nicht bemerkt hatte. Sie stand an der Hecke, war zur Hälfte zwischen dichten Zweigen verborgen und sah etwas klapprig aus. Er schätzte kurz die Höhe des Metalltores ab – die Leiter musste lang genug sein, um das Tor mit ihrer Hilfe zu überwinden. Der Ältere sah seinen Kollegen mit der Leiter herankommen, und er begriff sofort, was der vorhatte. Er half ihm, das klapprige Gestell an das Tor zu lehnen, dann drängte er den anderen beiseite und kletterte selbst die Holztritte nach oben.

Für sein Alter und seine etwas kräftige Statur war der Handwerker überraschend behände. Schnell hatte er die ersten Stufen erklommen, und fast konnte er schon mit den Händen den oberen Rand des Metalltors greifen, da knarrte es kurz unter seinem Sicherheitsschuh, dann war ein Brechen und Bersten zu hören. Die Sprosse, auf die er seine Füße zuletzt gesetzt hatte, brach, und schon im nächsten Moment krachte er durch die nächsten Sprossen, die seinem Gewicht nicht einmal Sekundenbruchteile lang standhielten, und in rasender Fahrt sauste der mittlerweile schreiende Flaschner abwärts. Sein Schrei endete jäh und zur selben Zeit wie sein Sturz. Der Mann landete kurz nacheinander heftig auf seinen Füßen, seinem Hintern und den Ellbogen, und sein Schreien ging nahtlos in ein Stöhnen und Wimmern über. Als direkt danach auch die demolierte Leiter zu wackeln begann und auf den Liegenden zu stürzen drohte, konnte der jüngere Handwerker ihr gerade noch einen Schubs geben, damit sie scheppernd und vollends zerbrechend einen Meter neben seinem leidenden Kollegen auf den Boden knallte.

Nun kam Bewegung in das Metalltor. Langsam fuhr es zur Seite, und der Jüngere beeilte sich, seinem Kollegen aufzuhelfen und ihn unter Schmerzen auf den Beifahrersitz des Transporters zu hieven. Einen Augenblick lang war es ihm, als hätte er irgendwo einen Mann schallend lachen hören, aber dann übertönte das Stöhnen des anderen wieder alles. Er eilte zur Fahrerseite, schlüpfte hinter das Steuer, startete das Fahrzeug und raste aus dem Innenhof, sobald das Tor eine hinreichend große Lücke gelassen hatte. Ein hässliches Knirschen machte deutlich, dass die Lücke wohl noch nicht groß genug gewesen war, aber ein abgerissener Außenspiegel schien dem Jüngeren im Moment das kleinste Problem. Und als ihm in der nächsten Kurve einfiel, dass sie eine vollgepackte Werkzeugkiste auf dem Anwesen dieses Verrückten hatten stehen lassen, dachte er zwar einen Moment lang daran, noch einmal umzukehren – aber das Ächzen seines Kollegen neben ihm und die Erinnerung an die Killerhunde, denen sie eben so knapp entkommen waren, verscheuchte den Gedanken sofort wieder.

⁂

»Natürlich nicht«, versicherte Rania Mohlfeidt ihrem Kunden, der sie direkt über die persönliche Durchwahl erreicht hatte, und sie versuchte, in ihrem Tonfall die bewährte Mischung aus Beflissenheit und Souveränität anzuschlagen. »Diese Männer werden Sie garantiert nie wieder belästigen. Und ich kann mich auch nur für die beiden entschuldigen.«

Ihre Chefin Violetta Weck stand hinter ihr, und sie wirkte nervös wie selten. Rania machte mit der freien rechten Hand eine beruhigende Geste, aber die Besitzerin der Agentur Wish & Weck kaute weiterhin auf ihrer Unterlippe.

»Ich weiß auch nicht, was in die beiden gefahren ist«, setzte Rania unterdessen das Telefonat fort. »Wir haben sie eindringlich gebrieft, aber … ja …«

Immer wieder unterbrach sie sich, und manchmal war in ihr Schweigen hinein eine streng wirkende Männerstimme zu hören, die laut genug sprach, dass sie nicht nur direkt am Telefonhörer zu vernehmen war.

»Selbstverständlich schicke ich sofort neue Handwerker los«, sagte Rania. »Und diesmal müssen Sie mit keinen Unannehmlichkeiten rechnen, das verspreche ich Ihnen.«

Sie hörte kurz zu, dann nickte sie.

»Ja, natürlich, die Firma ist von der Liste gestrichen. Wir waren bisher immer sehr zufrieden mit ihr, aber wenn sie sich nicht … Ja, selbstverständlich, ich … Natürlich, ganz, wie Sie meinen.«

Wieder entstand eine Pause, und dann zögerte Rania ein wenig, bevor sie weitersprach.

»Es ist mir etwas unangenehm, Herr Haber, aber die Handwerker haben mich noch gebeten, Sie etwas zu fragen.«

Das barsche »Was wollen die denn noch?!« konnte selbst Violetta Weck gut hören, und sie zuckte ein wenig zusammen.

»Tut mir ja leid, aber … Die beiden meinten, sie hätten in der Eile ihre Werkzeugkiste bei Ihnen im Hof stehen lassen. Es wäre doch sicher möglich, dass die anderen Handwerker die Kiste mitnehmen, wenn sie Ihr Bad in Ordnung gebracht haben, oder?«

Die nächste Antwort war leise und für die Chefin nicht zu verstehen, aber Rania hob irritiert die Augenbrauen.

»Ach, da steht gar keine Werkzeugkiste? Seltsam … Na egal, da werden diese beiden Deppen ihren Kram wohl anderswo verloren haben.«

Rania lachte gekünstelt, dann verstummte sie und setzte zu einer Frage an, die ihr offenbar noch unter den Nägeln brannte.

»Herr Haber … eins noch … äh … diese Männer haben erzählt, dass sie von Hunden bedroht worden seien, und ich frage mich, seit wann Sie Hunde …«

Sie hörte zu, und ihr hübsches Gesicht wurde zu einem einzigen Fragezeichen.

»Aha … hm … Gut, danke, Herr Haber, und entschuldigen Sie bitte noch einmal die Unannehmlichkeiten. Ihnen einen schönen Tag, bis bald.«

Damit legte sie auf und sah ihre Chefin nachdenklich an.

»Was hat er gesagt?«, fragte Violetta Weck. »Ist er sehr sauer?«

»Ach, es geht, glaube ich. Er war schon mal ungehaltener. Ich glaube, allzu sehr hat ihn der Zwischenfall gar nicht geärgert. Mir kam sein strenger Tonfall ein bisschen aufgesetzt vor. Nur das mit den Hunden …«

»Ja?«

»Ich hab ihn doch gerade nach den Tieren gefragt …«

»Ja, und?«

»Er hat nur kurz gelacht und mit einer Gegenfrage geantwortet: ›Welche Hunde?‹.«

⁂

Im Neugebauerweg wurde es zur Mittagszeit nur für kurze Zeit etwas lebhafter. Doch kaum hatten die Schulkinder ihre Räder abgestellt und waren schwatzend in ihren Elternhäusern verschwunden, legte sich auch schon wieder schläfrige Ruhe über die kleine Straße.

Jonathan Haber bekam davon nichts mit. Nach dem Streich, den er den unbotmäßigen Handwerkern gespielt hatte, ließ er die Aufnahmen mit den knurrenden Kampfhunden noch einmal ablaufen, amüsierte sich prächtig über die Videos seiner Überwachungskameras und schaltete schließlich die Lautsprecher wieder ab. Er schloss die Seitentür und entriegelte Haustür und Metalltor, dann machte er sich ein Rühreibrot und aß es mit großem Appetit, während er den Blick durch das große Fenster der gemütlichen Wohnküche über seinen Garten schweifen ließ.

Wenig später informierte ihn ein sonores Summen, dass neue Handwerker im Anmarsch waren. Das Metalltor schob sich beiseite, der Transporter fuhr auf den Innenhof, und als Jonathan sah, dass sich diese beiden Flaschner an die Weisungen der Agentur hielten, drückte er einige Knöpfe, die den Männern den Weg ins Badezimmer freigaben – und zog sich in die Bibliothek zurück.

Als gegen halb vier der Paketbote kam und mehrere Kartons im Raum hinter der Seitentür ablud, waren die Flaschner längst mit ihrer Arbeit fertig und hatten das Gelände wieder verlassen. Jonathan war in seinem Lieblingssessel eingeschlafen, und der summende Alarmton der Überwachungsanlage weckte ihn erst auf, als der Lieferwagen des Boten schon wieder aus dem Innenhof rollte. Neben Jonathan hatte sich ein kleiner Monitor eingeschaltet, und die unterschiedlich großen Pakete waren gut zu erkennen. Er zählte kurz durch, dann wuchtete er sich mit einem Lächeln aus dem Sessel. Offenbar waren alle Geschenke, die er für sich hatte bestellen lassen, pünktlich eingetroffen.

Die nächste halbe Stunde verbrachte er damit, die Kartons gemächlich in die Bibliothek zu tragen. Mindestens bis Mitternacht mussten die Geschenke noch auf ihn warten. Sie jetzt schon, vor dem Beginn seines Geburtstags, aufzupacken, kam nicht infrage – auch wenn er natürlich wusste, was in den Paketen steckte.

Er spielte einige Akkorde auf der Gitarre, zündete sich danach in der Bibliothek eine Zigarre an, und schließlich machte er sich auf den Weg ins Bad, um ausgiebig zu duschen.

⁂

Auch Lena Rohland duschte, allerdings in einiger Eile und nicht im geräumigen Bad einer Villa, sondern in der engen Duschkabine einer viel zu kleinen und viel zu teuren Wohnung. Vierter Stock, kein Aufzug, aber dafür freie

Sicht auf eine vierspurige Durchgangsstraße – schon seit Monaten ertrug sie das nur noch, weil sie zusammen mit ihrem Freund regelmäßig Immobilienangebote sichtete.

Bisher war das Richtige noch nicht dabei gewesen, vor allem ihr Freund Ralf gab sich sehr wählerisch. Mal war die Lage nicht verkehrsgünstig genug, dann wieder fehlte Platz für ein Arbeitszimmer oder im Keller war kein Raum für Ralfs Modelleisenbahn frei, die Garage war zu niedrig, der Garten zu klein oder das Haus war nicht weit genug von einer vielbefahrenen Bahnlinie entfernt.

Zumindest am Geld würde es nicht scheitern. Lena verdiente im Seniorenheim zwar nicht besonders viel, aber Ralf brachte als Bereichsleiter eines Versicherungskonzerns genug für sie beide nach Hause. Deshalb träumte Lena in den Nachtschichten auch von eigenen Kindern und davon, dass sie für den Nachwuchs ein paar Jahre lang im Beruf aussetzen würde. Als Altenpflegerin würde sie auch nach einer längeren Pause problemlos wieder eine Stelle finden.

Der Gedanke an eigene Kinder hatte Lena schon unter der Dusche auf die Idee gebracht, Ralf mit einem Besuch im Büro zu überraschen. Ihre heutige Nachtschicht begann um sechs, er war zuletzt immer recht lang im Büro geblieben – und wenn seine Kollegen wie an vielen Freitagen üblich schon im Lauf des frühen Nachmittags ins Wochenende gingen, konnte es auf der Couch in Ralfs Besprechungsecke recht gemütlich werden. Also trug sie etwas mehr Make-up auf als sonst vor dem Weg zur Arbeit, sie holte ein etwas kürzeres Kleid aus dem Schrank und legte darunter ihre verführerischste Wäsche an. Ein letzter prüfender Blick in den Spiegel, und schon war sie auf dem Weg in die Stadt.

Der Feierabendverkehr war fürchterlich wie immer, aber irgendwann hatte sie sich mit ihrem knallroten Zweisitzer einmal quer durch die Innenstadt gequält und stellte den Wagen auf dem Besucherparkplatz der Versicherung ab. Nur wenige Fahrzeuge waren hier um diese Zeit noch zu sehen, und auch auf dem hinteren Teil des Firmengeländes schien kaum mehr ein Wagen zu stehen. Sie hatte offenbar Glück, und die Aussicht auf eine knappe Stunde allein mit Ralf hob ihre Stimmung noch weiter.

Hinter der Glasscheibe des Empfangszimmers saß der alte Kröger, begrüßte sie mit einem lässigen Tippen gegen den Schirm seiner altmodischen Mütze und winkte sie ohne große Umstände durch. Mit federnden Schritten eilte sie die Treppe hinauf. Niemand begegnete ihr, und auch hinter den teilweise offenstehenden Türen der Büros, an denen sie vorbeikam, konnte sie niemanden mehr an den Schreibtischen sehen. Die letzte Treppe zu Ralfs Etage nahm sie mit schnellen Schritten, und auf dem Weg zu seiner Bürotür im zweiten Stock übte sie lächelnd einen besonders ausladenden Hüftschwung. Dann blieb sie vor der Bürotür stehen, sammelte sich, rückte den BH noch ein wenig zurecht und prüfte den Sitz ihres Kleides. Sie drückte ganz langsam die Tür auf, lugte voller Vorfreude durch den größer werdenden Spalt und wollte schon rufen: »Hallo, Schatz, Überraschung!«

Sie ließ es bleiben. Die Überraschung war gelungen, aber anders als gedacht.

Ralf Humperdinck saß nicht an seinem Schreibtisch über Akten und hob den Kopf, um ihr freudig überrascht entgegenzusehen. Der Stuhl war nicht besetzt, nur über der Lehne hing das Jackett. Auf dem Weg vom Tisch zur Besprechungsecke lagen Hemd, Schuhe und Hose auf dem Boden. Ihr Freund selbst kniete auf der Sitzfläche der Couch zwischen zwei angewinkelten Frauenbeinen, die am unteren Ende noch in hochhackigen Schuhen steckten und am oberen Ende in den dicklichen Körper von Ralfs Sekretärin Irene mündeten.

Lena erstarrte einen Moment, dann machte sie ein paar Schritte zu dem Paar hin, das offenbar zu beschäftigt war, um sie zu bemerken. Wie in Trance beobachtete sie die beiden. Ralfs Slip hing in den Kniekehlen, die schwarzen Wollsocken waren ihm etwas verrutscht, doch ihr Blick blieb an dem großen Leberfleck auf seiner linken Pobacke haften, der sich ruckartig hin und her bewegte. Schließlich verschwamm das Bild vor ihren Augen, und dann wurde es schwarz um sie.

⁂

Der altmodische Klingelton hallte durchs Haus, und er kam aus einem ebenso altmodischen Telefon mit Wählscheibe, Gabel und geringeltem Kabel. Jonathan Haber schlurfte in den Flur und hob ab.

»Ja?«

»Rania hier, hallo, Herr Haber. Ich wollte nur noch einmal nachfragen, ob diesmal alles geklappt hat mit den Handwerkern.«

Die Stimme der Frau klang jung und weich. Jonathan schloss für einen Moment die Augen und versuchte, sich seine Betreuerin in der Agentur vorzustellen. Hübsch würde sie sein, schlank und modern gekleidet. Eine dieser hippen Brillen würde sie tragen, die Haare vermutlich eher kurz und praktisch geschnitten. Ihr Kleidungsstil … vielleicht ein gut sitzendes Businesskostüm?

»Herr Haber? Sind Sie noch dran?«

»Aber sicher, Rania«, antwortete er und musste lächeln, als er die Verwirrung in ihrer angenehmen Stimme hörte. »Und ja: Mit den neuen Handwerkern hat alles prima geklappt. Danke, Rania, dass Sie sich so schnell darum gekümmert haben.«

»Sehr gern, Herr Haber, und ich möchte mich auch noch einmal ausdrücklich dafür entschuldigen, dass –«

»Das müssen Sie nicht, Rania, alles gut. Die beiden Deppen vom ersten Mal werden Sie mir ja nicht mehr schicken, oder?«

»Nein, natürlich nicht. Wie schon vorhin gesagt: Diese Firma haben wir von unserer Liste gestrichen. Die bekommen keinen Auftrag mehr von uns, keine Sorge.«

»Gut.«

»Und Sie sind nicht mehr verstimmt, Herr Haber?«

»Na ja, Rania …« Er räusperte sich und grinste. »Um ehrlich zu sein: Richtig verstimmt war ich ohnehin nicht. Ich habe den beiden eine Lektion erteilt, damit war die Sache für mich eigentlich auch erledigt. Und wenn Sie mir diese Firma künftig nicht mehr herschicken, müssen wir darüber auch nicht weiter reden. Okay? Und das sagen Sie so bitte auch Ihrer Chefin, ja?«

»Ja, okay, sehr gern.«

Rania klang sehr erleichtert, und Jonathan Haber war froh, dass er ihr damit vermutlich den Feierabend gerettet hatte. Ihre Chefin Violetta Weck konnte sehr unleidig werden, wenn einer ihrer wichtigsten Kunden nicht vollständig zufriedengestellt wurde. Das hatte Rania ihm einmal am Telefon erzählt, und er erinnerte sich gern an dieses Gespräch, das länger und vertrauter als die vorangegangenen gewesen war. Und auch wenn die junge Frau meistens eine gewisse Distanz zu ihm wahrte: Ab und zu kamen sie auf Ranias Privatleben zu sprechen, auf ihre Familie und die gelegentlichen Schwierigkeiten, trotz eines anstrengenden und zeitaufwändigen Berufs noch genügend Freizeit für sich zu haben. Obwohl er sonst kein Interesse an anderen Menschen hatte, hörte er sich Ranias Geschichten gern an. Er mochte die junge Frau – sie war ein angenehmer Kontakt zur Agentur und machte auf ihn den Eindruck eines verlässlichen, sympathischen und aufrichtigen Menschen. Er hatte vor der Zeit seiner selbst gewählten Einsamkeit nicht allzu viele Leute mit diesen Eigenschaften kennengelernt. Deshalb achtete er auch darauf, dass kein Tag zu Ende ging, ohne dass er Rania versichert hatte, dass alles in Ordnung und er sehr zufrieden mit Wish & Weck war.

»Kann ich sonst noch etwas für Sie tun, Herr Haber?«

»Nur eins noch, aber dann machen Sie bitte Schluss für heute. Oder müssen Sie heute noch einen anderen Kunden betreuen?«

»Nein, natürlich nicht, Herr Haber, wo denken Sie hin?«

»Alles gut, Rania, und das geht mich ja auch gar nichts an. Ich wollte nur wissen, ob Sie jetzt dann gleich Feierabend machen können.«

»Ja, kann ich – und werde ich. Aber erst, nachdem ich mich um das gekümmert habe, was Sie noch wünschen. Sie sagten gerade ›nur eins noch‹ – und das wäre?«

»Ich hätte gern für dreiviertel zwölf heute Abend ein Essen bestellt. Irgendetwas Italienisches, für eine Person, suchen Sie mir bitte etwas Schönes raus, ja?«

»Mach ich. Sie wollen reinfeiern, Herr Haber?«

»Ja, ganz gemütlich, wie immer.«

»Dafür wünsche ich Ihnen jetzt ganz viel Spaß, und alles Gute schon mal zum Geburtstag!«

»Aber bringt das nicht Unglück, Rania? Ich meine: wenn man vorher zum Geburtstag gratuliert?«

Rania erschrak.

»Oh Gott, stimmt ja! Entschuldigen Sie bitte, Herr Haber, das wollte ich nicht, tut mir leid, ich –«

Das Lachen am anderen Ende der Leitung ließ sie verstummen.

»Jetzt hören Sie endlich auf, sich ständig zu entschuldigen!«, brachte Jonathan Haber schließlich hervor und wurde wieder ernst. »Sie sind mir eine große Hilfe, und ich bin sehr froh darüber. Sie nehmen mir lästige Wege ab, beauftragen Handwerker für mich, kümmern sich um alles Mögliche für mich – und jetzt darf ich mich auch noch auf ein wunderbares Abendessen freuen, das Sie für mich bestellen!«

Er klang beinahe euphorisch, und Rania hatte den Verdacht, dass er vielleicht schon ein bisschen angetrunken war.

»Also: Sie werden von mir keinen Tadel hören, sondern nur ein herzliches Dankeschön. Und auch das können Sie gern Ihrer Chefin ausrichten – ich bin nämlich sehr zufrieden mit Ihnen, Rania.«

»Danke, Herr Haber.«

Dann legte er auf, und Rania begann ihren Schreibtisch aufzuräumen und sich auf den Heimweg zu machen. Das Telefonat mit dem Chef von Habers liebstem Ristorante war das letzte, das sie an diesem Abend führte, bevor sie das Büro verließ.

Violetta Weck hatte das Gespräch heimlich mitangehört und schließlich sehr nachdenklich aufgelegt. Sie winkte Rania zum Abschied zu, als die durch den Flur zum Ausgang eilte, lehnte sich in ihrem Bürosessel zurück und massierte sich die Schläfen.

*

Das Hupen schreckte Lena nur kurz auf. Sie entschuldigte sich mit einer fahrigen Geste bei dem Autofahrer, dem sie eben die Vorfahrt genommen hatte, dann fuhr sie auch schon weiter und hatte alle Mühe, nicht womöglich doch noch einen Unfall zu bauen. Ruppig kam ihr Kleinwagen auf dem Mitarbeiterparkplatz hinter dem Seniorenheim zum Stehen, und als sie für einen Moment die Augen schloss, hatte sie sofort wieder die Bilder aus dem Büro vor sich.

Ralf und Irene keuchend auf der Couch. Wenig später die beiden, wie sie sich mit besorgten Blicken über Lena beugen. Irene, die ihr ein Glas Wasser holt und die nach Ralfs Rasierwasser riecht, als sie Lena aufhilft. Ralf, der verlegen in seine Hose steigt und das Hemd in den Bund stopft. Irene, deren lahme Rechtfertigungsversuche sie mit einem strengen Blick stoppen kann. Ralf, der auch danach noch etwas von »Es ist nicht so, wie es aussieht …« und »Das hat doch mit uns beiden nichts zu tun!« stammelt – bis sie ihn mit ihrer Handtasche zum Schweigen bringt.

Sie hatte ihm das Teil mit einem kräftigen Schwinger gegen den Kopf geknallt, aber erst, als er wie vom Blitz gefällt zu Boden stürzte, war ihr wieder eingefallen, dass in der Tasche auch das Geschenk für ihre beste Freundin Lissy verwahrt war, das sie ihr heute Abend während der gemeinsamen Schicht im Seniorenheim zum Geburtstag schenken wollte: ein klobiger, gläserner Briefbeschwerer, den sie auf dem Flohmarkt erstanden hatte. Von da an galt Irenes Sorge nur noch ihrem Chef und Liebhaber, und Lena sah zu, dass sie so schnell wie möglich aus dem Gebäude kam.

Nun saß sie am Steuer ihres Wagens und kämpfte mit den Tränen. Ein paar Minuten lang verlor sie, dann tupfte sie die Augen trocken, schnäuzte sich, atmete ein paar Mal tief durch und machte sich auf den Weg ins Seniorenheim. Elisabeth »Lissy« Derendinger besprach gerade mit der Leiterin der Tagesschicht die Details, die für die Übergabe wichtig waren. Und als sie Lena hereinschlurfen sah, die Augen gerötet und die Wimperntusche verschmiert, gab sie ihr mit einem knappen Handzeichen zu verstehen, dass sie die Übergabe allein schaffe und Lena sich lieber in der Toilette auf Vordermann bringen solle.

Fünf Minuten später war Lena wieder so weit auf dem Damm, dass sie ihre Arbeit ohne größere Probleme würde bewältigen können. Lissy erwartete sie schon auf dem Flur.

»Na? Probleme?«

»Ralf ist ein Blödmann.«

»Ich weiß. Und warum hast du's jetzt endlich auch begriffen?«

Lissy legte einen Zeigefinger unter Lenas Kinn und hob ihren Kopf ein wenig an.

»Lass mich raten: Du warst bei ihm im Büro und hast ihn mit der Sekretärin erwischt.«

Sie lachte in der Hoffnung, ihre Freundin mit einer so absurden Vermutung aufzuheitern. Aber Lena lachte nicht mit, sondern schniefte.

»Oh, Mist!«, fügte Lissy zerknirscht hinzu. »Ich wollte eigentlich gar nicht richtig raten. Aber diese Sekretärin … ich meine, das ist doch diese Irene, oder?«

Lena nickte.

»Und warum steigt der mit dieser Walküre ins Bett, wenn er dich haben kann?«

Lena zuckte mit den Schultern.

»Mach dir nichts draus. Du hast ja selbst gesagt: Ralf ist ein Blödmann.«

Ein kurzes, böses Grinsen huschte über Lenas Gesicht.

»Ja, ist er. Und vorhin war er außerdem ein bewusstloser Blödmann.«

»Echt? Hast du ihm eine geballert? Erzähl!«

»Ich hab ihm die Handtasche an den Kopf geknallt.«

Lena griff in die Tasche, die sie noch bei sich trug, und zog Lissys Geschenk hervor.

»Und das war da drin – mein Geschenk an dich. Alles Gute zum Geburtstag!«

Lissy nahm den Briefbeschwerer entgegen und wog ihn in der Hand. Sie nickte anerkennend.

»Okay, das hat er verdient, würde ich sagen. Und mich beschenkst du damit gleich doppelt: Meine Briefbeschwerer-Sammlung wächst – und weil das Ding deinen Ex außer Gefecht gesetzt hat, ist es sozusagen auch noch eine Trophäe.«

Lena war wieder ernst geworden.

»Er ist doch jetzt dein Ex, oder?«, fragte Lissy.

»Ja, mit dem bin ich durch. Aber wir hatten so schöne Pläne …«

»Du hattest schöne Pläne, Lena! Schon vergessen, dass er an jedem Haus, das ihr besichtigt habt, irgendetwas auszusetzen hatte? Jetzt weißt du auch, warum: Der wollte nie eine gemeinsame Zukunft mit dir, so wie du dir das ausgemalt hast.«

Lenas Augen funkelten, und sie setzte schon zu einer wütenden Erwiderung an, aber Lissy stoppte sie mit einer Handbewegung.

»Spar's dir, Lena. Du weißt es selbst ganz genau, auch wenn du es im Moment vielleicht noch nicht wahrhaben willst.«

»Ich –«

Weiter kam Lena nicht, weil aus einem Zimmer ein Stück den Flur hinunter ein krächzender Schrei ertönte.

»Schwester!«, rief eine dünne Männerstimme durch die halb geöffnete Tür. »Schwester!! Ich warte!!!«

Lissy und Lena sahen einen hageren Alten in seinem Rollstuhl auf den Flur herausflitzen und ruppig anhalten. Unter buschigen Brauen lagen seine Augen tief in den Höhlen, aber dass sie vor Ungeduld und schlecht beherrschtem Zorn blitzten, war trotzdem zu sehen.

»So, die Damen«, schnappte er und reckte angriffslustig das stoppelige Kinn vor, »vielleicht können Sie Ihren Kaffeeklatsch abhalten, nachdem Sie sich um mich gekümmert haben!«

Und schon hatte der Alte den Rollstuhl wieder gewendet und trieb ihn mit eckigen Armbewegungen zurück ins Zimmer. Lena räusperte sich kurz und wollte sich auf den Weg machen. Lissy hielt sie auf und sah ihr in die funkelnden Augen.

»Geht das, Lena, oder soll ich unseren speziellen Freund übernehmen?«

»Das geht, Lissy. Und wie das geht!«

Damit stapfte sie auf das Zimmer zu, in dem der Alte zeterte.

»Ich komme, Herr Frick«, knurrte Lena auf dem Weg, und es klang wie eine Drohung. Eine Spur zu laut fiel hinter ihr die Tür ins Schloss. Lissy dachte kurz daran, ihrer Freundin zu folgen, dann ließ sie es doch sein und kümmerte sich um die anderen Aufgaben.

❊

Violetta Weck konnte von ihrem Schreibtisch aus die halbe Stadt überblicken. Der Talkessel breitete sich vor ihr aus, und ihr Blickfeld wurde von anderen Villen in Halbhöhenlage eingerahmt, zwischen denen überall erfreulich viel Grün zu sehen war: links der Weißenhofpark und rechter Hand die zwischen den vielbefahrenen Straßen dicht stehenden Bäume bis hinauf zur Villa Reitzenstein. Vis-à-vis ging ihr Blick über die Stadt hinweg zu Killesberg und Kräherwald, und meistens ließ sie den Talkessel selbst unbeachtet, bis das Verkehrsgewimmel und die leidige Bahnhofsbaustelle gnädig von der Nacht verdeckt wurden und die Stadt zu ihren Füßen zu einem Meer aus Lichtern wurde. Dann gefiel ihr Stuttgart am besten, und nur manchmal, wenn sie wieder ihren Gedanken und Erinnerungen nachhing, wenn sie wieder einmal bis spät in die Nacht in der Agentur geblieben war, bevor sie sich eine Etage höher in ihre Wohnung zurückzog, wurde ihre Stimmung etwas trübe.

Eine Mail ging ein und machte sich mit einem melodischen »Pling!« bemerkbar. Violetta überflog die Nachricht. Das Ristorante hatte den Menüvorschlag für heute Abend geschickt, und sie mailte dem Patron umgehend ihr Okay. Das würde Jonathan Haber schmecken. So konnte er seinen Geburtstag angemessen beginnen.

Violetta Weck seufzte, schenkte sich noch einmal Kaffee nach, stellte sich mit der dampfenden Tasse an das große Panoramafenster und schaute wieder hinaus.

*

Eigentlich hatte es Herr Frick ganz gemütlich in seinem Badezimmer, dennoch war er nicht einverstanden damit, dort im Dunkeln abgestellt zu werden: den Rollstuhl mit der Feststellbremse fixiert; die Handgelenke mit Mullbinden an den Armlehnen festgezurrt; den Mund mit einer Herrenwindel verbunden. Natürlich hatte Lena eine frische Windel genommen, und sie hatte darauf geachtet, dass sie so um Fricks Kopf gelegt war, dass er noch gut durch die Nase atmen, aber eben nicht mehr sein nervtötendes Gezeter loswerden konnte. Das holte er ausführlich nach, als Lissy ihre nächtliche Kontrollrunde machte und den eingeschlafenen Mann entdeckte, weil sein Bett leer war und sein gedämpftes Schnarchen sie ins Bad gelockt hatte. Einen Moment lang genoss Lissy die ungewohnte Ruhe in Zimmer 207, dann nahm sie Frick die Windel ab. Er erwachte sofort, und kaum hatte er Luft geholt, ging das übliche Gemecker auch schon wieder los. Natürlich gab Frick nicht eher Ruhe, bis die Pflegedienstleitung und schließlich auch der Geschäftsführer verständigt waren. Und natürlich kümmerte sich der Chef daraufhin persönlich um die Angelegenheit.

Dass sich Herbert von Dohlem darauf freute, ihr Schwierigkeiten zu machen, konnte Lena schon erkennen, als sie sein Büro betrat. Er musste eigens noch einmal ins Heim zurückgekommen sein, denn üblicherweise machte er nachmittags sehr pünktlich Feierabend. Nun fläzte er sehr entspannt in seinem Ledersessel und hatte die Hände über seinem Bauch gefaltet. Mit einer großtuerischen Geste bot er Lena den Stuhl vor seinem Schreibtisch an, dessen Sitzfläche einige Zentimeter tiefer gestellt war als die seines eigenen Stuhls. Lena drückte ihren Rücken durch. Tatsächlich wirkte sie dadurch größer und verdarb ihm die Freude, auf sie herabschauen zu können. Stattdessen stierte er ihr aber recht unverhohlen auf das Oberteil ihres Kleides, das sich in ihrer jetzigen Position etwas mehr spannte, als ihr unter diesen Umständen lieb sein konnte. Sie ließ die Schultern ein wenig nach vorn hängen und räusperte sich. Nun endlich hob er seinen Blick und sah ihr in die Augen.

»Sie wissen, warum Sie hier sind, nehme ich an«, begann er umständlich. »Wir hoffen, dass wir Herrn Frick von einer Anzeige gegen Sie oder unser Haus abbringen können, aber dass Ihr Verhalten nicht akzeptabel ist, werden Sie ja wohl kaum abstreiten wollen.«

Lena hörte sich die gespreizte Rede ungerührt an. Ohnehin schien Dohlem keine Antwort zu erwarten, denn er sprach einfach weiter.

»Es ist leider nicht das erste Mal, dass wir mit Ihnen Schwierigkeiten haben, Frau Rohland. Und wenn sich Ihre Kollegin nicht wiederholt für Sie verwendet hätte, würden Sie längst nicht mehr zu unserem Team gehören. Ist Ihnen das klar?«

Lena verzog keine Miene, sondern wartete, was als Nächstes kommen würde. Herbert von Dohlem war für die meisten Angestellten des Seniorenheims eine Witzfigur, auch wenn er seit Jahren Geschäftsführer war und er in Mitarbeitergesprächen gern den strengen Chef herauskehrte. Er hatte allerdings noch in keinem Fall eine angedrohte Konsequenz auch wirklich umgesetzt, und in aller Regel ging er den Weg des geringsten Widerstands und ließ vieles letztlich einfach auf sich beruhen. Also hörte man sich seinen Tadel eben an, saß die Zeit in Dohlems Büro ab und machte danach mit seiner Arbeit weiter wie zuvor. Und so war allen geholfen: Der Chef hatte Dampf abgelassen, niemand kümmerte sich weiter drum, und er musste niemanden rauswerfen und deshalb auch kein neues Personal suchen, das erstens schwer zu finden war und zweitens aufwändig eingearbeitet werden musste.

»Frau Rohland, hören Sie mir überhaupt zu?«

Lena war wohl einen Moment lang unaufmerksam gewesen, denn Herbert von Dohlem hatte sich aus seinem Ledersessel hochgewuchtet und war schon halb um den Schreibtisch herumgekommen. Irritiert schaute sie zu ihm hoch. Dohlem hatte ein schmieriges Lächeln aufgesetzt, und auf seiner hohen Stirn perlte Schweiß. Direkt neben ihrem Stuhl lehnte er sich nun gegen die Schreibtischkante, mit einer Hand stützte er sich auf dem Tisch ab, die andere hatte er mit dem Daumen in der Hosentasche eingehängt. Was den meisten als lässige Pose gelungen wäre, missglückte ihm völlig, und Lena musste sich beherrschen, dass sie nicht laut auflachte, sondern eine ernste Miene zur Schau trug.

»Frau Rohland, ich …«

Dohlem schluckte, und Lena bekam eine Ahnung davon, worauf das hinauslaufen konnte. Ihre ernste Miene wurde authentischer.

»… ich beobachte Sie schon recht lange. Ich schätze Sie sehr, und was ich von den meisten unserer Bewohner und von Ihren Kolleginnen so höre, bestätigt meine Wertschätzung. Ich … Ich würde es sehr bedauern, wenn ich Sie wegen eines solchen Zwischenfalls als Mitarbeiterin verlieren würde.«

Die Schweißperlen wurden größer, und Dohlems Gesichtsfarbe wechselte allmählich in ein kräftigeres Rot. Lena setzte sich noch aufrechter hin und spannte ihre Muskeln an. Dohlem rückte ein paar Zentimeter näher, dann stieß er sich ein wenig von der Tischkante ab und beugte sich langsam zu ihr hin.

»Liebe Lena«, setzte er neu an, »lassen Sie uns doch noch einmal von vorn beginnen. Wissen Sie, die Regeln in diesem Haus … in dem Haus, in dem ich der Chef bin … sollten schon eingehalten werden, aber wenn jemand … nun ja … mein besonderes Wohlwollen erwirbt, wie ich es mal ausdrücken will, dann … Und Sie, Lena, sind doch eine vernünftige junge Frau, und hübsch sind Sie auch, ach, was sage ich: sehr attraktiv und –«

Sein aufdringliches Gestammel endete abrupt, weil Lena instinktiv und sehr schnell reagierte. Dohlems rechter Arm hatte sich in ihre Richtung vorgeschoben, und sie hätte nicht einmal sagen können, ob er sie nur an der Schulter oder womöglich anderswo hatte berühren wollen – aber sein Handgelenk mit der einen Hand zu packen und mit der anderen am Ellbogen anzusetzen, aus dem Stuhl emporzuschnellen und mit Hilfe ihres Körperschwungs den schwerfälligen, schwitzenden Mann mit einer schnellen Bewegung herumzuwirbeln: Das war alles eine einzige fließende Bewegung und eine Sache von weniger als einer Sekunde.

Dohlem war schon mit Lenas erstem Zugriff verstummt, und der Schreck fuhr ihm dabei so gründlich in die Glieder, dass er es sich auch eine ganze Weile ohne Gegenwehr gefallen ließ, dass Lena seinen Oberkörper gegen den Tisch und sein Gesicht gegen die Schreibunterlage presste. Dann, wenn auch schwer verständlich durch seine ungemütliche Lage, knurrte er schwer atmend: »Frau Rohland, lassen Sie mich los!«

Lena lockerte ihren Griff und trat einen Schritt zurück. Was nun kommen würde, war klar. Herbert von Dohlem zog seine Kleider straff, tupfte sich die Stirn trocken und fuhr sich mit den Fingern durch das schüttere Haar. Er atmete ein paar Mal tief ein und aus, dann blaffte er sie an: »Und jetzt raus hier, Frau Rohland! Sofort raus hier! Sie sind entlassen! Fristlos!«

*

Kurz nach elf erwachte Jonathan in der Bibliothek. Er nippte noch einmal an seinem Whiskyglas, dann stellte er es ab und ließ sich noch einen Espresso aus der Maschine. Der Kaffee machte ihn leidlich munter, und er begann mit den letzten Vorbereitungen. Heute Nacht würde er im Wohnzimmer essen und den Blick auf seinen nächtlichen Garten von dort aus genießen. Er deckte den Tisch für eine Person, stellte zwei Gläser bereit und prüfte, ob die Flasche Champagner im Kühlschrank kalt genug war. Er legte eine CD ein, schlenderte ein bisschen in der Wohnung umher, und als die Überwachungsanlage meldete, dass ein Lieferwagen in den Innenhof fuhr, schaute er auf die Uhr: Zwanzig Minuten vor Mitternacht – Rania hatte wieder einmal alles perfekt getaktet.

Jonathan wartete, bis der Mitarbeiter des Ristorante das Gelände wieder verlassen hatte, dann betrat er den Lieferraum und trug die Warmhaltebox ins Wohnzimmer hinüber. Fünf Minuten später hatte er die ersten beiden Gänge seines italienischen Festmenüs vor sich ausgebreitet, und feine Aromen verteilten sich im Raum. Er entkorkte den Champagner, goss die beiden Gläser voll und sah gespannt zur großen Standuhr hinüber. Sekunden vor Mitternacht nahm er die Gläser in die Hand, Schlag zwölf stieß er mit sich selbst an und wünschte sich das Beste für seinen Geburtstag, dann trank er beide Gläser nacheinander aus und setzte sich zu Tisch.

⁂

Salat und Pasta schmeckten wunderbar, und als er den Hauptgang aus Fleisch und Gemüse aus der Warmhaltebox hervorholte, waren auch hier alle Zutaten auf den Punkt gegart und nicht zu heiß und nicht zu kalt. Schweigend ließ er sich alles schmecken, spülte mit einem kräftigen Roten aus Sizilien nach, und das gekühlte Dreierlei aus Panna cotta, Tiramisu und einigen aufeinandergeschichteten und teils mit Schokosoße und Puderzucker überzogenen kleinen Teigkugeln war ein Genuss – hinterher las er eigens den Namen der Teigkugeln, Pignolata, nach und nahm sich vor, sich den Namen für die nächste Bestellung zu merken.

Mit seinem Glas und der angebrochenen Weinflasche tappte er in die Bibliothek hinüber. Nun würde der noch gemütlichere Teil seiner kleinen Feier beginnen. Jonathan schaltete den riesigen Fernseher ein, der von den Bücherstapeln umbaut war, und nahm die erste der bereitgelegten DVDs zur Hand. »Der kleine Lord« gehörte sowohl an seinem Geburtstag als auch an Weihnachten zum festen Ritual, und als der gezeichnete Vorspann in die ersten gefilmten Bilder aus der Hester Street in New York überblendete, hatte Jonathan sich schon eine Zigarre angesteckt und sich wohlig in seinem Sessel eingerichtet.

Als sich alle zum Happy-End in der Gesindeküche von Schloss Dorincourt versammelten, war die zweite Flasche Wein auch schon halb geleert, und Jonathan hatte einige Mühe, die nächste DVD einzulegen. Bald kämpften auf dem riesigen Bildschirm die Urmenschen miteinander, ein hochgeschleuderter Knochen wirbelte in der Luft und verwandelte sich in einen rotierenden Satelliten. Er genoss den Film und seine wuchtigen Bilder, doch noch bevor HAL 9000, der Steuercomputer der Discovery One, beschloss, die menschliche Besatzung des Raumschiffes zu töten, um die Mission zu retten, war Jonathan eingeschlafen und schnarchte auch noch, als »2001: Odyssee im Weltraum« mit Richard Strauss' »Also sprach Zarathustra« endete.

Irgendwann, die Filmmusik war längst verklungen und der Bildschirm schwarz, rappelte sich Jonathan Haber aus dem Sessel hoch und schlurfte hinüber ins Schlafzimmer.

*

Lena konnte sich schon in der Bar kaum mehr erinnern, wie sie aus dem Seniorenheim heraus und mit dem Wagen unbeschadet in die Innenstadt gekommen war. Nun jedenfalls saß sie seit geraumer Zeit in der schummrigen Bar unweit der Leonhardskirche und bat Rick ein ums andere Mal mit einer müde wirkenden Geste um Nachschub.

Rick hieß eigentlich Ulrich Lemminger und war Lenas ältester Freund, aber nachts wurde aus dem braven Speditionskaufmann der Cocktailprofi in der Bar »Zur scheena Leich«, einem angesagten Kultschuppen, den ein hiesiger Krimiautor im ehemaligen Sarglager einer kleinen Schreinerei hatte einrichten lassen, nachdem er in einer Fernsehquizshow eine Million Euro abgeräumt hatte. Der

Schuppen lief wie geschnitten Brot, und der Autor konnte es sich auch dank der Gewinne der Bar inzwischen leisten, seine Bücher ausschließlich hier vorzustellen. Die meisten dieser Lesungen waren vor allem deshalb gut besucht, weil es hinterher Cocktails von Rick gab, die größtenteils aufs Haus gingen.

»Hier, Lena«, raunte ihr Rick jetzt zu und schob ihr einen dampfenden Pott Kaffee hin. »Trink den mal zwischendurch, danach mach ich dir noch einen Drink, okay?«

Und damit war er auch schon wieder davongeflitzt, mischte mit großer Geste und viel Geschick die exotischsten Zutaten, seihte frisch gepressten Fruchtsaft ab, crashte Eis und verzierte Gläser schnell und schön mit allerlei Obststücken. Rick war eine große Nummer als Barkeeper, und viele waren nur seinetwegen Stammgast in der »Scheena Leich«. Und obwohl der Schuppen direkt im putzigen Stuttgarter Rotlichtviertele lag, gab es hier weder Drogen noch eindeutige Dienstleistungen – dafür sorgte seit Jahren ein muskelbepackter Glatzkopf, den alle nur Hans nannten und den die meisten für einen bloßen Rausschmeißer hielten. Rick hatte Lena mal verraten, dass Hans zwar früher mal Kickboxer gewesen war, sich inzwischen aber unter der Woche in seinem Brotjob als Betriebsrat eines mittelgroßen Autozulieferers für die Belange seiner Kollegen einsetzte. Mit Worten, nicht mit den Fäusten. Außerdem hatte der Krimiautor ihn vor zwei Jahren zum Teilhaber gemacht, und seither lief der Laden noch flotter – Hans war offenbar ein Genie, wenn es um Imagepflege und Werbung ging, und er hatte die Marke »Zur scheena Leich« mit einigen cleveren Aktionen noch weiter aufpoliert.

Vor allem aber duldete er nichts Illegales in seiner Bar. Anfangs hatten sich noch einige Kleindealer hereingetraut, aber als sich herumsprach, in welchem Zustand sie später zwischen den Mülleimern im Hinterhof gefunden worden waren, löste sich das Problem in Luft auf. Ein besonderes Auge hatte Hans auf Prostituierte, die in der »Scheena Leich« gern ihre Pausen verbrachten. Für sie hatte er einen Tisch in der Ecke reserviert, der zwar einem Séparée in einschlägigen Etablissements ähnelte, für potenzielle Freier aber tabu war. Einmal hatte es ein Lackaffe aus dem Ostalbkreis, der ab und zu die Dienste einer der Damen in Anspruch nahm, an der Zurückhaltung ihr gegenüber fehlen lassen, als sie in ihrer knappen Arbeitskleidung einen Cappuccino trank – Hans hatte ihn ohne großes Aufsehen nach draußen geleitet, und nach allem, was später zu hören war, ließ sich der Kerl nie wieder im Leonhardsviertel blicken, sondern beschränkte sich künftig auf Einrichtungen in Fellbach, Backnang oder Schwäbisch Gmünd.

Das Ergebnis war eine entspannte Stimmung in der »Scheena Leich«, ein bunt gemischtes Publikum aus Exoten und ganz normalen Zeitgenossen, die freundlich miteinander umgingen. Da stieß der Manager im Maßanzug mit dem Transsexuellen im knappen Trikot an, und die Bordsteinschwalbe unterhielt sich prächtig mit Rennfahrern oder Instrumentenbauern. Meisterschaften und Pokale – leider schon länger nicht mehr im Fußball – wurden hier gefeiert und Beförderungen. Die Wirte der umliegenden Kneipen hielten hier ihren gelegentlichen Stammtisch ab, und kaum eine Band ließ es sich nach ihrem Auftritt in der Schleyer- oder Liederhalle, im Wizemann, Theaterhaus oder Club Cann entgehen, noch auf ein paar Absacker in der »Scheena Leich« vorbeizuschauen.

Wirtschaftsbosse und Prominente, die Stars von Ballett, Theater und Oper, die Strippenzieher aus Politik und Kultur – sie alle konnten hier mal ihre Masken fallen lassen und bei ein paar tollen Cocktails und kleinen Snacks entspannen. Journalisten waren auch da, aber keiner zückte Stift oder Aufnahmegerät, und für Fotografen war die Bar zumindest mit ihrer Ausrüstung eine verbotene Zone – kurz: Nichts von dem, was in der Bar »Zur scheena Leich« gesprochen, verraten und bequatscht wurde, verließ diese Räume.

Lena genoss es, dass man hier auch als Frau allein sitzen konnte, ohne ständig auf mehr oder weniger charmante Art angemacht zu werden. Rick dagegen wurde recht offen Bewunderung und Interesse entgegengebracht, vor allem von den männlichen Gästen. Obwohl sie ihn nun schon seit so vielen Jahren kannte, hätte Lena nicht mit Sicherheit sagen können, ob er sich mehr für Männer oder für Frauen interessierte – und als er ihr gegenüber auf entsprechende Anspielungen nie einging und selbst konkrete Fragen nur mit einem wehmütigen Lächeln wegzwinkerte, ließ sie das Thema irgendwann auf sich beruhen.

Ohnehin betraf es sie nicht. Rick war ihr bester Freund, und das ohne jeden erotischen Unterton. Auf ihn war Verlass, er hatte immer ein offenes Ohr für sie, und er würde sie aus jeder Patsche holen – wie er es seit Schulzeiten immer wieder einmal getan hatte.

»Und, was willst du heute loswerden?«, fragte er sie, als eine junge und sehr hübsche Kollegin ihn für eine Weile hinter der Theke abgelöst hatte.

Rick war auf den Barhocker neben Lena geklettert, und er musterte sie, während er mit einem Strohhalm in einem alkoholfreien Cocktail rührte.

»Ach«, sagte Lena und zuckte dabei mit den Schultern, »das ist eigentlich schnell erzählt: Ich bin meinen Job im Seniorenheim los, und zwar fristlos.«

»Na ja, etwas genauer darf's schon werden, Lena.«

Und so berichtete sie von dem Gespräch mit Herbert von Dohlem, das ihr Chef im Schwitzkasten und mit dem Gesicht auf den Schreibtisch gepresst beendet hatte.

»Respekt!«, quittierte Rick die Geschichte und grinste anerkennend. »Hat sich dein Selbstverteidigungskurs also doch mal ausgezahlt.«

»Wie man's nimmt. Wie gesagt: Meinen Job bin ich los.«

»Und warum hast du diesen nervigen Alten in seinem Badezimmer abgestellt?«

Diese Geschichte kostete Lena schon etwas mehr Überwindung, und als sie mit ihrer Erzählung aus Ralfs Büro geendet hatte, nahm sie ihr Glas mit leicht zitternder Hand vom Tresen und kippte den Rest des Drinks in einem Zug hinunter. Rick sah sie ganz eigentümlich an, dann gab er der Kollegin einen Wink, und das Glas wurde nachgefüllt.

»Geht aufs Haus«, sagte Rick. »Alles, was du heute schon hattest.«

Lena sah ihn nur verschwommen, schniefte und wischte sich die Tränen aus den Augen.

»Danke«, hauchte sie und schniefte erneut.

Rick zog ein Papiertaschentuch hervor und hielt es ihr hin.

»Schon gut«, erwiderte er. »Wenn du versprichst, dich nicht mehr hinters Steuer zu setzen, kannst du auch noch ein paar Drinks bekommen.«

»Das könnte teuer werden.«

Sie beschrieb ihm, wo ihr Wagen stand, und er nickte.

»Dann wirst du hier bechern müssen, bis ich Feierabend habe. Ich fahr dich heim und schaff dich, wenn du es allein nicht mehr hinbekommst, auch noch hoch in deine Bude.«

Lena musterte ihn, aber seinem Gesichtsausdruck war nicht zu entnehmen, ob er noch etwas im Schilde führte. Doch da kam auch schon ein schlanker Mittdreißiger mit stoppelkurzen Haaren herangeflattert, wand seine nackten Arme um Ricks Schulter und wuschelte mit den Fingern in seinen dichten schwarzen Locken. Rick zwinkerte ihr zu und widmete sich dann seinem neuen Gast. Die beiden saßen bald ganz vertraut an einem kleinen Tisch beisammen, aber während der Gast den Barkeeper mit seinen Blicken fast verschlang, schien Rick sehr auf ein Minimum an Distanz zu achten. Die Männer unterhielten sich prächtig und lachten immer wieder, der Gast etwas affektiert, Rick laut und herzlich – und nach einer Weile gab Lena auf: Sie würde wohl auch an diesem Abend nicht herausfinden, ob ihr alter Schulfreund schwul oder hetero war.

Bald darauf war ihr das auch herzlich egal, sie hatte genug damit zu tun, nicht vom Barhocker zu rutschen. Knapp eine Stunde später zog sie um zum Ecktisch, der für die Prostitutierten reserviert war. Die Mädels nahmen sie johlend in Empfang. Sie kannten sie als Ricks alte Freundin und prosteten ihr ein paar Mal zu. Als Lena aber immer wieder kurz einnickte, ließen sie sie in Ruhe und rückten ein wenig zur Seite, um ihr mehr Platz zu lassen. Schließlich rutschte sie auf der bequemen Polsterbank ein wenig nach unten und schlief ein.

Geburtstage und andere Katastrophen

Früher war es nicht immer ein Spaß gewesen, am ersten April Geburtstag zu haben. Die Schulkameraden kündigten tolle Geschenke an, und wenn sich Jonathan gerade darauf zu freuen begann, krähten sie »April! April!«, und rannten lachend davon. Später war er so oft zur Zielscheibe von Aprilscherzen worden, dass er das schließlich nur noch mit einem müden Lächeln quittieren konnte. Und irgendwann feierte er eben allein, so wie er seit Jahren seine Tage und Nächte nur noch allein verbrachte – und damit zufrieden war. Keine nervigen Gäste, an deren Mienen man ablesen wollte, ob ihnen wohl auch alles schmeckte und gefiel. Keine aufdringlichen Dienstleister, die ihre Nachforderungen mit angeblichen Verbesserungen bemäntelten, die eine teurere Version mit sich bringen würde. Keine neugierigen Nachbarn, die einem im lockeren Gespräch alles Mögliche aus der Nase zu ziehen versuchten, was sie später weitertratschen konnten.

Nein, Jonathan Haber lebte allein, er schwelgte in den Freiheiten, die ihm seine selbst gewählte Einsamkeit bescherte, er konnte es sich finanziell leisten, und er hatte nicht vor, daran irgendetwas zu ändern.

Alle Kontakte zur Außenwelt übernahm die Agentur für ihn. Handwerker betraten das Haus durch den Seiteneingang, der in den kleinen Empfangsraum führte, und die Türen zwischen den Zimmern, in denen er sich währenddessen bewegte, und den Räumen, die die Handwerker betreten mussten, wurden durch ausgeklügelte Schließmechanismen immer passend verriegelt, so dass er nicht befürchten musste, irgendwann plötzlich einem Fremden gegenüberzustehen. Mit der Reinigungsfirma verfuhr er ebenso, auch wenn ihn deren wöchentliche Putzaktion beinahe einen Nachmittag lang dazu zwang, sich im Untergeschoss aufzuhalten. Doch das war nicht wirklich beschwerlich: Entweder schwamm er ein paar Bahnen im Kellerpool, kümmerte sich um seine Modelleisenbahn oder spielte im Studio etwas Gitarre oder Klavier. Und meistens war die Putztruppe schon seit Stunden wieder aus dem Haus, bevor er zum ersten Mal den Wunsch verspürte, wieder in die Wohnung hinaufzugehen.

Heute stand nichts an. Seinen Geburtstag hatte er von allen Terminen, Lieferungen und Dienstleistungen frei gehalten. Er hatte genug zu kochen im Haus, auch die Getränke würden ihm so schnell nicht ausgehen, und dann waren da ja noch seine Geschenke …

Jonathan räkelte sich im Bett und ließ den Blick über seinen Garten schweifen. Vom Schlafzimmer aus waren vor allem die Blumenwiese und die Sträucher zu sehen. Das Gebüsch verdeckte den hohen Zaun, der sein Anwesen umschloss, und auch die Kameras der Überwachungsanlage waren so angebracht, dass man sie nur entdeckte, wenn man ausdrücklich nach ihnen suchte. Sein Garten war ein Paradies, und mehr von »draußen« brauchte er nicht. Er hatte Sitzgruppen aufbauen und das Grundstück in verschiedene Bereiche unterteilen lassen. Nun konnte Jonathan auf schmalen Pfaden unter hohen Bäumen spazieren, er konnte im Schatten aufgetürmter Felsbrocken sitzen oder mit der Aussicht auf Blumenrabatten. Es gab Liegen und Stühle, und von einer Sandsteinbank nahe der Grundstücksgrenze konnte er die Beine in einen kleinen Teich mit Seerosen baumeln lassen.

Selbst wenn er ein dringendes Telefonat von der Agentur erwartete, war er nicht ans Haus und die altertümlichen Telefongeräte gebunden, die in einigen Zimmern an ihren geringelten Kabeln hingen. Überall auf seinem Anwesen verteilt standen ausrangierte Telefonzellen, die er günstig hatte erstehen können. Jede Zelle war mit dem Telefonnetz des Hauses verbunden, von überall konnte er die Agentur anrufen, und überall konnte er erreicht werden, wenn er wollte – auch untereinander konnten sich die Telefonzellen anwählen, aber das war ein ungenutztes Extra, da er sich sein Refugium ja mit niemandem teilte.

Natürlich hätte er sich auch ein Handy anschaffen können, aber als er sich vor Jahren aus seiner Computerfirma zurückgezogen hatte – nicht ganz freiwillig, das hatte ihn damals am meisten geschmerzt –, hatte er sich geschworen, dass er auf moderne IT- und Kommunikationstechnik verzichten würde, wo immer es ging. Mit genügend Kleingeld zur Verfügung ging vieles, und an Geld mangelte es ihm seit dem Verkauf seiner Firmenanteile gewiss nicht.

Jonathan hatte nicht grundsätzlich etwas gegen moderne Technik. Natürlich besaß er einen Fernseher der neuesten Generation und genoss die Bild- und Tonqualität. Seine Überwachungsanlage war ebenfalls auf dem aktuellen Stand – aber Tablets, Laptop und Smartphones – das kam ihm nicht ins Haus. Wozu sollte er ständig ein Handy in der Tasche tragen und sich so immer erreichbar halten, wo er doch eh keinen Kontakt zu irgendjemandem außerhalb der Agentur wünschte? Wozu sollte er im Internet surfen und sich mit sozialen Medien wie Facebook oder Pinterest herumärgern, wenn er doch ohnehin kein Interesse an einem Zusammentreffen mit wem auch immer hatte, sei es real oder virtuell? Ihm jedenfalls fehlte nichts, und soweit er aus den abonnierten Zeitungen erfuhr, hatten all die anderen ihre liebe Not mit Computern, Smartphones und Internet als Zeitfresser, als technische Fehlerquellen und als Risikofaktoren – vom gehackten Onlinekonto über den Twitter-Shitstorm bis hin zu Spam-Mails, die den Rechner mit Lockangeboten oder Schadsoftware fluteten.

»Computer helfen einem, die Probleme zu lösen, die man ohne sie nicht hätte« – dieser Satz ging Jonathan immer wieder mal durch den Sinn, und er wusste aus eigener Erfahrung, dass er stimmte. Auch wenn diese Erfahrung schon viele Jahre zurücklag. Besser war die Computerwelt nicht geworden, nach allem, was er aus den Medien erfuhr. Und je mehr er darüber hörte, sah und las, desto mehr genoss er es, dass er es sich leisten konnte, sich von all dem abzuschotten.

Leisten konnte … – das war das Stichwort. Jonathan schlug die Bettdecke zurück und stand auf. Jetzt war es höchste Zeit, seine Geschenke auszupacken. Die Geschenke, die er sich selbst gemacht hatte. Denn wer sollte denn genauer wissen als er, was er sich wünschte.

*

Lena erwachte in ihrem Bett und hatte nicht den geringsten Schimmer, wie und wann sie hierhergekommen war. Ihre Kleider hingen sauber gefaltet über der Lehne des Stuhls neben dem Fenster. Auf der Sitzfläche lagen ihre Socken, ebenfalls leidlich ordentlich, darunter standen die Schuhe, die sie gestern getragen hatte. Die Vorhänge waren zugezogen, doch das gedämpfte Sonnenlicht, das es bis zu ihrem Bett schaffte, reichte aus, um sie blinzeln und die Augen zusammenkneifen zu lassen.

In ihrem Kopf pochte es, und als sie versuchte, sich an die vergangene Nacht zu erinnern, wurden die Schmerzen nicht besser. Ihr Handy hing am Ladekabel. Gerade meldete ein Summen, dass eine neue Nachricht eingegangen war. Ganz vorsichtig drehte sie sich zur Seite und griff nach dem Gerät. Das Display zeigte zwölf Uhr, die gemeldete Nachricht stammte von Rick.

»Na, wieder fit?«

Sie tippte und hatte mehr Mühe damit als sonst.

»Geht so. Hast du mich gestern heimgebracht?«

»Ja«, kam die Antwort postwendend. »Deinen Wagen bringe ich dir später vorbei. In dem bin ich nach Hause gefahren. Brauchst du ihn vor heute Abend?«

»So, wie ich mich im Moment fühle, sollte ich vermutlich erst mal lieber nicht fahren. Das reicht also noch, wenn du zur Bar musst.«

»Prima, danke. Ich geb dir übers Handy Bescheid, sobald der Wagen wieder bei dir vor dem Haus steht, und schreib dir dann auch, wo ich ihn geparkt habe. Den Schlüssel werf ich dir in den Briefkasten, okay?«

»Super, danke.«

Sie zögerte einen Moment, dann tippte sie weiter.

»Hast du mich ins Bett gebracht?«

»Klar.«

Sie lupfte die Decke. Außer ihrem Shirt trug sie auch den Slip, und ihr Laken sah nicht besonders zerwühlt aus. Als sie die nächste Frage stellen wollte, meldete die App: »Rick schreibt«. Es dauerte länger, als es Lena recht war.

»Aber du musst keine Angst haben. Nichts ist passiert«, lautete die Nachricht schließlich. »Natürlich nicht.«

Lena war nicht sicher, ob sie davor Angst gehabt hatte – oder ob sie womöglich sogar enttäuscht war, dass Rick nicht einmal ihre Betrunkenheit ausgenutzt hatte, um ihr körperlich näherzukommen. Er war halt ein Freund, und Freunde tun so etwas nicht. Rick schrieb schon wieder.

»Ich hab dir aus den Kleidern geholfen, hab dein Handy ans Ladekabel angeschlossen, und bevor ich das Zimmer verlassen hatte, hast du schon geschlafen wie ein Murmeltier.«

»Danke fürs Bringen«, antwortete Lena.

»Gern, jederzeit wieder. Übrigens: Du schnarchst wie ein Walross, wenn du betrunken bist.«

Lena lachte lauthals, und alles Beklemmende, das sich in ihr verkrampft hatte, war mit einem Mal wie weggeblasen.

»Ciao«, schrieb sie, legte das Handy weg und kuschelte sich wieder bis über die Ohren in ihre mollig warme Bettdecke.

⁂

Fast eine halbe Stunde lang konnte sich Jonathan beherrschen, dann hielt er es nicht mehr aus. Er erhob sich aus dem Sessel in der Bibliothek und ging zu den bunt verpackten Geschenken, die sich noch immer unberührt in der Ecke türmten. Die Schleife am längsten Paket fand er ein wenig albern, aber die Gibson Les Paul, die in dem Karton lag, machte ihm genau die Freude, die er sich ausgemalt hatte. Er legte den Ledergurt an, trug das Instrument hinunter ins Studio und spielte einige Soli zu einer Art Mixtape-CD, die er sich aus Melodicrock-Klassikern gebrannt hatte. Dann hängte er die neue Gitarre an die Wand zu den anderen und ging wieder nach oben.

Die Bausätze für mehrere Gebäude, die ihm noch zur Modellbahnlandschaft gefehlt hatten, packte er zwar aus, räumte sie aber erst einmal beiseite. Zum Basteln hatte er heute keine Muße, und solange draußen so schönes Wetter war, würde er ganz sicher nicht Tage mit Klebstoff, Pinzette und Kunststoffdetails verbringen.

Darüber, dass er auch die jüngste Weinlieferung als Geschenk hatte verpacken lassen, musste er schmunzeln. Auch diese Pakete kamen zur Seite, die Flaschen würde er noch ein paar Tage ruhen lassen, bevor er sie genoss.

Also öffnete er eine andere Schachtel. Zwei Turnschuhe mit fast profilloser Sohle kamen zum Vorschein, die nicht sehr spektakulär und auch ein wenig altmodisch aussahen. Dann nahm er das letzte Paket vom Tisch und schüttelte es. Er lauschte mit geschlossenen Augen, als wüsste er nicht, was drin ist. Schließlich riss er den Karton auf und nahm zwei Rollschuhe im Retrodesign heraus. Er setzte sich auf einen Stuhl, prüfte den Lauf der Gummiwalzen, streifte die Turnschuhe über und schlüpfte in die Halterung der Rollschuhe. Mit wenigen Handgriffen hatte er alles so eingestellt, dass es passte, verlagerte ganz behutsam sein Gewicht auf die Rollschuhe und drückte sich aus dem Stuhl hoch.

Es war zwanzig, wenn nicht dreißig Jahre her, dass er das letzte Mal auf Rollschuhen gestanden hatte, nur am Inlineskaten hatte er sich vor wenigen Monaten mal versucht – doch die vier in einer Reihe angeordneten Rollen waren für ihn nicht dasselbe wie die Walzenpaare, die er in seiner Jugend so geliebt hatte. Sein Stand war nun auch sofort besser als auf den Inlinern, und auch sonst kam er mit den Rollschuhen einigermaßen schnell wieder zurecht. Die ersten Schritte in der Bibliothek waren noch zögerlich, und ab und zu musste er sich an der Tischkante abstützen, wenn er aus dem Gleichgewicht kam. Doch es ging schnell besser, und bald war er wieder vertraut genug mit dem Rollschuhlaufen, dass er erst einen, dann zwei Meter in recht ansehnlichem Schwung dahinglitt, ohne aus der Balance zu geraten.

Je flüssiger die Bewegungen wurden, desto mehr Spaß hatte Jonathan, und als er etwa eine Stunde lang kreuz und quer durch die Wohnung gerollt war, traute er sich schon ein ordentliches Tempo zu. Er flitzte in die Küche, ließ sich einen Espresso aus der Maschine, skatete in die Bibliothek hinüber, steckte sich eine Zigarre an und drehte paffend ein paar Runden, bevor er im Flur und im Wohnzimmer einige vorsichtige Pirouetten wagte. Sie gerieten ihm noch etwas unrund, aber im Großen und Ganzen war er zufrieden mit sich und freute sich, dass ihm sein Geschenk mindestens so viel Vergnügen bereitete, wie er es sich erhofft hatte.

Er schlüpfte aus den Turnschuhen, ließ sie aber in der Halterung der Rollschuhe befestigt. In der Küche ließ er sich ein Wurstbrot schmecken, dann holte er einige Bretter aus der Werkstatt und kombinierte sie zu einem kleinen Parcours. Er stopfte Kissen unter die Bretter, und die so improvisierten Rampen führten an den Wänden der Bibliothek entlang. Vorne im Flur stellte er Blumenvasen als kleine Hindernisse auf, und aus einem weiteren Brett und einigen Büchern machte er eine Wippe, die als Krönung der Hindernisstrecke kurz vor dem Ende des Flurs auf ihn wartete. Dann ging er die Strecke mehrmals ab, versuchte den Schwierigkeitsgrad der einzelnen Abschnitte abzuschätzen, verrückte noch ein Hindernis und ließ das über die Bücher gelegte Brett ein paar Mal wippen.

Dann schlüpfte er mit einem zufriedenen Lächeln wieder in die Turnschuhe, fuhr noch einmal hin und her in ruhigen, weit ausholenden Schwüngen – und machte sich schließlich mit viel Vorfreude daran, den Parcours zu absolvieren. Erst hatte er einige Mühe, über die Bretter zu rollen, ohne die Balance zu verlieren oder über die Seitenkante der Bretter abzurutschen – doch nach vier, fünf Anläufen meisterte er alles, was er in der Bibliothek aufgebaut hatte.

Also ging es nun in den Flur, elegant um die erste und recht schnell um die zweite Vase herum. Die Wippe war noch einige Meter entfernt, und Jonathan holte ein wenig Schwung, um auch wirklich ausreichend schnell über das letzte Hindernis hinwegzukommen. Der Schwung reichte locker, und wie er so über das Brett rumpelte, mit den Armen rudern musste, um sein Gleichgewicht nicht zu verlieren, aber doch aufrecht blieb wie eine Eins, das entlockte ihm ein begeistertes Jauchzen. Die Wippe klappte um, er sauste auf der anderen Seite des kleinen Bücherstapels noch schneller hinunter – und sah nun die Kellertreppe am Ende des Flurs auf sich zuschießen.

Ein breites Grinsen legte sich auf sein Gesicht, und er wartete so lange wie möglich, bevor er bremste. Die Entfernung zur ersten Stufe wurde kleiner, und als es gerade so noch zum Anhalten reichen musste, schob er den rechten Fuß etwas vor und winkelte ihn an.

Die Überraschung, die jetzt auf ihn wartete, ließ sein Grinsen gefrieren. Die Inliner, mit denen er vor Monaten durchs Haus geflitzt war, bremste man mit Gummiklötzen an deren hinterem Ende – die Rollschuhe hatten ihre Bremsstopfen aber vorne. Das wurde Jonathan einen Tick zu spät klar, und als er trotzdem noch versuchte, seine Beinhaltung entsprechend zu korrigieren, stoppten die Bremsen seine Rollschuhe zwar wirklich – der Rest seines Körpers schoss allerdings geradewegs weiter auf die Treppe zu. Jonathan überschlug sich, polterte die Stufen hinunter und blieb schließlich am unteren Ende der Kellertreppe liegen. Er hatte sich mit beiden Händen abgestützt, als er gleich auf einer der oberen Stufen hart aufgeschlagen war, und wirklich war er weder am Kopf noch am Oberkörper verletzt.

Die Schmerzen, die er in den Handgelenken spürte, verhießen dagegen nichts Gutes.

*

Das erste Klingeln konnte Lena noch ignorieren, doch kurz darauf läutete es Sturm an der Tür, und auch das dickste Kissen hielt den Lärm nicht mehr ab. Also kroch sie genervt aus dem Bett und grummelte ein unleidiges »Ja?« in die Sprechanlage.

»Na, hast du deinen Rausschmiss so gründlich gefeiert?«

Lena drückte den Öffner und lehnte verschlafen am Türrahmen, als Lissy die letzten Stufen zum vierten Stock erklomm.

»Frühstück«, sagte sie und hob die Bäckertüte hoch. »Und für danach hab ich auch noch was.«

Sie schob sich an Lena vorbei in die Wohnung und steuerte die Küche an. Als Lena hinter ihr hergeschlurft war, hantierte ihre Freundin schon an der Kaffeemaschine. Auf dem Tisch lag die halb geöffnete Bäckertüte und verströmte den Duft von frischen Brezeln. Daneben lagen mehrere Tafeln Schokolade. Lissy folgte ihrem Blick und lachte.

»Frische Brezeln und was für danach, wie versprochen«, sagte sie und ließ zwei Tassen Kaffee aus der Maschine. »Und jetzt erzähl: Wie geht's dir?«

Zu Kaffee und Brezeln berichtete Lena ihr vom vorigen Abend, soweit sie sich noch erinnern konnte.

»Und da lief nichts? Echt nicht?«, fragte Lissy schließlich.

»Nein, hat er gesagt, natürlich nicht.«

»Natürlich nicht? So hat er das gesagt?«

»Gesagt nicht, geschrieben.«

Lena hielt das Handy hoch. Lissy ließ es sich geben, überflog die Textnachrichten und gab ihr das Smartphone kopfschüttelnd zurück.

»Also … ist er jetzt schwul oder nicht?«, fragte sie nach einer Weile.

»Keine Ahnung, ich werd einfach nicht schlau aus ihm. Gestern Abend hat ihn ein Typ angebaggert, den hat er freundlich auf Distanz gehalten. Also hat er's vielleicht doch nicht so mit Männern. Aber danach hat er mich ausgezogen und ins Bett gesteckt und wollte nichts von mir – das klingt wiederum nicht so, als würde er auf Frauen stehen, oder?«

»Vielleicht steht er ja nur auf dich nicht«, schlug Lissy grinsend vor und duckte sich, als Lena lachend ausholte, als wollte sie mit ihrer Brezel nach ihr werfen.

»Okay, okay«, lenkte Lissy schnell ein und gluckste, »natürlich stehen alle auf dich, und Rick ist nur ein guter Freund und tadelloser Gentleman. Gefällt dir das besser?«

»Das will ich meinen! Und das mit dem Gentleman … da könnte sich der Chef, dieser Schmierlappen, durchaus mal ein paar Scheiben abschneiden.«

»Das wird er wohl leider nicht machen. Bei mir ist er auch schon abgeblitzt, aber zwei Kolleginnen aus der Buchhaltung haben sich angeblich nicht lange bitten lassen. Jetzt ist ihr Job gesichert, eine Gehaltserhöhung gab's auch, und abends werden sie ab und zu zum Essen ausgeführt. Müssen halt beide so tun, als wisse die eine nichts von der anderen, aber …« Lissy grinste. »… aber hintenrum tauschen sie Tipps, wie man dem Boss am besten Geschenke und Geld aus der Tasche zieht.«

»Geschieht ihm recht, dem Bock«, knurrte Lena. »Aber für mich wär das nichts.«

Sie schaute Lissy an, bis sich auf deren Gesicht ein listiges Lächeln legte.

»Jetzt würdest du gern wissen, welche beiden Kolleginnen das sind, stimmt's?«

»Na klar. Und?«

»Die Mayer und die Frohbus.«

»Nee, oder?«

Lena schüttelte den Kopf und nahm einen Schluck Kaffee.

»Die eine ein Hungerhaken mit Überbiss, die andere eine Endvierzigerin mit Übergewicht – was ist nur mit den Männern los?«

»Na ja, zumindest einer wie Dohlem leidet natürlich Not und muss nehmen, was er kriegen kann. Bei deinem Ex Ralf verstehe ich das schon weniger …«

Ein Schatten huschte über Lenas Gesicht, und Lissy schob schnell eine Entschuldigung nach.

»Schon gut«, beruhigte Lena sie. »Du hast ja recht, und in beiden Fällen kann's mir jetzt ja auch egal sein. Mit Ralf ist Schluss, und Dohlem hat mir fristlos gekündigt.«

»Ja, hab ich gehört. Und: Willst du was dagegen unternehmen?«

»Nö. Dohlem möchte ich am liebsten gar nicht mehr begegnen – und ich vermute mal, dass der gefesselte und geknebelte Alte im Badezimmer als Kündigungsgrund reicht.«

»Und jetzt?«

»Jetzt brauch ich einen neuen Job.«

»Altenpflegerinnen sind gefragt, vor allem gute wie du.«

»Schau'n wir mal. Und was mach ich, wenn Dohlem so sauer auf mich ist, dass er den Heimen, bei denen ich mich bewerbe, unter der Hand anvertraut, was ich mit dem alten Frick angestellt habe?«

»Ach, du siehst das zu negativ. Jetzt nehmen wir uns noch die Schokolade vor, und dann rufst du gleich bei einigen Heimen an. Du wirst sehen: Bis Montag oder Dienstag hast du eine neue Stelle klargemacht.«

»Ja, so wird's sein«, sagte Lena. Aber so richtig überzeugt klang sie nicht.

*

»Wish & Weck, guten Tag. Wie kann ich Ihnen helfen?«

Violetta Weck hatte das Gespräch ganz in Gedanken angenommen und spulte die übliche Begrüßung ab, aber als sie die Nummer des Anrufers auf dem Display erkannte, verkniff sie es sich, ihren Namen zu nennen.

»Haber hier«, meldete sich Jonathan. Seine Stimme klang heiser und gepresst, und er schien sich im Freien zu befinden. »Ich brauche Hilfe.«

»Kein Problem«, antwortete Violetta und versuchte, ihre Stimme ein wenig zu verstellen. »Dafür ist unsere Agentur ja da. Was können wir für Sie tun, Herr Haber?«

»Kann ich Rania sprechen?«

»Sie ist gleich wieder für Sie da, aber im Moment ist sie gerade nicht am Platz, tut mir leid. Kann ich Ihnen helfen?«

»Ja, ich …« Er unterbrach sich, ein Stöhnen war zu hören. Violetta hob die Augenbrauen und horchte, was als Nächstes kommen würde. »Ich … ich brauche einen Krankenwagen. Ich bin gestürzt, und jetzt tun mir beide Handgelenke so weh, dass ich es kaum aushalten kann. Können Sie jemanden schicken?«

»Oh, aber natürlich! Haben Sie sich etwas gebrochen? Sind Sie verletzt?«

»Keine Ahnung, ich bin ja kein Arzt, aber meine Handgelenke fühlen sich nicht gut an. Sie wissen, dass ich privat versichert bin?«

»Selbstverständlich, wir haben alle Ihre Unterlagen hier. Wollen Sie in eine bestimmte Klinik?«

»Nein, suchen Sie einfach die beste raus und schicken Sie mir schnell einen Krankenwagen oder einen Notarzt.«

»Gut, wird sofort erledigt. Wo sind Sie?«

»Im Garten, neben der Kellerterrasse. In der Telefonzelle dort.«

»Können Sie den Sanitätern öffnen?«

»Meine Fernbedienung hab ich ja immer dabei, das müsste gehen. Die sollen einfach direkt durch die Gartenpforte nach hinten kommen.«

»Gut. Ich bestelle sofort einen Krankenwagen für Sie. Und sobald mir jemand sagen kann, was Ihnen fehlt, bringe ich Sie in der Klinik unter, die für Ihre Verletzung den besten Ruf hat, okay?«

»Ja, danke.«

»Und … wie ist es passiert?«

»Das … das möchte ich Rania lieber persönlich sagen. Es ist mir etwas peinlich.«

Er räusperte sich.

»Aber vor allem tut es höllisch weh.«

Damit legte er auf, und Violetta dachte noch einen Moment darüber nach, was wohl vorgefallen sein konnte, bevor sie den Rettungsdienst alarmierte.

*

Jonathan Haber überlegte noch, woher ihm die Stimme der Frau bekannt vorkommen konnte, die sich unter Ranias Nummer in der Agentur gemeldet hatte, als die Sanitäter auch schon eintrafen. Sie untersuchten ihn schnell und geschickt, und obwohl er das Gefühl hatte, dass ihm alle Knochen weh taten, so waren seine beiden größten Probleme offenbar wirklich die Handgelenke.

»Vermutlich gebrochen«, sagte einer der Sanitäter, ein bulliger Typ mit dem Gemüt eines Metzgerhundes. Er deutete grinsend auf die Rollschuhe, die Jonathan noch immer umgeschnallt hatte. »Das sollten Sie vielleicht in der nächsten Zeit lieber bleiben lassen.«

Sonst waren sie nett zu ihm. Sie halfen ihm auf, hakten ihn links und rechts unter und rollten ihn über den Gartenweg zum Rettungswagen hinüber, der im Innenhof stand. Dann schnallte ihm der eine Sanitäter die Rollschuhe ab und der andere schob ihn ins Innere des Wagens.

»Wollen Sie liegen?«, fragte der Metzgerhund und zwinkerte ihm zu. »Das macht immer mächtig Eindruck bei den Krankenschwestern in der Aufnahme.«

»Das wird nicht nötig sein«, brummte Jonathan und setzte sich neben den anderen Sanitäter, während sich der Metzgerhund wieder hinter das Steuer klemmte. Einmal versuchte sein Nebensitzer ein Gespräch zu beginnen, aber Jonathan warf ihm einen so abweisenden Blick zu, dass der Mann gleich wieder verstummte. Seit erfreulich langer Zeit hatte er niemanden mehr um sich gehabt und hatte die Anwesenheit von niemandem vermisst – und jetzt stand ihm das Gewimmel einer Notaufnahme bevor, da musste er sich die vergleichsweise ruhige Zeit im Krankenwagen nicht auch noch mit Geplapper erschweren.

Es ging leidlich flott zum nächsten Krankenhaus, und in der Aufnahme wartete schon eine junge Frau mit schulterlangen schwarzen Haaren auf ihn.

»Alles in Ordnung, Herr Haber?«, fragte Rania, und sie wirkte ehrlich besorgt.

»Na ja«, sagte er, hob beide Hände und versuchte ein Lächeln, obwohl ihm schon die kurze Bewegung stechende Schmerzen beschert hatte. »Bis auf das hier halt.«

Jonathan hatte Rania zuvor noch nie gesehen, sondern immer nur mit ihr telefoniert, aber sie wirkte genauso nett, wie er sie sich ihrer Stimme nach vorgestellt hätte. Ein bisschen hübscher vielleicht, jedenfalls hübsch genug, dass sowohl beide Sanitäter als auch die anderen Männer in der Notaufnahme immer wieder mehr oder weniger unauffällig zu ihr hinsahen. Sie schien es nicht zu bemerken oder zumindest nicht zu beachten. Jonathan wiederum fiel alles auf, was um ihn herum vor sich ging. Er hatte ein unangenehmes Gefühl von Enge und musste sich sehr beherrschen, nicht sofort aufstehen und in sein Haus zurückkehren zu wollen. Die anderen Leute störten, sie redeten und rochen, knarzten auf ihren Stühlen und stöhnten, machten irgendwelche nervigen Dinge mit ihren Smartphones oder blätterten in Büchern und Zeitschriften. Falls er es je vergessen hätte: Hier wäre ihm wieder klar geworden, wie gut er es allein auf seinem großen Anwesen getroffen hatte.

Immerhin: Rania war durchaus zu ertragen, so nett und freundlich und besorgt, wie sie war.

»Meine Chefin meinte, Sie wollten nur mir erzählen, was passiert ist. Warum das denn?«

»Weil … es mir peinlich ist, und ich …«

Jonathan war nicht mehr daran gewöhnt, mit Menschen zu reden, die er vor sich hatte. Und so groß die Vertrautheit mit seiner Betreuerin aus der Agentur am Telefon auch war: Im direkten Gespräch schien sie teilweise verflogen. Aber es half ja nichts …

»Na ja, mir ist das Ganze etwas peinlich. Ich hatte mir zum Geburtstag diese altmodischen Rollschuhe geschenkt.«

Er unterbrach sich und zuckte mit den Schultern.

»Aber das brauche ich Ihnen ja gar nicht zu erzählen, Sie haben die Bestellung schließlich für mich aufgegeben.«

Rania nickte und lächelte, es sah toll aus.

»Wie auch immer: Ich bin gleich heute Vormittag damit im Haus unterwegs gewesen, und anfangs ging auch alles gut, bis …«

Er schilderte seinen Sturz, ließ aber die Beschreibung des Hindernisparcours weg.

»Oje«, sagte Rania, »das tut mir aber leid. Wo Sie sich doch so auf die Rollschuhe gefreut hatten.«

Eine Krankenschwester kam zu ihnen und bat Jonathan, ihr zu folgen.

»Kann ich mit rein?«, fragte Rania.

»Sind Sie die Tochter?«

»Nein, ich bin von seiner –« Rania unterbrach sich, weil sie Zweifel daran bekam, ob die Angestellte einer Service-Agentur so einfach mit in den Untersuchungsraum durfte. Sie warf Jonathan einen entschuldigenden Blick zu und sagte dann: »Ja, natürlich, entschuldigen Sie: Ich bin seine Tochter.«

Die Krankenschwester hob die Augenbrauen.

»Doch, bin ich, aber … na ja … der Unfall und alles … ich bin halt etwas verwirrt im Moment …«

Rania stammelte, wirkte dabei aber eigentlich nicht allzu verwirrt. Die Krankenschwester sah sie fragend an, dann richtete sich ihr Blick auf Jonathan.

»Was ist jetzt?«, polterte er los. »Meine Tochter darf ja wohl mit rein, oder? Und können wir vielleicht endlich mal los?«

Kopfschüttelnd wandte sich die Schwester ab und stapfte den beiden voraus. Der Arzt, der ihn untersuchte, bestätigte Jonathans Befürchtungen: Beide Handgelenke waren gebrochen; was ihn sonst schmerzte, waren lediglich Prellungen – mehr als ein paar blaue Flecke hatte er davon nicht zu befürchten.

»Wir operieren gleich nachher«, sagte der Arzt dann noch. »Ein Zimmer wird schon für Sie vorbereitet.«

»Da waren Sie etwas vorschnell, Herr Doktor«, erwiderte Rania resolut und hakte ihren Mandanten unter. »Herr Haber …« Der Arzt hob eine Augenbraue, und Rania korrigierte sich sofort. »Mein Vater wird nicht hierbleiben. Danke für die Untersuchung, aber jetzt bringe ich den Patienten zu einem Spezialisten. Sie entschuldigen uns bitte?«

Damit waren sie auch schon auf dem Weg nach draußen. Im Hinausgehen hatte Jonathan noch einen kurzen

Blick auf den Arzt geworfen, der in einer Mischung aus Verblüffung und Verärgerung wie angewurzelt noch immer mitten im Untersuchungsraum stand. Rania brauchte keine zehn Minuten, um alles in die Wege zu leiten. Und noch einmal eine Viertelstunde später fuhr sie in ihrem schnittigen Zweisitzer vom Gelände der Klinik, Jonathan auf dem Beifahrersitz, und brachte ihn in eine Privatklinik, die für ihre Arbeit an Handgelenken geradezu legendär war.

Ein neuer Job

»Nein, nicht so! Zuerst das Fleisch und dann die Zwiebeln! Herrgott nochmal, so schwierig ist das doch nicht!«

Jonathan Haber war laut geworden, was sonst nicht seine Art war. Aber er wollte Gulasch kochen, und weil er selbst es mit zwei gebrochenen Handgelenken derzeit nicht konnte, musste er sich damit behelfen, seine Betreuerin anzuleiten – aber die stellte sich in der Küche so unglaublich ungeschickt an, dass ihm immer wieder der Geduldsfaden riss.

»Was schreien Sie mich denn an? Ich bin nicht Ihre Kochhilfe, ich bin Pflegerin, und zwar eine gute! Ich soll Ihnen durch den Tag helfen, solange Sie wegen Ihrer Verletzung auf Hilfe angewiesen sind. Also reißen Sie sich bitte zusammen und hören Sie endlich auf, mich anzuschreien und mich zu drangsalieren!«

»Aber Ihnen werden die Zwiebeln verbrennen! Und dann wird das Gulasch bitter, das kann doch keiner mehr essen! Wieso können Sie eigentlich nicht kochen? Oder wieso können Sie wenigstens nicht einfach machen, was ich sage? Sie müssen ja nicht mal das Rezept kennen, Sie müssen sich nur an meine Anweisungen halten – das werden Sie doch wohl hoffentlich noch hinbekommen?«

Jonathan war noch etwas lauter geworden, weil der Dampf, der aus dem Topf aufstieg, allmählich eine schärfere Note annahm – es konnte nicht mehr lange dauern, bis die Zwiebeln verbrannt waren. Die Betreuerin unternahm aber nichts, sondern stand jetzt stocksteif vor dem Herd. Ihre rechte Hand schloss sich so fest um den Rührlöffel, dass ihre Knöchel weiß hervortraten. Dann schleuderte sie den Löffel in den Topf, dass es nur so schepperte. Sie stemmte die Fäuste in die Hüften und baute sich vor ihm auf.

»Sie müssen nicht glauben, dass Sie mit mir umspringen können, wie Sie wollen, nur weil Sie die Kohle haben und ich für Sie arbeite, ja? Sie werden sich zusammenreißen und werden ab sofort höflich mit mir reden, sonst …«

»Sonst?«

»Sonst können Sie Ihren Scheiß allein machen, verstanden?«

»Verstanden.«

Jonathan ging in den Flur hinaus, hob mühevoll den Telefonhörer von der Gabel und nahm einen Bleistift zu Hilfe, um die Nummer von Rania in der Agentur umständlich auf der Wählscheibe zu wählen. Nach dem zweiten Klingeln war sie dran.

»Hallo Rania, Jonathan Haber hier«, meldete er sich überflüssigerweise, denn Rania hatte natürlich seine Nummer und seinen Namen auf ihrem Display vor sich. Aber seit sie ihn ins Krankenhaus begleitet und ihn nach seiner Operation auch fast täglich besucht hatte, fühlte er sich ihr näher als zuvor, und er bemühte sich noch ein bisschen mehr als bisher, zumindest ihr gegenüber einigermaßen freundlich zu sein. »Ich fürchte, Sie müssen mir noch einmal eine neue Betreuerin organisieren.«

»Was soll das jetzt?«, fragte die Pflegerin, die neben Jonathan getreten war und sich die Hände an ihrer Schürze abwischte.

»Sie haben doch gerade gekündigt, nicht wahr?«, antwortete Jonathan ihr leichthin.

»Ich habe … was habe ich?«

»Sie haben gesagt, dass ich mich zusammenreißen und ab sofort höflich zu ihnen sein soll, sonst könne ich meinen Scheiß allein machen. Das waren Ihre Worte, richtig?«

»Äh … ja, wieso?«

»Ich denke nicht daran, mich zusammenzureißen. Das hier ist mein Haus, Sie arbeiten für mich, nicht umgekehrt. Also haben Sie soeben gekündigt. Packen Sie Ihre Sachen und schauen Sie, dass Sie aus meinem Haus verschwinden. Noch Fragen?«

Die Pflegerin sah ihn irritiert an.

»Aha, also keine Fragen«, sagte Jonathan. »Gut. Die Agentur wird alles Nötige mit Ihnen klären. Und jetzt raus hier.«

Die Frau klappte ihren Mund auf und zu, sagte aber kein Wort. Sie lief puterrot an, dann wandte sie sich abrupt ab und marschierte mit geballten Fäusten zu dem Zimmer, in dem sie einquartiert worden war. Wenig später wurde erst die Tür dieses Zimmers zugeschlagen und dann die Haustür.

»Das war jetzt vielleicht nicht ganz so klug, Herr Haber«, meldete sich Rania, die alles schweigend mit angehört hatte, zu Wort.

»Diese Frau war eine Plage, glauben Sie mir, Rania. Das hält keiner aus. Sie kann nicht kochen, sie stellt sich auch bei allem anderen blöd an, und wenn ich will, dass sie mir einen Whisky einschenkt, muss ich mir auch noch Predigten über die Schädlichkeit von Alkohol anhören. Dafür bin ich nicht reich geworden. Jetzt ist sie endlich fort, bitte schicken Sie mir eine neue Pflegerin. Irgendwann muss doch mal eine dabei sein, die etwas taugt.«

Rania sagte nichts, aber aus dem Telefon war ein Geräusch zu hören. Jonathan war nicht sicher, aber es konnte ein unterdrücktes Lachen sein. Doch als sich Rania wieder meldete, wirkte ihre Stimme völlig ernst und etwas streng.

»Darf ich offen zu Ihnen sein, Herr Haber?«

»Aber natürlich, unbedingt.«

»Gut.« Sie ließ eine kurze Pause, als müsse sie sich überwinden. »Das war jetzt die dritte Pflegerin, die Sie rausgeworfen haben.«

»Ich hab sie nicht rausgeworfen. Alle drei haben von sich aus gekündigt.«

»Na gut, dann will ich mich anders ausdrücken: Sie haben sie rausgeekelt.«

»Ach, wie das klingt …«

Jonathan musste nun doch ein wenig grinsen, als er sich an die jeweiligen Umstände erinnerte.

Die erste Betreuerin hatte sich über seine Modelleisenbahn und das Tonstudio lustig gemacht, also hatte er sich wenig später im Gästebad umgeschaut und dabei war ihm – versehentlich, wie er Rania gegenüber schwor – eine Rolle Klopapier in die Toilette gefallen. Genauso »versehentlich« hatte er die Haarbürste der Betreuerin und einen kleinen Tiegel mit ihrem Kajal – sie hatte mit ihrem Kram ein fürchterliches Durcheinander angerichtet – in die Schüssel geschubst und danach die Spülung ausgelöst. Die anschließende Verstopfung beschäftigte die Frau recht lange, und als sie bemerkte, wie er ihr grinsend dabei zusah, als sie die Sauerei beseitigte, beschimpfte sie ihn und war wenig später über alle Berge.

Die zweite Betreuerin hatte hinter seinem Rücken vom teuersten Whisky genippt, und das nicht nur einmal – und Nippen war auch nicht unbedingt die richtige Beschreibung. Also holte er einen alten Obstessig aus Schottland aus dem Vorratskeller und mischte ihn unter die Whiskyflaschen. Der Hersteller des Essigs war so stolz auf sein recht intensives, goldgelb schimmerndes Gebräu, dass er seinen klingenden schottischen Familiennamen aufs Etikett hatte drucken lassen, aber auf jede sonstige Bezeichnung des Inhaltes verzichtet hatte – und als sich die Betreuerin am folgenden Abend wieder einen teuren Tropfen gönnen wollte, griff sie nach der Essigflasche und hatte an dem kräftigen Schluck, den sie wie üblich gleich hinunterstürzte, nicht wirklich ihr Vergnügen. Sie hatte sich bei ihm wegen des Streichs beschwert, er hatte ihr vorgehalten, dass sie ihn nicht nur bestahl, sondern sich dabei auch noch so dumm anstellte, dass sie ertappt wurde – Minuten später endete ihr Aufenthalt in der Villa am Ende des Neugebauerwegs.

Und die dritte Betreuerin war zu blöd, um nach seinen Vorgaben zu kochen.

Er wollte Rania gerade noch einmal auseinandersetzen, warum alle drei Frauen völlig ungeeignet für ihren Posten gewesen waren, als ihm das Gulasch einfiel.

»Moment, Rania!«, rief er und flitzte in die Küche.

Zwar hing ein scharfer Geruch nach verbrannten Zwiebeln im Raum, aber immerhin hatte die Betreuerin die Herdplatte ausgeschaltet, bevor sie gegangen war.

»Herr Haber?«, war Ranias besorgte Stimme aus dem Flur zu hören. »Herr Haber, sind Sie noch da?«

»Alles gut«, rief er aus der Küche und kam dann wieder ans Telefon. »Alles gut, ich hatte nur Angst, dass diese Frau womöglich den Herd angelassen haben könnte. Aber wenigstens das hat sie hinbekommen. Also, Rania: Ich brauche eine neue Pflegerin, und das schnell. Sie wissen ja: Mit meinen gebrochenen Handgelenken komme ich alleine nicht zurecht. Leider.«

»Das wird schwierig, Herr Haber.«

»Das schaffen Sie schon, Rania, ich verlass mich da ganz auf Sie, wie immer.«

»Na ja, ich will's gern versuchen, aber Ostern steht vor der Tür, es wird nicht einfach werden, da so kurzfristig jemanden zu finden – und die beiden Anbieter, die uns die bisherigen Pflegerinnen vermittelt haben, werden Ihren Namen vermutlich inzwischen auf einer Schwarzen Liste führen.«

»Schwarze Liste – das klingt nicht gut, was, Rania?«

»Nein, wirklich nicht.«

»Bin ich denn so schlimm?«

Sein Tonfall war weicher geworden, und Rania stutzte. Wurde Jonathan Haber so kurz vor Ostern womöglich rührselig?

»Ist alles in Ordnung mit Ihnen, Herr Haber?«, fragte sie deshalb zögernd.

»Bis auf die Handgelenke, ja, warum?«

»Ach, nichts … ich dachte nur …«

Eine kurze Pause entstand, dann hakte Jonathan nach.

»Und: Bin ich so schlimm?«

»Mir gegenüber nicht, nein, Herr Haber. Aber drei vergraulte Pflegerinnen innerhalb weniger Tage – das ist kein schlechter Schnitt, das müssen Sie zugeben.«

Jonathan lachte.

»Da haben Sie wohl recht, aber ich bin halt nicht mehr daran gewöhnt, mein Haus mit jemand anderem zu teilen. Ich freu mich schon jetzt darauf, wenn ich niemanden mehr hier im Haus haben muss. Darauf würde ich gern verzichten, das können Sie mir glauben.«

Nicht zum ersten Mal fragte sich Rania, was diesem Mann wohl die Gesellschaft anderer Menschen verleidet hatte, aber zum ersten Mal war sie nah dran, ihn einfach darauf anzusprechen, so vertraut, wie sie sich gerade am Telefon unterhielten. Doch sie zögerte, und dann war der Moment auch schon wieder vorüber.

»Ich werde sehen, was sich machen lässt, Herr Haber. Garantieren kann ich nichts, aber … aber Sie könnten mir etwas versprechen.«

»Ich? Was denn?«

»Falls ich so kurzfristig jemanden für Sie finde … könnten Sie sich dann dieses eine Mal etwas mehr Mühe geben, bitte? Denken Sie einfach dran, dass es nur für ein paar Tage ist. Nur, bis Sie Ihre Handgelenke wieder normal belasten können. Und wenn Sie etwas stört an der nächsten Betreuerin, dann beißen Sie einfach mal die Zähne zusammen und versuchen es auszuhalten, ja?«

»Aber ich …«

»Bitte, Herr Haber! Tun Sie's für mich. Schauen Sie: Mein Job ist es, alles Mögliche für Sie zu regeln, und ich bemühe mich sehr, meine Aufgabe gut zu erfüllen.«

»Tun Sie, Rania, tun Sie.«

»Wenn ich jetzt nicht endlich einen Haken hinter das Thema ›Pflegerin für Herrn Haber besorgen‹ machen kann, wird das meine Chefin sicher nicht so sehen.«

»Haben Sie Angst, dass die Agentur Ihnen kündigen könnte?«

»Die Möglichkeit besteht immer. In unserer Branche steht die Zufriedenheit der Kunden im Mittelpunkt. Und wenn da Zweifel aufkommen …«

»Soll ich mal mit Ihrer Chefin reden, Rania? Ich bin sehr zufrieden mit allem, was Sie für mich tun.«

»Das freut mich, danke – aber Sie haben schon mit ihr gesprochen. Als Sie uns angerufen haben, nachdem

Sie sich die Handgelenke gebrochen hatten, war sie am Apparat.«

»Ach?«

»Ja, Frau Weck ist in der Agentur fast rund um die Uhr erreichbar, und wenn ich frei habe oder gerade nicht am Platz bin, übernimmt sie meine Gespräche. So war es auch nach Ihrem Unfall.«

Jonathan blinzelte. Die Frau mit der vage vertraut klingenden Stimme war also Ranias Chefin. Weck … der Name sagte ihm nichts, außer dass er wusste, was ihm Rania vor einiger Zeit mal verraten hatte: Dass die Agentur Wish & Weck nach einem Wortspiel mit dem Namen der Besitzerin benannt war.

»Und, Herr Haber? Haben wir eine Abmachung?«

»Was für eine Abmachung?«

»Ich versuche, noch irgendwo eine neue Pflegekraft für Sie aufzutreiben – und Sie versprechen mir, dass Sie sich diesmal so beherrschen werden, dass er oder sie nicht gleich wieder die Brocken hinwirft.«

»Wie – er?«

Rania lachte.

»Na, die meisten Pflegekräfte sind Frauen, aber es gibt heutzutage natürlich auch Männer in diesem Beruf. Wäre Ihnen eine Frau denn lieber?«

»Das …« Er räusperte sich. »Das ist mir natürlich egal. Hauptsache, sie macht es mir nicht zu schwer, mit ihr zurechtzukommen.«

Rania lachte wieder.

»Also, ich meine … er oder sie macht es mir nicht zu schwer.«

»Also haben wir eine Abmachung?«

»Meinetwegen.«

»Hand aufs Herz: Versprochen?«

»Hand aufs Herz?« Er musste grinsen. »Das geht ja nun leider nicht, wegen meiner Verletzung …«

»Herr Haber! Also? Versprochen?«

»Versprochen.«

Es entstand eine kurze Pause.

»Danke«, sagte Rania schließlich mit ganz sanfter Stimme und legte auf.

⁂

Der Klingelton hallte in der großzügigen Wohnung wider, und es dauerte eine Weile, bis die junge mollige Frau ins Zimmer schlurfte, sich die Hände an einem bunt verschmierten Schurz abwischte und das Handy vom Tisch nahm.

»Ja?«

»Josi, bist du das?«

»Wer soll denn, bitteschön, sonst an mein Handy gehen?«

»Ah, gut, ich bin's, Lissy.«

»Hi. Lange nichts von dir gehört.«

»Ja, ich hab auch schon ein ganz schlechtes Gewissen.«

»Musst du nicht haben, jetzt rufst du ja an. Und, was gibt's?«

»Wie geht's dir denn?«

»Gut, mehr oder weniger. Aber du rufst sicher nicht an, weil du mich das fragen wolltest, oder? Also, was willst du?«

»Was bist du denn so patzig? Hab ich was Falsches gesagt?«

»Gesagt nicht, nein.«

Eisiges Schweigen, dann meldete sich Lissy wieder zu Wort.

»Okay, Josi, ich glaube, ich lege jetzt lieber wieder auf. Ich hatte gedacht, dass unser erstes Telefonat nach so langer Zeit … wie soll ich sagen? … irgendwie netter ablaufen würde.«

»Netter? Na ja … du hast mir den Typen ausgespannt, und dann hast du dich … wie lange nicht gemeldet?«

»Zwei Jahre«, gab Lissy kleinlaut zu. »Aber das mit dem Typen ist so nicht ganz richtig, das weißt du. Und weil ich mir schon dachte, dass du sauer auf mich sein könntest, habe ich mich halt eine Zeitlang nicht anzurufen getraut …«

»Geschenkt. Und ob er jetzt wirklich vorher mit mir Schluss gemacht hat oder nachher – jedenfalls warst du mit ihm in der Kiste, und er hat sich danach nicht mehr für mich interessiert.«

»Für mich auch schon lange nicht mehr, falls dich das tröstet.«

»Nicht unbedingt, aber egal. Also was willst du?«

Lissy sog die Luft scharf ein und dachte noch einmal daran, einfach aufzulegen, aber dann überwand sie sich doch.

»Ich wollte dich um einen Gefallen bitten.«

Leises Lachen am anderen Ende.

»Nicht schlecht, Lissy. Das bringt nun wirklich nicht jede fertig, Respekt.«

»Einen Gefallen nicht für mich, sondern für eine Freundin. Du hast sie, glaube ich, mal auf einer Party bei mir getroffen. Lena Rohland. Eine Kollegin von mir, inzwischen nur noch eine Exkollegin, leider.«

»Und was hab ich damit zu tun?«

»Lena wurde von unserem Chef fristlos gekündigt, weil sie nicht zuließ, dass er ihr an die Wäsche ging.«

Das war zwar nur die halbe Wahrheit, aber zumindest die Hälfte, die Josi gegenüber vermutlich punkten konnte.

»Hat sie gut gemacht«, kam auch prompt die erwartete Reaktion. »Und jetzt kommt sie nirgendwo mehr unter? Ich dachte, Pflegekräfte wie ihr seien so gefragt.«

»Sind sie auch, aber ganz offensichtlich hat sich mein Chef eine etwas andere Version von Lenas Abgang ausgedacht …«

»Kann ich mir vorstellen.«

»… und die hat er offenbar fleißig unter die Leute gebracht, so von Geschäftsführer zu Geschäftsführer, ganz im Vertrauen, du weißt schon. Jedenfalls blitzt Lena seither überall ab, sogar in Häusern, die eigentlich händeringend Personal suchen.«

»So ein Drecksack!«

»Du sagst es.«

»Aber ich habe keine Jobs zu vergeben, Lissy. Meine Bilder verkaufen sich inzwischen zwar recht ordentlich, aber eine Assistentin kann ich noch nicht bezahlen, falls du darauf spekuliert hast.«

»Sehr witzig. Nein, ich hatte da eher an die Agentur deiner Mutter gedacht.«

»An die … Agentur … meiner … Mutter?«

Es entstand eine kurze Pause.

»Sag mal: spinnst du? Meldest dich nach zwei Jahren Funkstille, willst Hilfe von mir – und dann hat das Ganze auch noch mit meiner Mutter zu tun?«

Ohne ein weiteres Wort unterbrach sie das Gespräch. Fast sofort klingelte es wieder. Josi ließ es klingeln, und als es irgendwann zu läuten aufhörte, rief sie die Nachricht auf, die Lissy hinterlassen hatte.

»Ich weiß eh, dass du jetzt erst mal nicht mehr rangehst, Josi«, hatte Lissy auf Band gesprochen. »Aber ich weiß auch, dass du meine Nachricht anhören wirst. Ich weiß, dass du mit deiner Mutter keinen Kontakt mehr hast. Na ja, bis auf die Tatsache, dass du dir von ihr deine schicke Wohnung bezahlen lässt – aber lassen wir das. Lena sucht einen Job, und Lena ist meine beste Freundin. Du wirst dich erinnern, dass auch wir mal beste Freundinnen waren – und dass ich, ohne jetzt groß drauf herumreiten zu wollen, auch dir damals sehr geholfen habe. Du weißt also aus eigener Erfahrung, dass ich nicht lockerlasse, wenn es darum geht, einer Freundin zu helfen. Und jetzt braucht Lena meine Hilfe – und deine. Also: Du kannst mir die Telefonnummer oder auch nur den Namen der Agentur deiner Mutter auf Band sprechen oder mailen, wenn du nicht mehr mit mir reden willst. Und wenn das nicht zack, zack passiert, rufe ich dich so lange an, bis du endlich mit den Kontaktdaten rausrückst.«

Josi hörte Lissys perlendes Lachen, und sie dachte wehmütig an die Zeit zurück, als sie noch befreundet waren und ihnen noch kein Mann den Spaß an fröhlichen Mädelsabenden verdorben hatte.

»Also, Josi, gib dir einen Ruck und melde dich. Bitte! Lena ist echt darauf angewiesen. Und … und wenn du magst, können wir uns gern mal wieder auf ein Dutzend Cocktails oder so treffen und uns mal so richtig über den Typen auslassen, der uns auseinandergebracht hat.«

Damit endete die Nachricht, und Josi ging zurück in das sonnendurchflutete Eckzimmer, in dem sie ihr Atelier eingerichtet hatte. Auf der Leinwand war eine düstere

Nachtszene am Bärensee zu erkennen, nur einige Flächen am Rand waren noch nicht ganz ausgearbeitet. Josi tupfte den Pinsel in blaue Farbe, setzte einige Striche, mischte dunkles Grau dazu und versah einen eh schon dunklen Bereich mit zusätzlichen Schatten. Dann hielt sie inne und versank für eine Weile in ihrem fast fertigen Gemälde. Als sie unter der Oberfläche des Sees, die sie mit vielen Details und Andeutungen als geheimnisvollen Spiegel des Nachthimmels angelegt hatte, ein Gesicht zu erkennen glaubte, das etwas rundliche Gesicht einer meistens fröhlichen Frau mit wild gelockter roter Mähne, zog sie einige Linien des sich kräuselnden Wassers neu nach.

»Raus aus meinem Bild, Lissy«, murmelte sie dabei, doch der See wirkte danach nur noch geheimnisvoller, und in seine Oberfläche konnte man sich alles Mögliche hineindenken. Und natürlich war die Einbildung, dort Lissys Gesicht schimmern zu sehen, mit Farbe nicht zu beseitigen. Josi legte den Pinsel beiseite, seufzte, wischte ihre Finger an der Schürze ab und ging zum Telefon hinüber.

⁂

Rania Mohlfeidt war gespannt auf ihre Besucherin, und als es klingelte, eilte sie sofort zur Sprechanlage, drückte den Öffner und wartete in der Tür. Lena Rohland kam leichtfüßig die Treppe herauf, ihr Händedruck war fest, ihr Lächeln ehrlich, und auch sonst hinterließ sie den bestmöglichen Eindruck. Das Gespräch führten die beiden Frauen im kleinen Besprechungsraum der Agentur, wo Rania ihrer Besucherin Kaffee und Wasser anbot und zwischendurch in den Bewerbungsunterlagen blätterte, die Lena mitgebracht hatte. Ab und zu versuchte Rania sie mit sprunghaften Themenwechseln und unerwarteten Fragen aus dem Konzept zu bringen. Doch Lena ließ sich kein einziges Mal beirren, beantwortete alle Fragen freundlich lächelnd und ausführlich. Es war eher ein munteres Plaudern zwischen den beiden als ein klassisches Bewerbungsgespräch, nur als Lena eine Frage zu persönlich wurde, blockte sie höflich ab und sagte Rania geradeheraus, warum sie darauf keine Antwort geben wollte.

Schließlich lehnte sich Rania lächelnd zurück.

»Vielen Dank für das schöne Gespräch«, sagte sie. »Ich bin froh, dass Sie sich an unsere Agentur gewandt haben, Menschen wie Sie werden bei uns immer gebraucht. Nur eine Frage hätte ich noch …«

Lena hoffte, dass ihr nicht anzumerken war, dass sie sich in diesem Moment ein wenig versteifte. Es war klar, was jetzt kommen würde.

»Eigentlich sind es eher zwei Fragen, und Sie werden sie nicht überraschend finden.«

Rania musterte Lena noch einen Augenblick lang, bevor sie fragte.

»Sie haben Ihren Job im Seniorenheim verloren – ich würde gerne wissen, wie es dazu genau gekommen ist.«

»Der Leiter der Einrichtung hat mich zu sich gerufen, hat mir eine Verfehlung vorgeworfen, und dann …«

»Ja?«

»… und dann ist er zudringlich geworden, und ich habe mich dagegen gewehrt. Daraufhin hat er mir fristlos gekündigt.«

»Dagegen hätten Sie vorgehen können. Zudringlichkeiten muss man sich heute nicht mehr gefallen lassen.«

»Ich wollte für diesen Mann nicht mehr arbeiten, deshalb habe ich die Kündigung akzeptiert.«

»Okay … aber für eine fristlose Kündigung, selbst wenn sie anfechtbar gewesen wäre, muss Ihr damaliger Chef ja immerhin einen Grund gehabt haben. Oder etwas, das er zum Anlass dafür nehmen konnte. Sie haben eine ›Verfehlung‹ erwähnt – worum hat es sich da gehandelt?«

Lena zögerte. Vermutlich würde sie sich mit der wahren Geschichte die Chance, für diese Agentur zu arbeiten, gleich wieder nehmen. Aber bisher war sie mit Aufrichtigkeit dieser Frau gegenüber gut gefahren, also erzählte sie ihr vom nervtötenden Herrn Frick und davon, wie sie ihn in seinem Appartment zurückgelassen hatte. In Ranias Augen blitzte es ein paar Mal verräterisch, und einen Moment lang sah es fast so aus, als müsste sie sich ein Lachen verkneifen, aber dann nickte sie nur und sah Lena nachdenklich an.

»Sie haben sich danach beworben und haben bisher noch keine Stelle gefunden, obwohl Pflegekräfte wie Sie sehr gesucht sind. Woran, glauben Sie, liegt das?«

»An meinen Zeugnissen jedenfalls nicht, die haben Sie ja gesehen. Soweit ich das mitbekommen habe, hat sich mein bisheriger Chef unsere Begegnung etwas anders zurechtgelegt, etwas vorteilhafter für ihn selbst – und das hat er wohl den Geschäftsführern der anderen Seniorenheime so anvertraut.«

Lena zuckte mit den Schultern.

»Beweisen lässt sich das natürlich nicht, aber es haben mich auch Einrichtungen abgelehnt, die mir noch vor ein, zwei Jahren sehr lukrative Angebote für einen Wechsel gemacht haben – und die noch immer Mitarbeiterinnen mit meiner Qualifikation suchen.«

Rania zögerte kurz, dann klappte sie die Bewerbungsmappe zu und schob sie ein Stück zu Lena hin. Die nickte nur, griff nach der Mappe und stand auf.

»Danke jedenfalls für das nette Gespräch«, sagte Lena. »Vielleicht hören Sie ja mal von jemandem, der eine Altenpflegerin sucht, dann wäre es schön, wenn Sie meine Kontaktdaten weitergeben könnten.«

Sie streckte die Hand aus.

»Auf Wiedersehen«, sagte sie, doch Rania gab ihr nicht die Hand, sondern deutete auf den jetzt leeren Stuhl.

»Warum setzen Sie sich denn nicht wieder?«, fragte sie.

Lena stutzte und ließ sich wieder auf den Stuhl sinken.

»Erzählen Sie mir doch bitte, was zu dem Zwischenfall mit diesem Herrn Frick geführt hat.«

»Er hat genervt, wie immer.«

»Eben: wie immer. Und wie lange haben Sie schon in diesem Seniorenheim gearbeitet?«

»Etwas mehr als sieben Jahre.«

»Und Herr Frick wohnt dort seit …?«

»Seit knapp fünf Jahren.«

»Und ist er in letzter Zeit unangenehmer geworden oder hat er sich in seiner Art Ihnen und den Kolleginnen gegenüber sonstwie verändert?«

»Nein, eigentlich nicht. Herr Frick war vom ersten Tag an schwierig, anstrengend, na ja … ein Kotzbrocken, um ehrlich zu sein.«

»Und das hat Sie fünf Jahre lang nicht gestört?«

»Doch, natürlich, so wie alle anderen im Heim auch.«

»Aber Sie haben ihn sonst nicht gefesselt und geknebelt im dunklen Badezimmer zurückgelassen?«

Lena musste lachen.

»Nein, natürlich nicht.«

»Dachte ich mir. Und warum dann an diesem einen Abend?«

»Ich … darüber möchte ich nicht reden, tut mir leid.«

»Sie haben mir alle Fragen aufrichtig und ausführlich beantwortet, und Sie sind mir nur eine einzige Antwort schuldig geblieben, weil Ihnen meine Frage zu persönlich war – übrigens möchte ich mich für die Frage entschuldigen, das war als Provokation gedacht, um zu sehen, wie Sie reagieren.«

»Und?«

»Sie haben gut reagiert. Höflich, aber bestimmt – ich hätte darauf auch nicht geantwortet.«

»Danke.«

»Und jetzt wollen Sie mir den Grund dafür nicht nennen, dass Sie Herrn Frick auf eine Weise behandelt haben, die letztlich zu Ihrer fristlosen Kündigung geführt hat. Also nehme ich an, dass es sich dabei um etwas Persönliches handelt. Um etwas sehr Persönliches.«

Lena nickte nach kurzem Zögern.

»Besteht dieses persönliche Problem noch immer?«

»Ja, aber …«

»Aber?«

»Aber ich bin auf einem guten Weg, damit klarzukommen.«

»Und für Ihre Arbeit als Altenpflegerin würde das heißen: Herr Frick hätte heute gute Chancen, ungeknebelt durch den Abend zu kommen?«

Lena grinste.

»Das schon, aber vermutlich würde ich mir seine Frechheiten trotzdem nicht mehr bieten lassen. Das habe ich ihm viel zu lange durchgehen lassen, ohne ihm dazu meine Meinung zu sagen. Und derzeit ist meine Laune noch nicht gut genug, alles einfach nur zu schlucken – aber ja: Knebeln und fesseln würde ich ihn nicht mehr.«

»Schön zu hören«, sagte Rania und lächelte. »Hätten Sie ein Problem damit, einen … nun ja … einen etwas schwierigen Herrn zu betreuen, der sich beide Handgelenke gebrochen hat? Es würde nicht nur um die übliche Pflege gehen: Sie würden für ihn kochen, würden bis zu seiner Genesung auch in seinem Haus wohnen und ihm für alles zur Hand gehen, was so ansteht. Putzen müssen Sie nicht, und auch für alle gängigen Besorgungen hat er Leute, die wir für ihn organisieren. Aber Sie wären den ganzen Tag über um ihn und würden ihm für die alltäglichen Dinge zur Seite stehen, die ihm durch die gebrochenen Handgelenke schwerfallen oder unmöglich sind.«

»Damit hätte ich kein Problem. Aber was bedeutet ›etwas schwieriger Herr‹? Ist er eher einer wie Herr Frick oder eher so einer wie mein Exchef?«

»Er wird nicht zudringlich werden, in dieser Hinsicht müssen Sie nichts befürchten. Und ein … wie nannten Sie Herrn Frick? … ein ›Kotzbrocken‹ ist er eigentlich auch nicht. Zu mir ist er immer sehr nett, aber manchmal …«

»Manchmal?«

»Ich will es mal so ausdrücken: Herr Haber hat nicht gern Menschen um sich, und er ist wohlhabend genug, um sich das leisten zu können. Kontakt zur Außenwelt hat er nur über unsere Agentur, bis auf wenige Ausnahmen immer über mich. Wir nehmen ihm alle Bestellungen ab, organisieren Handwerker und was sonst noch so anfällt. Er achtet sehr darauf, dass er niemandem persönlich begegnet, und um das sicherzustellen, hat er in seinem Haus eine Überwachungsanlage, einen ausgeklügelten Schließmechanismus und einiges mehr installiert. Und wenn einmal die Woche seine Wohnung durchgeputzt wird, geht er so lange in den Keller.«

Lena stöhnte auf.

»Klingt sehr nach einem Schrat, wenn Sie mich fragen.«

Rania zuckte mit den Schultern.

»Mich erinnert er ein bisschen an meinen Vater. Der vergräbt sich seit dem Tod meiner Mutter auch.«

»Oh … ist Herr Haber verwitwet?«

»Um ehrlich zu sein: Ich weiß nicht, warum er sich so abschottet, aber mit einem Trauerfall hat es, glaube ich, nichts zu tun. Meinen Vater habe ich nur als Beispiel genannt. Er muss immer wieder aus dem Haus, weil halt etwas einzukaufen ist oder ein Behördengang ansteht. Ihm würde es auch gefallen, wenn ihm das eine Agentur wie unsere abnehmen würde, aber er kann es sich eben nicht leisten – und ich bin ganz froh, dass er auf diese Weise wenigstens manchmal unter die Leute kommt. Herr Haber dagegen hat sich allem Anschein nach ganz gut eingerichtet in seiner Einsamkeit.«

Lena musterte die Frau von der Agentur. Sie beschrieb ihren Kunden wie einen alten Freund oder einen lieben Verwandten.

»Kennen Sie ihn schon lange?«, fragte sie deshalb.

»Na ja, kennen … Ich betreue ihn schon seit einer ganzen Weile für die Agentur, aber persönlich getroffen habe ich ihn erst im Krankenhaus, nachdem er sich durch diesen blöden Unfall die Handgelenke gebrochen hatte. Ich habe Ihnen ja schon erzählt, dass er den Kontakt zu anderen Menschen nicht sehr schätzt.«

»Und jetzt ist er auf Hilfe angewiesen … Das wird ihm nicht gefallen, und vermutlich ist er deshalb nicht besonders gut drauf, richtig?«

»Wenn Sie das so freundlich ausdrücken wollen: ja.«

»Und wen hätten Sie angeheuert, wenn ich nicht zufällig gerade heute bei Ihnen vorbeigekommen wäre?«

»Nun ja … der Unfall liegt einige Tage zurück, und er hat schon drei Betreuerinnen vergrault. Um ehrlich zu sein, wusste ich gar nicht mehr, wen ich noch fragen sollte.«

»So schlimm?«

»Die drei Pflegerinnen, die es bisher versucht hatten, haben natürlich alles ihren Vorgesetzten berichtet, und die wollen uns nun keine weiteren Mitarbeiter mehr zur Verfügung stellen.«

»Was hat er denn angestellt, um Himmels willen?«

Rania fasste Jonathan Habers Schilderungen zusammen und erzählte ihr hinterher auch noch von dem Zwischenfall mit den Installateuren kurz vor dem Unfall. Lena war ein wenig nachdenklich geworden, und sie überlegte eine Weile, bevor sie sagte: »Er scheint sehr darauf bedacht zu sein, dass seine Regeln eingehalten werden.«

»Ja, sehr.«

»Aber er kann es sich eigentlich nicht leisten, alle zu verprellen, die ihm helfen sollen – wo er Hilfe im Moment ja unbedingt nötig hat.«

»Sie haben recht, aber ihm war das bisher nicht klar. Bis zu unserem letzten Telefonat ging er eben davon aus, dass ihm die Agentur neue Hilfe besorgt. So, wie wir ihm auch sonst jedes Problem vom Hals schaffen.«

»Bis zu Ihrem letzten Telefonat? Hat sich denn inzwischen etwas geändert?«

»Herr Haber hat mir versprochen, dass er sich künftig am Riemen reißen wird, um nicht noch eine Pflegerin zu verprellen.«

»Und? Wird er sich dran halten?«

»Er hat es mir versprochen.«

Lena nickte.

»Vielleicht passt das ja ganz gut. Ich habe keine Wahl – und er auch nicht.«

Sie lächelte Rania an.

»Er hat miese Laune, weil er auf Hilfe angewiesen ist. Und ich bin schlecht drauf, weil mein –« Sie unterbrach sich und sah einen Moment lang zum Fenster hinaus, bevor sie sich wieder an Rania wandte. »Ja, ich werde es versuchen.«

»Gut, danke«, sagte Rania. »Ich stelle Ihnen jetzt mal alle Infos zusammen, die Sie brauchen.«

Sie stand auf, sah das Handy, das aus Lenas Hosentasche lugte, und setzte eine entschuldigende Miene auf.

»Ihr Smartphone müssen Sie leider daheim lassen. Er mag moderne Kommunikationstechnik nicht.«

»Was?«

»Er hat selbst kein Handy, sondern nur Festnetztelefone, verteilt über das ganze Grundstück.«

»Also doch ein Schrat.«

»Nein«, widersprach Rania und lachte. »Auch da erinnert er mich an meinen Vater. Dem habe ich mal ein Smartphone geschenkt, aber er kam nicht damit zurecht, schimpfte auf die vielen Funktionen, die er nicht brauche, und war verwirrt, wenn das Display in den Sparmodus wechselte, während die Verbindung aufgebaut wurde. Er hat dann immer gedacht, das Gerät habe sich abgeschaltet, und er tippte wie verrückt auf dem Touchscreen herum, bis er endlich wieder das Ziffernfeld vor sich hatte. Inzwischen ist er wieder auf sein altes Klapphandy umgestiegen, und Herr Haber ist da halt noch ein bisschen radikaler.«

»Was hat er denn für ein Problem mit Smartphones?«

Rania zuckte mit den Schultern.

»Das kann ich Ihnen gar nicht sagen. Moderne Technik setzt er ja ein, für seine Überwachungskameras und so – aber er lässt nichts ins Haus, was irgendwie mit Internet zu tun hat.«

»Kann ich mein Handy denn nicht mit ins Haus nehmen, und ich benutze es nur nicht in seiner Gegenwart?«

Rania dachte nach.

»Oder hat er kein Netz im Haus?«

»Er wohnt nicht weit von einem Sender entfernt, der Empfang müsste also ganz gut sein, aber …«

»Aber er mag es halt nicht, wenn jemand das Smartphone benutzt – das habe ich schon verstanden. Also: Ich nehm das Handy mit ins Haus, aber ich benutze es nur, wenn er es nicht mitbekommt.«

Rania zögerte.

»Das muss drin sein«, beharrte Lena. »Er wird es ja nicht mitbekommen, ich pass da schon auf. Sie müssen sich keine Sorgen machen.«

»Meinetwegen.«

»Ich …« Lena sah Rania prüfend an. »Ich hab doch ein eigenes Zimmer oder etwas in der Art?«

»Ja, natürlich. Das Haus ist groß, und Ihnen wird ein Zimmer mit eigenem Bad gestellt. Es handelt sich eigentlich eher um ein Appartment, Sie werden zufrieden sein.«

»Gut, dann haben wir einen Deal. Wann kann ich anfangen?«

*

Der knallrote Zweisitzer bog recht flott in den Neugebauerweg ein, wurde aber mit jedem Meter, den er die schmale Straße hinauffuhr, langsamer. Als wirke die hohe Hecke und das verschlossene Metalltor am Ende der Straße einschüchternd, bremste der Wagen auf Schritttempo ab und blieb schließlich einige Meter vor dem Tor stehen. Einen Moment lang regte sich nichts, dann schwang die Fahrertür auf, und eine Frau Mitte, Ende zwanzig machte Anstalten auszusteigen.

Jonathan Haber hatte sie mit einer der Kameras ins Visier genommen. Er zoomte auf das Kennzeichen ihres Wagens und verglich es mit der Autonummer, die Rania ihm durchgegeben hatte. Dann seufzte er und drückte den Knopf, der das Metalltor öffnete. Die Frau draußen ließ sich wieder auf den Fahrersitz sinken, zog die Autotür zu und rollte in den Innenhof. Hier wendete sie den Wagen und stellte ihn dann so ab, dass er die Einfahrt nicht versperrte – zugleich aber auch für eine schnelle Abfahrt bereit stand. Sie stieg aus, sah sich um und entdeckte die Kamera, die Jonathan gerade auf sie ausrichtete. Ihr Gesichtsausdruck spiegelte eine Mischung negativer Empfindungen wider. Misstrauen sah er, schlechte Laune, Angespanntheit – und als er das Tor wieder zugleiten ließ, kam noch Erschrecken hinzu, also stoppte er das Tor und ließ es einstweilen halb offenstehen. Die Frau entspannte sich ein wenig.

Jonathan wollte schon die Seitentür öffnen, da fiel ihm ein, dass der Raum dahinter nicht besonders einladend wirkte – und dass er Rania versprochen hatte, sich diesmal wirklich Mühe zu geben. Also entriegelte er stattdessen die Haustür, und die Frau im Innenhof, die das Summen gehört und richtig gedeutet hatte, schulterte eine große Reisetasche und marschierte zur Vordertür.

Er ging ihr ein Stück entgegen und erwartete sie neben der Tür zur Bibliothek. Sonst hatte er in solchen Situationen nie gewusst, wo er mit seinen Armen und Händen hin sollte – dieses Problem war ihm derzeit dadurch abgenommen, dass zwei Schlaufen an seinem Hals hingen, die beide Unterarme waagerecht vor seinem Oberkörper hielten. Lena Rohland war eine schlanke, groß gewachsene Frau mit schwarzen Haaren, die zu einer praktischen Kurzhaarfrisur geschnitten waren. Sie trug Jeans, Shirt, Turnschuhe und war ungeschminkt, und mit ihr wehte der Hauch eines fruchtigen, leichten Parfüms in den Flur. Ein freundliches, wenn auch etwas unsicher wirkendes Lächeln, ein trockener, ganz sanfter Händedruck, für den sie einen Schritt zur Seite machte und seine Finger nur leicht berührte, nachdem sie prüfend auf die beiden Verbände geschaut hatte – Lena hinterließ auch bei Jonathan Haber einen guten ersten Eindruck.

»Ging das so?«, fragte sie.

Jonathan fand ihre Stimme angenehm, und es behagte ihm auch, dass sie offenbar darauf achten wollte, dass sie ihm nicht wehtat. Damit hatte sie zwei ihrer drei Vorgängerinnen schon mal überflügelt. Wenn sie jetzt auch noch seinen Whisky in Ruhe ließ …

»Ja, hat nicht wehgetan, danke.«

»Lena Rohland«, stellte sie sich überflüssigerweise vor.

»Jonathan Haber.«

»Natürlich«, sie lächelte, behielt ihn aber prüfend im Blick. »Wollen Sie mir zunächst mein Zimmer zeigen? Dann könnte ich meine Tasche abstellen.«

»Mehr haben Sie nicht dabei?«

»Doch, draußen im Wagen habe ich noch etwas Kram, aber den brauche ich nicht sofort. Ich würde ihn nachher holen, nachdem Sie mir alles gezeigt und mir gesagt haben, was jetzt als Nächstes zu tun wäre. Okay?«

Das war mehr als okay, fand Jonathan. Eine Frau, die Rücksicht nahm, die ihren übrigen Kram erst ins Haus holen wollte, nachdem sie sich schon hatte einweisen lassen und sich nützlich gemacht hatte: Damit kam sie einer guten Pflegerin, wie er sie sich vorstellte, schon recht nahe. Er führte sie zu ihrem Zimmer in den ersten Stock hinauf, das sie mit kaum verhohlenem Staunen erkundete.

»Wollen Sie noch kurz hier oben bleiben und kommen dann nach?«, fragte Jonathan, als sie sich gerade im Badezimmer umsah.

»Nein, ich komm lieber gleich mit«, sagte sie. »Ihr Haus ist recht groß, und bevor ich mir von Ihnen nicht alles habe zeigen lassen, verlaufe ich mich vermutlich.«

Sie lachte kurz, wirkte dabei aber eher melancholisch als fröhlich.

»Gut, dann machen wir eine kleine Runde.«

Allzu klein wurde die Runde natürlich nicht. Sie führte zunächst durch den Flur im ersten Stock, wo er ihr nur kurz beschrieb, wohin die Türen führten, die zu beiden Seiten abgingen: Jonathans Schlafzimmer mit eigenem, großem Bad lag am anderen Ende des Flurs, außerdem hatte er hier noch weitere Gästezimmer, jeweils mit dazugehörigem Bad. Für jemanden, der keinen direkten Kontakt zu Menschen mochte, war Jonathan Haber geradezu verschwenderisch mit Platz für Gäste ausgestattet, ging es Lena durch den Kopf.

Im Erdgeschoss schauten sie sich zunächst die Bibliothek an, und Jonathan bemerkte zufrieden, dass Lena mehr Interesse für die alten Lexika und kostbaren Erstausgaben zeigte als für die gut bestückte Hausbar. Sie betraten ein Arbeitszimmer, das zu ordentlich aussah, als dass dort wirklich gearbeitet werden konnte, und das mit vielen Büchern und einem Fernsehgerät ausgestattet war, aber auf einen Computer verzichten musste. Die riesige Essküche beeindruckte Lena sichtlich, und das angrenzende Wohnzimmer hatte fast die Größe einer Empfangshalle, wirkte aber dank ausladender Polstermöbel, einem Essbereich mit großem Holztisch und teuer wirkenden Bänken sowie einem wuchtigen Kamin trotzdem recht gemütlich. Der Blick ging durch eine ganze Fensterfront hinaus in den Garten, der in seinen Ausmaßen eher einem Park glich. Lena konnte unterschiedlich gestaltete Bereiche sehen – und eine Telefonzelle im satten Gelb der früheren Bundespost.

Jonathan bemerkte ihren Blick und sah, dass sie sich ein Grinsen verkneifen musste. Dann drehte sie sich zu ihm um, zuckte lachend mit den Schultern und folgte ihm zur Treppe ins Untergeschoss. Der Innenpool lag still und war durch eine Glastür mit einer Sauna und einigen Freiluftduschen im Außenbereich verbunden. Die Glasfront zum Garten hin sah aus, als könnte man sie komplett beiseiteschieben. Der Garten war hier einige Stufen tiefer ausgebaggert und mit Stufen und Pflanztrögen aus Sandstein als eine Art Amphitheater gestaltet. Danach zeigte Jonathan ihr die Vorratsräume, und dann ging er ins Heimstudio voraus.

»Spielen Sie diese Instrumente alle selbst?«, fragte sie.

Der Raum war nicht nur vollgepackt mit teurer Technik, sondern überall an den Wänden hingen Gitarren und Bässe, und im Raum verteilt standen Keyboards, Schlagzeug und andere Percussioninstrumente. Jonathan hob seine Arme leicht an und lächelte traurig.

»Im Moment ohnehin nicht, und wenn das wieder verheilt ist, spiele ich zwar auf allem – aber auf keinem dieser Instrumente besonders gut, fürchte ich.«

Lena erwiderte sein Lächeln, und Jonathan führte sie zu ihrem letzten Test. Er schubste die Tür auf und ließ Lena in das nächste Zimmer vorausgehen. Sie trat ein, blieb nach wenigen Schritten stehen und sah sich um. Jonathan beobachtete sie dabei, und er hatte den Eindruck, dass sie ein wenig verspannter wirkte als eben noch. Er stellte sich neben sie und musterte sie verstohlen von der Seite. Ihre Reaktion irritierte ihn. Ihr Gesicht war ein wenig blass geworden, und ihre Kiefer mahlten. Die Fäuste waren geballt, die Schultern ein wenig hochgezogen, und dann wandte sie sich abrupt um, nickte ihm knapp zu, marschierte aus dem Raum und wartete im Kellerflur auf ihn, die Arme verschränkt und den Blick finster vor sich auf den Boden gerichtet.

Schade, dachte Jonathan und schwelgte noch kurz im Panorama seiner riesigen Modellbahnanlage, bevor er ebenfalls den Raum verließ. Bis gerade eben hatte sie noch jede Prüfung bestanden.

Das Gespräch verlief nun deutlich zäher als zuvor, aber als Jonathan sie fragte, was sie denn an seiner Modellbahn störe, wimmelte sie ihn erst nur ab – und als er nicht lockerließ, gab sie ihm in einigermaßen pampigem Ton eine Antwort, die ihre Unterhaltung auch danach nicht unbeschwerter werden ließ.

»Mit Männern, die noch mit Eisenbahnen spielen«, beschied sie ihm, »kann ich im Moment nicht viel anfangen, tut mir leid.«

⁂

Lena schäumte innerlich vor Wut, auch wenn Jonathan Haber eigentlich gar nichts dafür konnte. Aber musste er denn unbedingt dasselbe skurrile Hobby betreiben wie Ralf, der sie vor ein paar Tagen in seinem Büro betrogen hatte? Versicherungen und Sekretärinnen, sogar Smoothies, wie Ralf sie so liebte, waren ihr im Moment gründlich zuwider – und eben auch Modellbahnen. Natürlich hatte Ralf eine nicht annähernd so schöne, so große und ganz sicher auch eine längst nicht so teure Eisenbahn wie ihr neuer Arbeitgeber, aber der Anblick der winzigen Häuser und Bäume und Brücken aus Kunststoff, der Dampfloks und der altmodisch lackierten Waggons reichte schon, um vor ihrem geistigen Auge Ralfs Gesicht auftauchen zu lassen – wahlweise bubenhaft grinsend oder erhitzt wie an diesem Nachmittag im Büro …

Von all dem ahnte Jonathan Haber nichts, und wenn es nach Lena ging, durfte das gern so bleiben. Dass er sie nun deutlich kühler behandelte, dass seine anfängliche Freundlichkeit einen Dämpfer bekommen hatte – damit konnte sie eher leben, als das schäbige Ende ihrer Beziehung mit einem Fremden zu teilen. Wenigstens diesen Rest von Würde wollte sie sich erhalten: Dass sie für sich allein litt, dass sie niemanden in ihre Gedanken ließ und dass keiner auch nur eine Ahnung davon bekam, was in ihr vorging.

Gerade Jonathan Haber, der seit Jahren als eine Art Eremit in seinem Reichtum lebte, sollte das ja eigentlich verstehen, ging es ihr durch den Kopf. Bevor ihr wieder einfiel, dass er ja schlecht verstehen konnte, wovon er nichts wusste.

Ihr kurzes, bitteres Lachen mitten hinein in seine Ausführungen über die Funktionsweise der Kaffeemaschine – sie waren längst wieder im Erdgeschoss unterwegs – irritierte ihn einen Moment lang, aber dann erklärte er ihr weiter geduldig, was sie über das Haus und seine Ausstattung wissen musste, um ihren Job als seine Betreuerin ausführen zu können. Lena hörte sich alles aufmerksam an, und wenn ihre Gedanken zwischendurch doch einmal abschweiften, war sie von nun an wieder Pflegeprofi genug, um auch in diesen kurzen Phasen ein interessiertes Gesicht zur Schau zu tragen.

Der Rest des Tages verlief ohne besondere Vorkommnisse. Sie kochte ihm ein Abendessen und hielt sich dabei genau genug an seine Vorgaben, sodass er zufrieden war. Sie aß mit ihm zusammen, aber mehr als der nötigste Smalltalk kam nicht mehr zustande. Und nachdem sie ihm schließlich beim Ausziehen und Waschen geholfen hatte, trollte er sich mürrisch in sein Schlafzimmer, und sie ging noch auf ein Glas Bier in die Küche hinunter.

⁂

Lissy rief am frühen Abend an, doch Josephine Weck war so ins Malen vertieft, dass sie das Klingeln gar nicht bemerkte. Irgendwann setzte sie Tee auf und sah den Anrufbeantworter blinken. Sie rief Lissy zurück und versicherte ihr, dass sie wirklich nur das Läuten nicht gehört hatte.

»Natürlich wär ich drangegangen«, sagte Josi. »Und ich ruf dich ja jetzt auch zurück, oder etwa nicht?«

Lissy bedankte sich überschwänglich für die Kontaktdaten, die Josi ihr auf ihr Bitten hin auf Band gesprochen hatte, und sie erzählte ihr, dass Lena über die Agentur auch wirklich einen Job bekommen und ihn heute auch schon angetreten hatte. Und dann verabredeten sie sich für den Abend auf einen Cocktail in der Bar »Zur scheena Leich«.

Es war fast so schön wie früher.

Nach ein paar kurzen Fragen, wie es der anderen seit ihrem Streit wegen des Typen ergangen war, gab es zwischen ihnen beinahe dieselbe Vertrautheit wie damals. Ricks Cocktails taten ihr Übriges, und bald quatschten die beiden alten Freundinnen über alles Mögliche und kicherten und glucksten wie eh und je. Josi genoss die Stunden sehr, und sogar, als Lissy ganz vorsichtig nachfragte, wie es denn um das Verhältnis zu ihrer Mutter mittlerweile stünde, kam ihr Gespräch nicht lange ins Stocken. Josi trank ihren Cocktail aus und bestellte einen neuen. Lissy zog nach und wartete, dass sie weitererzählte.

»Da hat sich nichts geändert«, sagte Josi schließlich. »Funkstille, nach wie vor.«

»Und immer noch wegen der alten Geschichte?«

»Na, hör mal! Wenn das kein Grund ist, auf meine Mutter sauer zu sein, dann weiß ich auch nicht!«

Josi war jetzt doch etwas lauter geworden, aber sie schien Lissy die Frage nicht wirklich übelzunehmen. Nur das Thema wollte sie wechseln, und Lissy tat ihr den Gefallen. Es ging um den Erfolg von Josis Bildern, um Ausstellungen, die stattgefunden hatten, und um andere, die geplant waren. Sie kamen vom Hundertsten ins Tausendste und genossen auch noch einen dritten Cocktail, dann verabschiedete sich Josi aber und verließ die Bar auf etwas unsicheren Beinen.

»Soll ich deine Freundin mal mit dem Chef bekannt machen?«, schlug Rick vor. »Der bewegt sich in der hiesigen Kulturszene wie ein Fisch im Wasser, der kennt jeden, und er ist selbst bekannt wie ein bunter Hund – er kann sicher dem einen oder anderen Lust auf eins von ihren Gemälden machen. Was meinst du?«

»Klar, mach ruhig. Ich könnte mir vorstellen, dass wir nicht das letzte Mal hier bei dir waren.«

»Ihre Bilder sind doch gut, oder?«

Lissy zuckte mit den Schultern.

»Ich hab seit unserem Streit vor zwei Jahren keines mehr gesehen, und ich bin auch nicht gerade eine Kunstexpertin – aber wenn sie überall Ausstellungen bekommt, müssen sie ja schon was taugen.«

Eine Bedienung kam mit einer umfangreichen Bestellung, die Rick für einige Zeit völlig in Beschlag nahm. In der nächsten kurzen Pause kam er wieder zu Lissy. Sie schaute ganz nachdenklich auf ihr Glas und schreckte hoch, als Rick sie fragte, ob auch alles okay sei.

»Ja, ja, alles gut. Mir geht nur diese Geschichte mit Josi und ihrer Mutter nicht aus dem Kopf.«

»Magst du's mir erzählen?«

»Allzu viel weiß ich gar nicht, aber das kannst du gern hören, wenn du magst.«

»Na, klar!«, versetzte er mit breitem Grinsen. »Bin ich nun Barkeeper oder nicht?«

Und so hörte er eine weitere Version der altbekannten Geschichte nach dem Muster »Kinder und ihre Eltern haben Probleme miteinander«. Diesmal stand eine etwas rebellische Tochter im Mittelpunkt, die von ihrer gut situierten Mutter alle Unterstützung bekam, um sich den Traum von der Künstlerin zu erfüllen – und die trotzdem seit Jahren kein Wort mit ihr sprach. Geschichten, wie es sie häufig gibt, doch dann kam Lissy auf den Grund für das Zerwürfnis zu sprechen.

»Violetta Weck ist alleinerziehende Mutter, und sie hat ihre Sache wohl im Wesentlichen ganz gut gemacht, jedenfalls hat mir Josi nie etwas anderes erzählt. Nur mit einem Punkt kam sie nie zurecht, und ausgerechnet darüber ließ ihre Mutter nie mit sich reden: Josi hat nie erfahren, wer ihr Vater ist. Sie hat ihre Mutter angebettelt, ihr es doch endlich zu verraten. Sie hat sie beschimpft und beleidigt, wollte sie provozieren, damit sie sich irgendwann verplappert oder den Namen im Streit aus Versehen nennt – nichts hat funktioniert, aber über die Jahre ist die Beziehung von Mutter und Tochter darüber zerbrochen. Irgendwann hat Josi ihr gedroht, dass sie allen Kontakt zu ihr abbrechen würde, wenn sie ihr nicht endlich den Namen ihres Vaters nennen würde – daraufhin hat die Mutter ihr eine Wohnung gemietet und ihr kommentarlos den Schlüssel und die Adresse aufs Bett gelegt.«

»Na, das nenn ich mal eine komfortable Art von Rausgeworfenwerden.«

»Schon, aber an der Sache hat es natürlich nichts geändert. Und Josi weiß noch immer nicht, wer ihr Vater ist. In einer dieser üblen Auseinandersetzungen hat sie ihrer Mutter wohl unterstellt, dass sie ja damals wahrscheinlich mit so vielen Männern im Bett gewesen sei, dass sie selbst nicht mehr wisse, von wem sie schwanger geworden sei.«

»Oha. Da hätte ich als Mutter das Mädel aber achtkant rausgeworfen, und zwar ohne ihr vorher noch eine Wohnung zu besorgen.«

»Violetta Weck ist wohl hart im Nehmen. Jedenfalls hat sie damals durchblicken lassen, dass nur ein Mann infrage kommt, dass sie den auch geliebt habe, aber dass halt einfach nichts aus der Beziehung geworden sei.«

»Traurige Geschichte«, sagte Rick und deutete auf Lissys leeres Glas. »Magst du noch einen?«

»Nein, ich hab genug. Ich geh jetzt nach Hause. Und dir vielen Dank fürs Zuhören, Rick.«

»Jederzeit.«

Lächelnd verabschiedeten sie sich voneinander. Zur gleichen Zeit, als Lissy vor der Bar »Zur scheena Leich« auf die Straße trat, erreichte Josi die Straße, in der sie wohnte. Sie war langsam durch die nächtliche Stadt geschlendert, versunken in ihre Gedanken und doch auch gewärmt von einem schönen Abend mit einer alten Freundin. Vor sich sah sie ein eng aneinandergeschmiegtes Pärchen ihren Weg kreuzen. Sie blieb stehen und schaute den beiden noch kurz hinterher. Als sie weiterging, war es ihr, als hätte sie aus den Augenwinkeln eine Bewegung linker Hand gesehen. Langsam setzte sie weiter Fuß vor Fuß, suchte aber so unauffällig wie möglich die Hofeinfahrten und Hauseingänge auf der gegenüberliegenden Straßenseite ab.

Wirklich stand in einem der Schatten dort eine Person. Vom Körperbau her schloss sie auf eine Frau und entspannte sich ein wenig. Sie hielt weiter auf ihre Haustür zu, die Fremde blieb im Schatten stehen und rührte sich nicht. Josi drehte den Schlüssel im Schloss und wartete sogar noch einen Moment, aber die Frau blieb, wo sie war. Josi ging ins Haus, schloss die Tür und ging hinauf in ihre Wohnung. Droben ließ sie das Licht ausgeschaltet und stellte sich im dunklen Wohnzimmer ans Fenster. Auf der anderen Straßenseite stand noch immer die Frau, und Josi trat schnell einen Schritt zurück, weil sie den Eindruck bekommen hatte, dass die Unbekannte zu ihr heraufgeschaut hatte.

Schließlich schaltete sie doch das Licht an, ging im Zimmer mal hierhin und mal dorthin, um unterwegs immer wieder einen unauffälligen Blick hinunterwerfen zu können. Nach einer Viertelstunde löste sich die Frau unten aus dem Schatten. Sie schob die Hände in die Taschen ihrer Übergangsjacke, schaute noch einmal zu Josis Fenstern hinauf und ging dann langsam davon.

Josi hatte die Frau nur ganz kurz im Licht der Straßenlaterne stehen sehen, aber natürlich hatte sie sie sofort erkannt. In dieser Nacht entstand ein neues Bild, und sie musste sich sehr beherrschen, das Gesicht, das sie diesmal im Wasser eines trüben Tümpels andeutete, nicht zu deutlich auszugestalten.

⁂

Gegen halb acht am nächsten Morgen erwachte Lena erfrischt und ausgeruht. Sie zog sich an, lauschte auf dem Flur, ob aus Jonathan Habers Schlafzimmer wohl schon etwas zu hören war – aber das Geräusch der Kaffeemaschine verriet ihr, dass er bereits in der Küche zugange war. Als sie die Essküche betrat, hatte er sich gerade mit einer Tasse an den großen Tisch gesetzt. Etwas Kaffee war übergeschwappt, und er stierte missmutig auf die Flecken, die er sich dadurch auf dem Verband an seinem linken Arm und auf dem Oberteil seines Schlafanzugs eingehandelt hatte. Lena ging zur Spüle, nahm einen Lappen und wischte den Verband sauber.

»Danke«, knurrte Jonathan und hob die Tasse umständlich an seinen Mund. Er schlürfte den Kaffee recht lautstark, und auf ihre fragende Geste zur Maschine hin nickte er nur. Sie drückte ein paar Tasten und setzte sich kurz darauf mit einer Tasse Espresso zu ihm an den Tisch.

»Sie kommen ja schon erstaunlich gut zurecht mit Ihrem Verband«, sagte sie.

»Schön wär's!«, versetzte er. »Ich kann ja nicht mal eine Pfanne auf den Herd stellen oder die Jacke allein anziehen. Für alles brauche ich Leute wie Sie … Das ist kein Spaß, das können Sie mir glauben.«

Lena musterte ihn. Er hatte offenbar richtig miese Laune. Steckte dahinter mehr als der Umstand, dass ihr Gespräch gestern im Keller schlecht gelaufen war, oder war dieser Mann wirklich schon allein deshalb so sehr eingeschnappt, weil sie nicht vor Freude gejauchzt hatte, als er ihr seine Modelleisenbahn gezeigt hatte? Ärger stieg in ihr auf. Was glaubte dieser reiche Pinkel eigentlich, wie er mit ihr umspringen konnte?

»Ich kann gerne wieder gehen, wenn Sie das möchten«, sagte sie, und ihr Ton war mit »bemüht freundlich« noch recht positiv beschrieben.

»Ach, Gott, jetzt ist sie auch noch eingeschnappt!«

Er schnaubte, schüttelte den Kopf und schlürfte wieder an seinem Kaffee.

»Sie wissen ganz genau, dass ich auf Sie angewiesen bin – da werde ich ja wohl noch zeigen dürfen, dass mir das nicht gefällt, oder?«

Sie trank ihren Espresso aus und trug die leere Tasse zur Spüle. Dort drehte sie sich um, lehnte sich gegen die Arbeitsplatte und sah auf Jonathan Haber hinunter, der übernächtigt wirkte und sich ziemlich abmühen musste, um die Tasse wieder an seine Lippen zu heben. Lena fühlte nun eher Mitleid als Ärger.

»Hören Sie, Herr Haber«, begann sie zögernd, »es tut mir leid, wenn ich gestern Ihre Gefühle verletzt haben sollte. Aber eine Modelleisenbahn ist im Moment nicht ganz –«

Er ließ sie mit einer knappen Geste verstummen. Ohne zu ihr aufzusehen brummte er vor sich hin.

»Machen Sie sich darüber keinen Kopf. Wir hatten halt keinen so besonders glücklichen Start, aber das ist auch nicht unbedingt nötig. Wir müssen uns nicht mögen. Sie müssen Ihren Job machen, und ich muss Sie dafür bezahlen. Mehr braucht's nicht.«

Gut, wenn er es auf diese Tour haben wollte …

»Wenn Sie das so sehen … Mir soll's recht sein«, sagte sie und ärgerte sich über den etwas schnippischen Tonfall, der ihr dabei in die Stimme gerutscht war. »Also: Was ist als Nächstes zu tun?«

Jonathan erhob sich schweigend und griff umständlich nach seiner Tasse. Sie nahm sie ihm schnell aus der Hand und brachte sie zur Spüle.

»Und?«, wiederholte sie dann. »Was jetzt?«

Er zuckte mit den Schultern.

»Waschen, anziehen.«

⁂

Der erste Tag verging, der zweite und der dritte folgten. Jonathan Haber ließ sich von Lena beim Waschen und Anziehen helfen, beim Aufstehen und Hinlegen, und ab und zu begleitete sie ihn in den Garten hinaus, wo er sich auf eine Bank setzte, die Sonne auf sich scheinen ließ und eine Zeitlang an nichts Besonderes dachte. Meistens ging Lena dann wieder ins Haus, räumte ein wenig auf, bereitete etwas zu essen oder legte alles bereit, was für die nächsten Punkte auf der Liste der anstehenden Arbeiten benötigt wurde. Es fiel Jonathan erstaunlich leicht, sich von ihr etwa beim Duschen helfen zu lassen. Ohne dass er hätte sagen können, wie sie das bewerkstelligte, schaffte sie es doch, dass selbst auf der Toilette oder im Badezimmer nie ein

Gefühl der Peinlichkeit oder der Beklemmung aufkam. Im besten Sinne professionell ging sie mit solchen Situationen um, und als er sie dafür einmal lobte, winkte sie nur ab.

»Das ist mein Job, Herr Haber. So habe ich das gelernt.«

Bald – und sicher auch als Folge ihrer guten Pflege – spürte er in den Handgelenken keine Schmerzen mehr, und immer geschickter stellte er sich an, wenn er mit den Händen, die aus den Bandagen hervorschauten, Tassen oder Teller zum Tisch oder zur Spüle trug. Doch Lena achtete darauf, dass er sich eher zu wenig als zu viel zumutete, und kaum hatte sich die Routine zwischen Jonathan und seiner Betreuerin einigermaßen eingespielt, da fand er es auch schon nicht mehr so schlimm, dass er auf jemandes Hilfe angewiesen war.

Abends kochte sie für sie beide, und wenn Jonathan sich ein Essen wünschte, das sie nicht kannte oder dessen Zubereitung ihr nicht vertraut war, ließ sie sich von ihm anleiten und stellte sich dabei deutlich geschickter an als ihre Vorgängerinnen. Die Abende verbrachten sie mal jeder für sich in seinem Zimmer, dann wieder gemeinsam in der Bibliothek oder im Wohnzimmer. Whisky mochte Lena nicht, und von Wein hatte sie nach eigenem Bekunden keine Ahnung – aber als er ihr mal einen rassigen Rioja und dann wieder einen schweren Bordeaux einschenkte, fand sie beide Weine lecker und sammelte so weitere Pluspunkte bei ihrem Patienten.

Im Keller interessierte sie die Modelleisenbahn weiterhin nicht die Bohne, und als sie Jonathan einmal bat, er möge ihr doch mal eine seiner Musikaufnahmen aus dem Heimstudio vorspielen, hörte sie alles höflich bis zum Ende an, konnte sich aber als Urteil nur zu einem »Sehr interessant!« überwinden. Jonathan quittierte den

Kommentar mit schallendem Lachen, und Lena fiel mit ein, erleichtert, dass er ihr die fehlende Euphorie nicht übelnahm.

Das Schwimmbad dagegen reizte sie sehr, und nachdem sie dazu übergegangen waren, dass Lena selbst in der Stadt für sie beide einkaufte, was sie zum Essen brauchten, anstatt es sich wie bisher über die Agentur liefern zu lassen, fuhr sie bei einer solchen Gelegenheit auch kurz zuhause vorbei und brachte Badezeug mit. Von da an zog sie fast jeden Tag ihre Bahnen im Innenbecken und planschte bei hinreichend schönem Wetter auch draußen im Wasser.

Kurz: Jonathan und Lena hatten sich aneinander gewöhnt, er kam gut mit ihrer Art zurecht und war mit ihrer Arbeit sehr zufrieden. Einziger Kritikpunkt blieb ihr Fahrstil, den er immer dann erleiden musste, wenn sie ihn zur Kontrolle seiner Handgelenke zum Arzt fuhr. Er verkniff sich zwar jeden Kommentar, auch wenn es ihm in manchen Kurven schwerfiel, aber dass er vor jeder roten Ampel, auf die sie unangenehm lange ungebremst zuschoss, und bei jedem Spurwechsel im dichten Verkehr verkrampfte und manchmal mit dem rechten Arm trotz der Bandage zuckte, als wollte er sich am Haltegriff oberhalb der Beifahrertür festklammern, entging ihr nicht. Manchmal tat sie ihm dann den Gefallen und fuhr etwas weniger offensiv, manchmal veränderte sie aber auch nichts, sondern grinste nur breit dazu.

Diesmal hatten sie vereinbart, dass sie ihn vor der Arztpraxis absetzen und ihn dort auch wieder abholen und zwischendurch einen Kaffee mit ihrer Freundin Lissy trinken würde. Als er dem Arzt gegenübersaß, der sich nach der Untersuchung der Handgelenke noch einige Notizen gemacht hatte, bevor er für seinen Patienten das Ergebnis zusammenfasste, war er heilfroh, dass Lena diesmal nicht mitgekommen war.

»Tja, Herr Haber, das wäre soweit überstanden. Sie kommen ab sofort ohne feste Verbände aus. Ihre Gelenke sollten Sie nun wieder belasten können. Seien Sie bitte vorsichtig am Anfang, am besten lassen Sie sich von Ihrem Physiotherapeuten die passenden Bewegungsübungen zeigen. Ich habe von ihm gehört, dass Sie am liebsten zuhause trainieren, dass Sie aber recht fleißig sind und sich wohl auch genau an die Vorgaben halten. Sehr gut, machen Sie so weiter – dann sollten Sie diese beiden Brüche schon bald vergessen haben.«

Der Arzt stand auf, schüttelte ihm die Hand, wenn auch vorsichtig, und eilte ins benachbarte Behandlungszimmer. Jonathan stand da und fühlte sich geradezu nackt ohne seinen Kunststoffverband. Vor allem wurde ihm klar, dass damit die Zeit unweigerlich vorüber war, an die er sich in den vergangenen Wochen so gewöhnt hatte – und die er zu schätzen gelernt hatte. Lena würde in ein paar Tagen, wenn er seine ersten Übungseinheiten erfolgreich genug absolviert hatte, um seine Hände wieder für das Nötigste gebrauchen zu können, nicht mehr für seine Betreuung benötigt, und damit würde sie wieder aus seinem Leben verschwinden.

Doch was er zu Anfang geradezu herbeigesehnt hatte, erschien ihm nun nicht mehr so erstrebenswert. Zumindest nicht so schnell, und da kam ihm eine Idee.

Er kannte sich in der Praxis des Spezialisten inzwischen recht gut aus, also ging er aus dem Behandlungszimmer auf den Flur hinaus, wandte sich aber nicht nach rechts zum Empfang, sondern nach links, wo neben einem Zimmer für ambulante Operationen auch der Gipsraum untergebracht war. Robbie, der ihm jedes Mal die neuen Kunststoffverbände angepasst hatte, lehnte gerade an der Liege für die Patienten und telefonierte. Als er Jonathan sah, trat er zur Seite und gab ihm ein Zeichen, dass er gleich fertig sei und dass sich Jonathan doch schon mal auf die Liege setzen solle. Jonathan schloss die Tür hinter sich und nahm Platz.

»So, Herr Haber«, sagte Robbie fröhlich, als er das Telefonat beendet hatte. »Zweimal wie immer?«

Robbie kramte schon die Utensilien zusammen, die er für die neuen Verbände brauchte, dann machte ihn Jonathans Gesichtsausdruck stutzig.

»Oder brauchen Sie gar keine mehr?«, fragte er und nickte ihm aufmunternd zu.

»Das genau ist mein Problem«, begann Jonathan.

Das Gespräch dauerte etwas länger, aber am Ende passte ihm Robbie feixend zwei Verbände an, die nicht viel kleiner waren als die vorherigen, aber lockerer saßen und sich mit einem kleinen Kniff bei Belieben abnehmen ließen, ohne dass man das dem Kunststoff ohne Weiteres ansehen konnte. Jonathan hatte Robbie im Gegenzug versprechen müssen, eine stattliche Spende an eine Aktion zu leisten, mit der die Praxismitarbeiter und ihr Chef die Behandlung von Knochenbrüchen in Afrika unterstützten. Die Arzthelferin am Empfang stutzte zwar kurz, als sie Jonathan erneut mit verbundenen Handgelenken an sich vorbeigehen sah. Doch er grüßte nur freundlich und sah zu, dass er aus der Praxis kam, während die Arzthelferin im elektronischen Untersuchungsbericht ihres Chefs hin und her scrollte.

*

Lena schöpfte weiter keinen Verdacht. Sie fragte ihn nach dem Stand der Dinge, er schwindelte ihr etwas vor, das er für glaubwürdig genug hielt, und sie kaufte ihm die Geschichte ab. Immerhin gab er zu, dass er seine Hände nun schon besser bewegen könne und vor allem seine Finger mehr und mehr belasten solle, damit die Beweglichkeit der entsprechenden Muskeln und Sehnen erhalten blieb.

Und so vergingen die nächsten Tage genauso wie die vorhergegangenen. Nur, dass Jonathan seiner Betreuerin nun manchmal etwas wehmütig nachschaute, wenn sie wieder das Haus verließ, um einzukaufen oder auch mal, um in ihrer Wohnung nach dem Rechten zu sehen. Immer länger blieb er am Fenster stehen, wenn sie fortfuhr, und immer stärker wurde in ihm ein Wunsch, der ihm all die Jahre mehr als fremd gewesen war: Wie sah es dort draußen, außerhalb seines Grundstückes und abseits der Fahrtstrecke zum Arzt, inzwischen wohl aus? Und wie war es wohl, nach so langer Zeit mal wieder unter die Leute zu kommen?

Der erste Ausflug

Drei Tage arbeiteten diese Fragen in ihm, bis er beschloss, einfach mal nachzuschauen. Lena plante an diesem Tag eine längere Einkaufstour, und er würde Zeit genug haben, sich ein bisschen in der Stadt umzusehen oder vielleicht auch nur ein paar Straßen der Umgebung abzuwandern – je nachdem, wie ihm das eine oder das andere gefallen würde.

Als Lena sich auf den Weg machte, wartete Jonathan, bis die Tür hinter ihr ins Schloss gefallen war. Dann legte er seine Verbände ab und suchte einige Dinge zusammen, die er jahrelang nicht benötigt hatte: etwas Bargeld, feste Straßenschuhe und eine leichte Jacke, mit der man sich auch außerhalb des eigenen Gartens zeigen konnte. Er zog sich an, ging langsam den Flur entlang und blieb noch eine Weile vor der verschlossenen Haustür stehen. Ein paar Mal atmete er tief ein und aus, dann zog er die Tür auf und trat ins Freie. Es war eher mild als warm, ein leichter Wind wehte, und vor die Sonne schob sich gerade eine Wolke, die aber nicht nach Regen aussah.

Er zog die Haustür hinter sich zu, und als er diesmal hörte, wie die Tür ins Schloss fiel, überkam ihn kurz ein leichter Anflug von Panik. Plötzlich fühlte er sich verunsichert und nicht mehr halb so überzeugt wie vorhin, dass es eine gute Idee war, sein Grundstück zu verlassen. Seit Jahren hatte er sich in Haus und Garten von der Außenwelt abgeschottet, und erst zuletzt war er wegen der Arztbesuche überhaupt einmal »draußen« gewesen. Ob er seinen Ausflug nicht lieber verschieben sollte? Oder gleich ganz abblasen? Was versprach er sich eigentlich davon?

War er nicht die vergangenen Jahre hindurch ganz gut ohne das ganze Durcheinander und die vielen Fremden ausgekommen? Wollte er sich dem jetzt wirklich aussetzen, freiwillig und ohne Not?

Lenas Gesicht kam ihm in den Sinn, die nur schlecht verhohlene Freude, die sich darauf abzeichnete, als er eingewilligt hatte, dass sie einige der anstehenden Einkäufe selbst übernahm. Worauf freute sie sich denn da, wo es dort draußen doch auch Leute wie ihren ehemaligen Chef gab, diesen Grapscher, von dem ihm Rania erzählt hatte, und sicher eine ganze Menge Fremder, die es nicht besser mit ihr meinten. Jonathan schaute sich noch einmal im Innenhof um, dann seufzte er und straffte die Schultern.

Er näherte sich Schritt für Schritt dem Ausgang, drückte den neben dem Tor gut versteckt angebrachten Öffner und sah zu, wie das Metalltor gemächlich zur Seite glitt. Der Blick ging hinaus in den Neugebauerweg, und Jonathan war erleichtert, als er die kleine Straße menschenleer vor sich liegen sah. Dennoch blieb er stehen, bis das Tor vollständig geöffnet war. Einen Moment zögerte er, dann machte er sich auf den Weg. Erst in langsamen, bedächtigen, tastenden Schritten, dann immer forscher und flotter – und als das Metalltor wieder in seine Verriegelung einrastete, strebte er schon so entschlossen voran, dass ihn auch das metallische Geräusch hinter ihm nicht mehr aufhielt.

Aus den Augenwinkeln glaubte er eine Bewegung hinter einer der Gardinen rechts von sich zu sehen, aber er wandte sich nicht um, sondern grub die Hände noch tiefer in die Jackentaschen, zog die Schultern ein wenig hoch und stapfte weiter. Vorne an der Hauptstraße musste er erst überlegen, in welche Richtung er gehen sollte. In etwa zweihundert Metern Entfernung war inzwischen eine Bushaltestelle eingerichtet worden, und der aushängende Fahrplan versprach eine Verbindung schon in elf Minuten. Jonathan setzte sich auf die Bank und wartete. Eine ältere Frau kam herbeigehumpelt, löste an dem orangefarbenen Automaten ein Ticket und setzte sich neben ihn. An eine Fahrkarte hatte Jonathan bisher gar nicht gedacht, also ließ er sich ebenfalls eine Karte raus – er wählte ein Tagesticket für das gesamte Netz – und setzte sich wieder. Als kurz darauf der Bus ankam, ließ sich die Frau von ihm erst von der Bank aufhelfen, und auch den Einstieg in den Bus schaffte sie nicht allein. Sie hakte sich mit dem rechten Arm ein wenig ruppig bei ihm unter und packte mit der Linken sein Handgelenk. Ihr Griff war ihm unangenehm, aber zumindest schmerzte er nicht, und als die Frau endlich in der ersten Reihe saß, suchte sich Jonathan einen Sitzplatz möglichst weit entfernt von ihr.

Die Fahrt über kümmerte er sich um nichts anderes, als staunend die Welt zu betrachten, die hinter den großen Busfenstern an ihm vorbeiglitt. Sein bisheriger, geringer Kontakt zur Außenwelt hatte nur in den Fahrten zu seinem Arzt bestanden, eine ganz andere Strecke, die ihn eher von dem Erscheinungsbild der modernen Großstadt, die sich nun vor seinem Blick ausbreitete, weggeführt hatte. Da bleibt man nur mal ein paar Jahre zuhause, ging es ihm durch den Kopf, und schon sieht alles ganz anders aus. Neue Gebäude waren errichtet, große Bäume gefällt und mehrere Kreuzungen durch Kreisverkehre ersetzt worden. Dass er nirgendwo mehr Telefonzellen an den Straßen sah, überraschte ihn noch am wenigsten – andernfalls hätte er ja kaum so günstig jene erstehen können, die sich inzwischen auf seinem Grundstück verteilten.

Er war ein paar Mal wahllos umgestiegen, hatte irgendwann einen Bus genommen, der stadtauswärts unterwegs war, und kehrte nun mit der Stadtbahn aus Richtung Fellbach in die Innenstadt zurück. Ihm fiel auf, dass die Namen vieler Ladengeschäfte, an die er sich noch erinnern konnte, durch neumodische Wortschöpfungen ersetzt worden waren. Überall gab es jetzt Handyläden, Nagelstudios, Billigbäcker und Wettbüros, wo sich früher kleine Boutiquen, Tante-Emma-Läden und das eine oder andere Feinkostgeschäft befunden hatten. Er sah weiterhin gebannt zu den Fenstern hinaus. In einem Ecklokal, in dem früher eine bekannte Restaurantkette Göckele angeboten hatte, war inzwischen ein türkischer Imbiss untergebracht, und Grillhähnchen wurden stattdessen auf Supermarktparkplätzen und an Straßenecken aus knallbunt als »Grillmobil« beschrifteten Lieferwagen heraus verkauft.

Schließlich verschwand die Stadtbahn im Untergrund, und als er am Hauptbahnhof ausstieg, schlug ihm die Mischung aus Abgasen, abgestandener Luft und dem Geruch irgendwelcher Schmierölrückstände entgegen, die er noch als typisch für Stadtbahnhaltestellen in Erinnerung hatte. Die Menschen waren anders gekleidet und frisiert als noch vor Jahren, und die Eile, mit der sie durch die Menge pflügten und dabei auch andere Passanten anrempelten, schien zugenommen zu haben. Aber sonst war zumindest hier vieles noch so, wie er es von früher her kannte.

Die größte Veränderung war natürlich keine Überraschung mehr für ihn – er las ja Zeitung und sah fern, und so machte er zwar eigens einen Spaziergang bis zu den Bahnsteigen des Kopfbahnhofs und schaute interessiert in die Baugrube für die neuen Durchgangsgleise hinunter, doch das halb ausgeweidete Gelände ließ er bald wieder links liegen und wandte sich zur Königstraße. Das Gewimmel auf der Einkaufsmeile war ihm als ein Einstieg in die Menschenwelt dann aber doch zu viel, und er wich durch die kleine Passage zum Eckensee hin aus, schlenderte am Großen Haus vorbei und an der Baustelle beim Landtag, bevor er vor dem Neuen Schloss wieder den Schlenker zurück ins Gedränge wagte. Hier war vieles noch am vertrauten Ort, und der moderne Kubus der Galerie am Schlossplatz wirkte in natura noch besser als auf den Fotos in der Zeitung.

Eine halbe Stunde schlenderte Jonathan durch die Innenstadt, und allmählich gewöhnte er sich daran, in allen Richtungen ständig Menschen um sich zu haben. Er kam am Alten Schloss vorbei, blieb einen Moment vor einem der Eingänge zur Markthalle stehen und überlegte, ob er sich auch noch auf die Drucketse zwischen den dortigen Verkaufsständen einlassen sollte. Er hatte noch nicht zu Ende überlegt, als Lena aus der Markthalle trat, eine schwere Tragetasche in jeder Hand. Sie machte ein paar Schritte auf die Straße hinaus, blieb stehen, schloss die Augen und hielt ihr Gesicht der Sonne entgegen, die gerade hinter einer Wolke hervorlugte und wärmende Strahlen herabschickte.

Hübsch sah sie aus, fand Jonathan und betrachtete sie mit einem Lächeln. Ein wenig erinnerte sie ihn an … Sein Lächeln wurde melancholischer und er verschwand um eine Ecke des Alten Schlosses, um nicht von ihr entdeckt zu werden. Sie würde noch eine Weile mit ihren Einkäufen zu tun haben, auch nachdem sie ihre Taschen im Wagen verstaut hatte. Und seinen Vorschlag, sich doch am Ende ihrer Tour noch mit ihrer Freundin Lissy auf einen

Kaffee zu treffen, hatte sie freudig angenommen – er hatte also noch ausreichend Zeit, nach Hause zu kommen, bevor sie wieder im Neugebauerweg eintraf.

Trotzdem machte er sich auf den Heimweg, ließ sich unterwegs eine Rote im Brötchen samt Dosenbier schmecken, und als er aus dem Bus stieg, fühlte er sich recht erschöpft von seinem Ausflug in die Stadt. Er freute sich so sehr auf die nächsten Stunden in der Bibliothek, im Wohnzimmer oder vielleicht auch im Garten, dass er den Nachbarn, der ihn von seiner Haustür aus mit offenem Mund anstarrte, gar nicht bemerkte. Die Blicke des Mannes folgten ihm, bis Jonathan nur noch ein kurzes Wegstück vor sich hatte und kein Zweifel mehr daran bestand, wohin er unterwegs war. Der Nachbar flitzte zurück ins Haus, vermutlich wollte er seiner Frau erzählen, wen er da gerade zum ersten Mal nach langer Zeit auf der Straße gesehen hatte – da erreichte Jonathan das Metalltor. Das verschlossene Metalltor, und erst jetzt wurde ihm klar, dass er keinen Schlüssel eingesteckt hatte. Jahrelang hatte er keinen gebraucht, innerhalb des Anwesens war er mit Fernbedienung und Türöffnern ausgekommen. Doch jetzt stand er draußen, und wenn Lena nichts von seinem heimlichen Ausflug erfahren sollte, musste er irgendwie hineinkommen, bevor sie wieder eintraf.

Jonathan blieb eine Weile vor dem Tor stehen und dachte nach, dann wandte er sich um und musterte seine Umgebung. Vor dem Haus, dessen Grundstück direkt an seines grenzte, standen ein Mann und eine Frau und starrten ungeniert zu ihm herüber. Jonathan erwiderte ihre Blicke und versuchte, sich an ihre Namen zu erinnern. Maier oder Müller, irgendetwas völlig Unspektakuläres – aber vor allem verband er mit ihnen die Erinnerung an den Streit um ein kleines Baumhaus, das sie direkt an der Grundstücksgrenze für ihre Kinder hatten errichten wollen. Er wusste nicht mehr, wie lange dieser Streit schon zurücklag, schon allein, weil ihn solcher Kram noch heute so wenig interessierte wie damals – aber vielleicht bot sich hier ja eine Chance, Hilfe für die Rückkehr in sein Haus rufen zu können, ohne dass Lena davon erfahren würde. Jonathan drückte die Schultern durch und marschierte los.

Als er durch das angelehnte Gartentor ging, sahen sich die Eheleute einen Moment lang ganz erschrocken an, und die Frau machte Anstalten, zurück ins Haus zu eilen – vielleicht um die Polizei zu rufen oder die Kinder vor dem eigenbrötlerischen Nachbarn zu beschützen? Jonathan setzte sein freundlichstes Lächeln auf, und die Frau verharrte mitten in der Bewegung. Ihr Mann sah ihm gespannt entgegen, und Jonathan lächelte nun noch gelassener, denn er hatte im Vorübergehen auf dem Briefkasten den Familiennamen lesen können.

»Frau Maier, Herr Maier«, begann er, und er nickte beiden betont freundlich zu. »Sie kennen mich? Ich bin Jonathan Haber, Ihr Nachbar.«

»Wir wissen, wer Sie sind«, antwortete der Mann in eher kühlem Tonfall. »Wir wissen allerdings nicht, was Sie von uns wollen.«

»Tja, ich …«, setzte Jonathan an, aber Maier war noch nicht fertig.

»Um ehrlich zu sein«, brummte er, »wir beide, meine Frau und ich, wundern uns ein wenig darüber, Sie überhaupt einmal außerhalb Ihres Grundstücks anzutreffen. Und noch mehr wundern wir uns, dass Sie jetzt hier auf unserem Grundstück stehen.«

Er warf einen Blick auf seine Steinplatten unter Jonathans Schuhen, der wohl vorwurfsvoll wirken sollte, aber Herr Maier war als Schauspieler offenbar völlig unbegabt.

»Ich fürchte, Sie sind mir noch böse wegen des Baumhauses …«

Maier sah ihn ernst an, doch aus seiner Miene war keine Bestätigung und kein Widerspruch abzulesen, und Jonathan plapperte auf gut Glück einfach weiter.

»Wissen Sie was? Ich hab mir das Ganze noch einmal überlegt, und meinetwegen können Sie das Baumhaus gern bauen. Es tut mir ja auch leid, dass ich Ihnen damals wegen dieser Kleinigkeit gleich einen Anwalt auf den Hals gehetzt habe, aber … na ja, egal: Bauen Sie das Baumhaus, Ihre Kinder werden sich sicher immer noch darüber freuen.«

Die Maiers warfen sich einen kurzen Blick zu.

»Wir werden unseren Kindern davon erzählen, wenn sie mal wieder von der Uni zu Besuch kommen«, sagte Maier knapp.

»Oh, so lange ist das schon her? Hm, ja … wie die Zeit vergeht …«

Jonathan war ein wenig aus dem Konzept gebracht, und Maiers immer finsterer werdende Miene machte es nicht besser.

»Jetzt raus mit der Sprache: Was wollen Sie von uns?«

»Ich … ich habe mich ausgesperrt. Wie Sie ja wissen, verlasse ich mein Haus so gut wie nie.«

»Nie, nicht so gut wie nie«, korrigierte ihn Maier. Er musterte Jonathans Handgelenke. »Und wenn zuletzt doch, dann hat Sie immer diese junge Frau begleitet. Ging's da zum Arzt?«

»Das geht Sie –«

Jonathan brach mitten im Satz ab und räusperte sich. Eine Abfuhr für diesen neugierigen Nachbarn würde ihm jetzt sicher nicht helfen.

»Äh … ja«, bestätigte er deshalb nur ganz kleinlaut.

»Und?«, hakte Maier nach. »Wieder alles gut?«

»Mehr oder weniger. Jedenfalls habe ich für meinen ersten Ausflug allein nach so langer Zeit prompt vergessen, einen Schlüssel einzustecken.«

Jonathan versuchte ein entschuldigendes Lächeln, die Maiers zeigten keine Reaktion.

»Nun würde ich gern jemand anrufen, der mich reinlässt, und … äh …«

Er deutete durch die Tür ins Innere des Hauses.

»Ob ich vielleicht bei Ihnen …?«

»Haben Sie denn kein Handy? Wir haben ausgezeichneten Empfang hier im Neugebauerweg.«

»Ich … nein, ich habe kein Handy. Ich mag die Dinger nicht.«

»Ich auch nicht, aber was will man machen?«

»Tja …«

Wieder wechselten die Maiers einen kurzen Blick.

»Tja«, sagte nun auch Herr Maier und machte Anstalten, seine Frau zurück ins Haus zu bugsieren. »Vielleicht sollten Sie sich demnächst mal ein Handy besorgen. Sie sehen ja, wie hilfreich die sein können.«

Frau Maier wehrte sich gegen ihren schiebenden Mann, und als es ihr zu bunt wurde, sah sie ihn sehr streng und tadelnd an, und er ließ von ihr ab.

»Lass das mal, Friedemann«, sagte sie und man sah ihm an, wie er innerlich sofort stramm stand. »Herr Haber, Sie wollen also bei uns telefonieren?«

»Ja, das wäre sehr nett, wenn Sie …«

»Wir haben nicht die Absicht, nett zu Ihnen zu sein. Aber mein Mann und ich …« Sie schaute ihren Gatten kurz fragend an, der zuckte nur mit den Schultern. »Wir würden gern ein Gewächshaus aufstellen, etwa an derselben Stelle wie früher mal das Baumhaus. Und da wollte ich Sie fragen, ob Sie … nun ja: ob Sie damit einverstanden wären.«

Jonathan war verblüfft. Sollte das ein Deal werden? Einmal telefonieren für die Belästigung durch ein Gewächshaus direkt an seiner Grundstücksgrenze? Einen Moment lang war er kurz davor, sich wortlos abzuwenden, diese beiden Nervensägen stehen zu lassen und nach Hause zu gehen. Dann fiel ihm wieder ein, dass er nicht nach Hause konnte. Nicht, bis ihn jemand reinließ – und das war, wenn er sich nicht bald anders behelfen konnte, womöglich Lena, wenn sie nachher von ihrer Einkaufstour zurückkam. Was war unangenehmer: Dass sie etwas von seinem heimlichen Ausflug mitbekam – oder dass seine Nachbarn unter einem Dach aus Glas oder transparentem Kunststoff Tomaten und Zucchini zogen?

»Und, was sagen Sie?«

Für Frau Maiers Geschmack hatte er offenbar zu lange nachgedacht. Er nickte knapp und ließ sich den Weg zum Telefon zeigen. Sie ging ihm in den Hausflur voraus, ein hässlicher Bodenteppich schluckte das Geräusch der Schritte, und Herr Maier hielt sich dicht hinter ihnen, als befürchtete er, Jonathan könne sich an irgendeiner der Geschmacklosigkeiten vergreifen, die hier in schmalen Wandregalen oder auf kleinen Anrichten herumstanden. Das Telefon war ein schnurloses Gerät, das wie die Maiers schon ein wenig in die Jahre gekommen war. Es stand in seiner Ladeschale, die wiederum auf einem schmalen Schränkchen platziert war. Frau Maier zog eine kleine Schublade auf und deutete auf das örtliche Telefonbuch.

»Sollen wir Ihnen eine Nummer raussuchen?«, fragte sie.

»Nein, nicht nötig. Ich hab die Nummer im Kopf.«

Sie warf ihm einen anerkennenden Blick zu und blieb direkt neben ihm stehen. Die Neugier darauf, wen ihr verschrobener Nachbar jetzt anrufen würde, war ihr deutlich anzusehen.

»Äh … könnte ich vielleicht kurz allein …?«

Er wusste nicht recht, wie er jemanden, der ihn gerade eher ungern an sein Telefon ließ, auch noch dazu bringen konnte, seinen eigenen Flur zu verlassen, aber Frau Maier verstand sofort und ging durch die nächste Tür in die Küche. Ihr Mann folgte ihr auf dem Fuß, und als Jonathan hörte, wie sie sich nebenan mit Besteck und Geschirr zu schaffen machten, wählte er die Nummer von Rania.

Sie war sofort dran, klang aber etwas überrascht, dass sie Jonathans Nummer nicht auf ihrem Display sehen konnte. Er schwindelte ihr vor, er habe wohl versehentlich die Absenderkennung seines Geräts deaktiviert, ohne zu wissen, ob das bei seinem betagten Apparat überhaupt ging. Jedenfalls war er heilfroh, dass die Maiers die eigene Nummer unterdrückt hatten – und er redete auch gleich weiter, um Rania von etwaigen Nachfragen abzuhalten.

»Ich habe Hunger«, sagte er, »und Lena ist gerade nicht da. Sie kauft für mich ein, und es kann noch eine Weile dauern, bis sie zurückkommt. Könnten Sie mir denn von diesem Inder wieder das leckere Menü bestellen, das ich vor zwei Wochen hatte? Das ist doch der direkt die Straße runter, oder? Ginge das? Ja? Ach, das wäre super. Wann? Na, so schnell es geht – ich habe Hunger, ziemlich großen Hunger, ehrlich gesagt. Nein, die müssen nicht vorher anrufen, aber wenn Sie dem Fahrer vielleicht per Telefon das Tor zum Innenhof öffnen könnten … Ja, ich werde mich jetzt in die Badewanne legen, deshalb werde ich nicht selbst … ja, genau, vielen Dank.«

Er legte auf, und so schnell wie Frau Maiers Gesicht danach neben dem Rahmen der Küchentür auftauchte, konnte er davon ausgehen, dass sie das meiste mitangehört hatte. Jedenfalls sah sie ihn fragend an, er bedankte sich eilig und sah zu, dass er wieder aus dem Haus auf die Straße hinauskam.

»Und das mit dem Gewächshaus geht klar, Herr Haber, gell?«, rief sie ihm noch nach, und er nickte nur und ging weiter auf sein Haus zu. Ein paar Meter vor dem Metalltor blickte er schnell über die Schulter: Zum Glück war die Haustür der Maiers wieder zu und von den Nachbarn war nichts zu sehen. Also ging er wieder einige Schritte zurück, huschte an der hohen Hecke entlang ein Stück zur Seite und wartete dort, verborgen von einem dichten Busch, auf die Essenslieferung.

Es dauerte keine zwanzig Minuten, bis ein in Orange, Weiß und Rot, den Farben der indischen Flagge, lackierter Kleinwagen um die Ecke schlingerte und auf sein Haus zuflitzte. Mit quietschenden Reifen kam das Auto direkt vor dem Metalltor zum Stehen, der Fahrer, von dem Jonathan von seinem Beobachtungsposten aus nur den Turban und die darunter hervorquellenden schwarzen Haare sehen konnte, hielt ein Handy ans Ohr, und kurz darauf glitt das Metalltor zur Seite. Der Kleinwagen machte einen Satz und kam schon im Innenhof zum Stehen, als das Tor noch nicht einmal zur Hälfte geöffnet war.

Jonathan verließ sein Versteck und eilte an der Hecke entlang. Der Fahrer sprang aus dem Wagen, achtete aber nicht weiter auf seine Umgebung und holte eine Warmhaltebox aus dem Kofferraum. Damit strebte er der Seitentür zu und wartete, dass sie ebenfalls geöffnet wurde. Das Summen des Türöffners hörte Jonathan, als er gerade am Tor vorbeihuschte. Wenige Augenblicke später trat der Fahrer auch schon wieder aus der Seitentür, eilte auf seinen kleinen Flitzer zu – und verharrte mitten im Schritt, als er Jonathan ein paar Meter entfernt stehen sah.

Unter tiefen Verbeugungen näherte er sich seinem Kunden, und seiner Miene war deutlich anzusehen, wie sehr es ihn erschreckte, den Mann, der – wie er aus den Briefings der Agentur wusste – doch nie jemandem begegnen wollte, von Angesicht zu Angesicht gegenüberzustehen.

»Sahib«, stammelte er dazu und machte mit jedem Schritt, den er näher kam, ein noch zerknirschteres Gesicht. »Bitte, Sahib, sagen Sie der Memsahib in der Agentur nicht, dass ich Sie hier im Innenhof angetroffen habe. Wir sind auf die guten Geschäfte, die wir mit Wish & Weck machen, angewiesen, Sahib. Und Sie wissen ja: Panam illadu pinam.«

Er lächelte, aber das Lächeln verflog gleich wieder, als ihn Jonathan verständnislos ansah.

»Ach, natürlich, Sie verstehen ja kein Tamil, entschuldigen Sie bitte, Sahib, ich …«

»Ist ja gut! Jetzt hören Sie endlich auf, sich ständig bei mir zu entschuldigen. Ich werde der Agentur nichts sagen, und Sie erzählen der Agentur auch nichts davon – es muss niemand erfahren, dass wir uns begegnet sind, okay? Aber Sie müssen sich auch sonst keine Sorgen machen. Ich bin mit Ihrem Restaurant und mit dem Lieferservice immer sehr zufrieden.«

»Dhanyavaad, Sahib, danke!«

»Wenn Sie mögen, kann ich das der Agentur gegenüber auch noch einmal ausdrücklich erwähnen.«

»Nein, lieber nicht, Sahib, sonst könnten Sie sich womöglich noch … ich meine …«

Eine Verbeugung jagte die andere, und Jonathan war davon inzwischen mehr als nur ein bisschen unangenehm berührt.

»Hören Sie bitte mit dieser Verbeugerei auf, ja? Ich freue mich, dass Sie mir Essen vorbeigebracht haben, und hier …«

Er fischte einen Fünf-Euro-Schein aus der Hosentasche und hielt ihn dem Fahrer hin.

»… hier eine kleine Aufmerksamkeit. Und jetzt fahren Sie bitte wieder, ja?«

»Aber selbstverständlich, Sahib, noch einmal danke, dhanyavaad.«

Jetzt nahm er Aufstellung vor ihm, legte die Handflächen aneinander, führte die Hände so zum Herzen, neigte leicht den Kopf und deklamierte inbrünstig: »Namaste!«

»Schon recht, danke, Ihnen auch«, antwortete Jonathan, aber da war der Fahrer auch schon zu seinem Wagen geflitzt, hatte sich hinters Steuer geklemmt und fuhr holpernd los, wendete den Kleinwagen ein wenig hektisch und nahm dann Kurs auf das Metalltor, das noch immer offenstand. Im Vorbeifahren winkte Jonathan dem Mann noch einmal durchs heruntergelassene Seitenfenster zu, aber der Fahrer beachtete ihn nicht weiter. Er hatte die

Freisprecheinrichtung seines Handys eingeschaltet und erstattete seinem Gesprächspartner atemlos Bericht. In einer Sprache, die nicht sehr indisch klang.

»I glaub, 's isch ällas okee. Der sagt nix, hot er gsagt. Ond wo goht jetzt des nächschte Zeig na?«

Jonathans schallendes Lachen bekam der Fahrer nicht mehr mit, und auch sonst hatte er nicht viel Aufmerksamkeit für seine Umgebung übrig. Er raste den Neugebauerweg entlang, nahm an der Einmündung zur Hauptstraße einer teuren Limousine die Vorfahrt und bog mit quietschenden Reifen nach rechts ab, dem nächsten Kunden entgegen. Jonathan drückte den Knopf der Schließanlage, und das Metalltor begann, wieder in seine Ausgangsposition zurückzugleiten. Durch den letzten offenen Spalt konnte er noch sehen, dass Lena schon mit dem Wagen in den Neugebauerweg einbog, und er beeilte sich, den Hausschlüssel, den er für Notfälle in einem sicheren Versteck inmitten der Hecke deponiert hatte, an sich zu nehmen und ins Haus zu gehen.

Als Lena den ersten Schwung ihrer Einkäufe in der Essküche abstellte und sich wieder auf den Weg zu ihrem Wagen machte, der inzwischen im Innenhof stand, kam ihr Jonathan mit der knallbunt bedruckten Warmhaltebox des indischen Restaurants entgegen.

»Ach, der hätte mich gerade beinahe von der Straße geschossen«, sagte sie und deutete auf die Box. »In seinem Lieferwägelchen hat er auf der Hauptstraße kaum die Kurve gekriegt, fast wäre er in mein Auto gekracht. Und da heißt es immer: Indische Küche ist gesund.«

Lachend ging sie wieder nach draußen. Er sah ihr nach, und erleichtert, dass sie nichts von seinem Ausflug bemerkt hatte, schob er mit den Fußspitzen seine Straßenschuhe ein bisschen weiter unter das Schuhregal und trug die Warmhaltebox zum Esstisch.

*

»Und Sie sind sicher, dass das gehen wird?«

»Ja, klar geht das.«

Für heute Abend hatte er beschlossen, Lena frei zu geben, und er hatte ihr angeboten, nein: sogar eher versucht, schmackhaft zu machen, dass sie nach einem schönen Abend in der Stadt doch wieder einmal in ihrer eigenen Wohnung übernachten und erst im Lauf des nächsten Vormittags in den Neugebauerweg kommen sollte. Einen Abend, eine Nacht und gern auch noch einen ausgedehnten Morgen ohne jede Verpflichtung, ihm bei irgendetwas helfen zu müssen. Jonathan griff mit der rechten Hand nach einem Vesperteller, stützte ihn mit der linken zusätzlich ab und hob ihn hoch.

»Sehen Sie? Ich komm zurecht. Vorgekocht haben Sie schon, und geduscht bin ich auch. Es spricht also nichts dagegen, dass Sie sich jetzt einen schönen freien Abend machen und danach mal wieder in Ihrer eigenen Wohnung schlafen. Und morgen früh dürfen Sie gern rechtzeitig zum Frühstück wieder hier sein. Zu einem späten Frühstück, versteht sich.«

Sie zögerte noch ein wenig, dann nickte sie und lächelte ihm zu.

»Danke. Dann also bis morgen früh.«

Jonathan wartete auch diesmal, bis sie die Tür hinter sich zugezogen hatte. Dann schlüpfte er in Schuhe und Jacke, steckte Geld und einen Hausschlüssel ein und horchte an der Tür. Ihr Wagen rollte aus dem Innenhof. Er huschte aus dem Haus, schlüpfte durch das Metalltor, als es nur noch einen Spalt breit geöffnet war, und eilte zu dem Taxi, das gegenüber dem Haus der Maiers für ihn bereitstand.

»Folgen Sie dem roten Zweisitzer«, sagte er zu dem Fahrer und deutete auf Lenas Wagen, der gerade in die Hauptstraße einbog.

»Das ist jetzt nicht Ihr Ernst, oder?«, fragte der Fahrer.

Jonathan konnte im Rückspiegel zusammengekniffene Augen sehen, die ihn zweifelnd musterten.

»Doch, ist es. Und jetzt los, Mann, sonst verlieren wir sie.«

Der Taxifahrer startete den Diesel, fuhr aber nicht los.

»Was ist denn noch? Wartet ihr Taxileute nicht immer auf einen solchen Auftrag? So James-Bond-mäßig?«

»Ich verfolge die Dame gern für Sie, aber …«

»Aber?«

»Was ist, wenn sie zu schnell fährt? Oder verkehrt herum in eine Einbahnstraße?«

Jonathan schnaubte, zog einen Fünfziger hervor und legte ihn auf den Beifahrersitz.

»Und Knöllchen gehen auch auf mich, aber jetzt los, sonst können Sie Ihr Trinkgeld mit dem Fahrpreis verrechnen.«

Das rasant anfahrende Taxi drückte Jonathan in den Rücksitz, und schon nach wenigen hundert Metern fädelte sich sein Fahrer so geschickt hinter Lenas Kleinwagen ein, dass sie den roten Flitzer immer gut im Blick hatten, selbst aber gut versteckt waren. Zwischendurch kamen Jonathan Zweifel, ob sie auch wirklich dem richtigen Wagen folgten, denn der Zweitürer vor ihnen nahm nicht etwa Kurs auf das Viertel, in dem Lena wohnte, sondern es ging ins Heusteigviertel, wo eine wahre Odyssee auf der Suche nach einem Parkplatz begann. Als Lena endlich eine Lücke für ihren Flitzer gefunden hatte, bezahlte Jonathan den Taxifahrer, blieb im Fond sitzen, bis sie weit genug weg war, und beeilte sich dann, ihr zu folgen.

Sie ging zielstrebig auf die Leonhardstraße zu, und als sie vor seinen Augen in einer Bar mit dem seltsamen Namen »Zur scheena Leich« verschwand, postierte er sich vis-à-vis, ohne genau zu wissen, worauf er nun wartete. Es gab hier, im direkten Umfeld des Stuttgarter Rotlichtviertels, natürlich auch Kneipen und Restaurants, die nichts Anrüchiges an sich hatten, aber die Gäste, die Jonathan nach und nach in die Bar gehen sah, ließen seiner Fantasie nicht viel Spielraum. Frauen in knappen Tops und noch knapperen Miniröcken, vierschrötige Typen mit Glatze und martialischen Tätowierungen – sie schienen zur Belegschaft der umliegenden Etablissements zu gehören. Und die »anständiger« gekleideten männlichen Gäste jeglichen Alters konnten durchaus die passende Kundschaft darstellen. Er hätte zu gern gewusst, was Lena in einer solchen Kaschemme zu suchen hatte.

Mit der Zeit wurde ihm das Warten zu langweilig, und er stromerte ein wenig herum, immer darauf bedacht, den Eingang der Bar nicht aus dem Blick zu verlieren. Er ließ sich an einer Bude eine Rote im Brötchen und dazu ein dünnes Dosenbier geben und wehrte zwei mehrdeutige Angebote ab. Die erste Aspirantin, die nicht bei ihm landen konnte, stöckelte mit gleichgültiger Miene wieder davon und nahm den nächsten Passanten ins Visier. Die zweite war etwas hartnäckiger und strich ihm kurz mit den Fingerspitzen über die Nase, aber deutete schließlich Jonathans mürrische Miene richtig und wandte sich mit überdeutlichem Schmollmund von ihm ab. Er wollte schon aufatmen, da fiel ihm das junge Mädchen auf, das zwei Meter neben ihm an der Hauswand lehnte. Einen Moment lang fragte er sich, ob auch sie eine »Professionelle« auf Kundenfang war, doch das Mädchen wirkte ziemlich jung, sah spitzbübisch grinsend zu ihm hin und machte keine Anstalten, aufdringlich zu werden.

»Nervig, was?«, fragte er, aber sie zuckte nur mit den Schultern und sah ihn weiterhin unverwandt an.

Jonathan versuchte ihr Alter einzuschätzen, aber darin war er schon früher nicht gut gewesen, und viel Übung hatte er seither nicht darin erworben. Sie war hübsch, ihr Gesicht wirkte offen, und die dunkelbraunen Haare hatte sie zu einem Pferdeschwanz gebunden. Sie trug eine weiße Bluse, einen ziemlich kurzen Rock aus kariertem Stoff, bis zu den Knien hochgezogene Wollstrümpfe und schwarze Lackschuhe. Jonathan glaubte aus Spielfilmen zu wissen, dass englische Schulmädchen solche Kleidung trugen, und er kramte in seiner Erinnerung, ob er in Nachrichtensendungen oder Reportagen mitbekommen hatte, dass das in den Jahren, die er auf seinem Anwesen verbracht hatte, auch in Deutschland üblich geworden war. Dabei musterte er die junge Frau, um doch noch ihr Alter zu erraten, und daraufhin rückte sie nun näher an ihn heran.

»Ist es für Sie …«

»Du«, sagte sie, und in ihrer Stimme lag selbst in diesem kurzen Wort ein harter Akzent.

Sie wollte geduzt werden? Also war sie eher jünger, ging es Jonathan durch den Kopf, und sie war womöglich doch ein Schulmädchen. Um diese Uhrzeit!

»Ist es für dich nicht etwas spät, um dich hier aufzuhalten? Ich meine … Holt dich gleich dein Vater ab, und du wartest hier nur auf ihn?«

»Ja, ich warte auf einen Daddy.«

Nun hatte sie ihn erreicht und sah mit großen Augen zu ihm auf.

»Ah gut«, sagte Jonathan und wich einen Schritt zurück. Die Nähe des Mädchens war ihm unangenehm. »Aber musst du ausgerechnet hier auf ihn warten?«

»Nein, kann gern mitgehen«, gurrte sie als Antwort und rückte wieder etwas näher an ihn heran. In Jonathan keimte der zarte Verdacht auf, dass das Mädchen ihn gründlich missverstand.

»Wo bist du denn zuhause?«, fragte er dennoch nach. »Ist es weit?«

»Nein, gleich dort droben«, raunte sie ihm zu.

Dabei zeigte sie mit dem Daumen in die Leonhardstraße, auf eines der Fenster im ersten oder zweiten Stock. Endlich begriff Jonathan.

»Na, super!«, blaffte er die Frau an. »Tolle Masche mit der Kleinmädchen-Verkleidung!«

»Gefällt dir?«

Sie drückte sich gegen ihn und krallte ihm, als er erneut zurückwich, beide Hände erstaunlich kräftig in die Pobacken. Er erstarrte. Und während sich das Mädchen rhythmisch in den Hüften wiegte und dabei mit der Zunge über ihre Lippen fuhr, klatschte er ihr leicht auf die Hände, damit sie ihn losließ, und schob sie dann von sich. Mit übertrieben gespielter Enttäuschung stand sie vor ihm und nestelte mit den Fingerspitzen an ihrer Bluse herum. Jonathan schüttelte den Kopf.

»Das kannst du sein lassen«, bellte er. »Kein Bedarf.«

In ihren Augen funkelte Ärger auf, da wurde seine Aufmerksamkeit abgelenkt. Aus den Augenwinkeln bemerkte er, dass sich die Tür der Bar »Zur scheena Leich« öffnete und Lena heraustrat. Ihr Gesicht war etwas gerötet. Sie atmete ein paar Mal tief ein und aus, dann marschierte sie über den Platz zu ihrem Auto. Ein Räuspern ließ Jonathan wieder zu der jungen Frau hinsehen. Sie stand direkt vor ihm, breitbeinig, und fühlte sich offensichtlich nicht hinreichend gewürdigt. Er ließ den Blick über ihre schmächtige Gestalt gleiten.

»Wie alt bist du überhaupt?«, fragte er unleidig, und sofort legte sie wieder einen verführerischen Lolita-Blick auf.

»So alt du willst, Daddy …«

»Ach, jetzt lass … jetzt lassen Sie das doch endlich mal! Ich habe kein Interesse, und Sie sind übrigens hübsch genug, dass Sie diesen Dreck ganz sicher nicht nötig haben! Suchen Sie sich lieber einen anderen Job, irgendetwas im Büro.«

»Job ist gut«, gurrte sie. »Überall, wo du willst.«

»Schluss jetzt!«, herrschte Jonathan sie an, trat ein paar Schritte zurück und hob ihr abwehrend beide Hände entgegen.

»Gut, dann kostet es nur fünfzig«, sagte sie.

Aus ihrem Blick war jetzt alles Verführerische verschwunden, und sie stemmte beide Fäuste in die Hüften.

»Äh … fünfzig? Wofür das denn?«

»Mindesttarif!«, beschied sie ihm.

»Aber wir haben doch gar nicht …«

»Mindesttarif!«

Er zeigte ihr den Vogel und wandte sich kopfschüttelnd ab, um sich einen anderen Standplatz zu suchen. Hinter ihm ertönte ein scharfer Pfiff, und als er sich umdrehte, nahm die Frau in der Schulmädchenuniform gerade ihre Finger aus dem Mund und grinste ihn mitleidig an.

Ein Muskelprotz im dünnen Shirt, der bis dahin lässig an einer Mauer auf der anderen Straßenseite gelehnt hatte, setzte sich in Bewegung und kam auf die junge Frau und ihren unwilligen Freier zu. Er schritt mit langen Beinen weit aus und schob die ohnehin schon kurzen Ärmel seines Shirts unnötigerweise noch weiter über seine Tattoos nach oben. Noch während Jonathan überlegte, was er machen sollte, hatte ihn der Gorilla auch schon erreicht. Er baute sich wie eine Mauer vor Jonathan auf. Die mächtigen Brustmuskeln und gewaltigen Oberarme deuteten darauf hin, dass er regelmäßig ein Fitnessstudio aufsuchte – und der saure Geruch, der seinen Achseln entströmte, ließ vermuten, dass er sich danach nicht lange mit Duschen aufzuhalten pflegte.

»Er wollte mir den Daddy machen«, fasste das nicht gerade unschuldige Gör etwas zu frei zusammen, »aber zahlen will er nicht.«

»Moment mal!«, widersprach Jonathan, aber ein schneller Schlag des Gorillas mit der flachen Hand auf seinen Brustkorb ließ ihn sofort verstummen und nach Luft schnappen.

»So, du Wurst«, knurrte der Muskelprotz in einem ähnlich harten Akzent wie die junge Frau. »Du machst mein Mädchen an und willst dann nicht bezahlen? Nicht gut, gar nicht gut.«

»Ich –«, setzte Jonathan heiser an, aber der andere hob nur kurz warnend den Zeigefinger, und Jonathan verschluckte sinnvollerweise, was er hatte sagen wollen.

Der Affe zupfte ein wenig an Jonathans Kleidern herum und nickte mit Kennerblick.

»Am Geld selbst kann's nicht liegen. Das sieht nicht nach Kaufhaus aus.« Er legte sein fleischiges Gesicht in ein höhnisches Grinsen. »Was ist es dann, du Wurst? Ist dir mein Mädchen nicht schön genug? Oder bist du einer von denen, die sich hier nur Appetit holen und dann schnell nach Hause fahren und …«

Er machte mit der rechten Hand eine ordinäre Bewegung und lachte dröhnend. Fröhlich klang er dabei nicht und wurde auch sofort wieder ernst.

»Also …?«

Bei Jonathan hatte inzwischen der Ärger über den unverschämten Muskelprotz und seinen frechen Schützling die Oberhand über den ersten Schreck gewonnen. Er erinnerte sich daran, dass schon früher Angriff die beste Verteidigung gewesen war. Er drückte die Brust ein wenig durch, fixierte den Gorilla mit seinem abschätzigsten Blick und hakte beide Daumen in die Hosentaschen ein. Und wirklich stutzte der andere einen Moment lang, als er die Veränderung bemerkte, die in seinem Gegenüber vor sich ging.

»Sie benehmen sich jetzt mal!«, herrschte Jonathan ihn an. »Ich will nichts von Ihrem Mädchen, und ich will nichts von Ihnen!«

Der Gorilla blinzelte.

»Sie brauchen einen vernünftigen Job, Sie beide, dann müssen Sie nicht arglosen Passanten auf die Nerven gehen! Früher hatte ich mal eine Firma, da hätte ich es vielleicht sogar mal mit Ihnen versucht – als eine Art Sozialprojekt. Aber heute – tut mir leid, ich habe keine freien Stellen mehr!«

Der Gorilla stutzte erneut, dann legte er den Kopf schief, und schließlich stahl sich ein böses Grinsen in seine Miene.

»Ach, da schau her, ein Kollege? Oder ein ehemaliger Kollege?«

»Was?«

»Und jetzt will sich der feine Herr mit seinen teuren Klamotten mal umsehen, ob er sich nicht wieder breit machen kann hier im Revier, was? Na, da sage ich doch gleich mal: Herzlich willkommen!«

»Aber nein, das verstehen Sie –«

Die beiden Ohrfeigen kamen fast gleichzeitig, und noch während ihm der Kopf von den Treffern dröhnte, stieß ihm der Gorilla beide Hände flach vor die Brust. Jonathan hustete und taumelte ein paar Schritte zurück. Seine Wangen brannten wie Feuer, sein Herz ging rasend, und atmen konnte er nur unter Schmerzen.

»Hör mal, du Wurst! Wir brauchen hier keinen, der sich ein Stück von unserem Kuchen abschneiden will, verstanden?«

»Ich … nein, Sie verstehen das völlig falsch, ich …«

Jonathan stammelte vor sich hin, während er nach einem Ausweg suchte. Zwei Frauen, die ein Stück weit die Leonhardstraße hinunter vor einer Bar rauchend auf dem Gehsteig standen, sahen mäßig interessiert zu ihnen herüber. Einige Passanten wechselten die Straßenseite, waren aber offensichtlich mit wichtigeren Angelegenheiten beschäftigt. Und alle anderen beachteten Jonathan und seine beiden Kontrahenten nicht.

Lena war längst weggefahren, und Jonathan war froh, dass sie von dieser Szene nichts mitbekommen hatte. In seiner Not überlegte er sich, wo er Hilfe finden könnte. Er wich einige Schritte zurück, drehte sich um und rannte zur »Scheena Leich«, so schnell er konnte. Er riss die Tür auf – und prallte beinahe mit einem zweiten Muskelprotz zusammen. Der musterte ihn aber nur kurz mit hochgezogenen Augenbrauen und ließ ihn dann passieren.

Im Inneren der Bar angekommen, schaute Jonathan zurück. Der Gorilla hatte inzwischen ebenfalls die Tür der Bar erreicht, sein keifendes Schuläffchen im Schlepptau. Der Muskelprotz aus der Bar erwartete ihn seelenruhig, hörte sich sein Lamento kurz an, dann schüttelte er gemächlich den Kopf. Der andere dachte nicht daran, sich davon abhalten zu lassen und machte Anstalten, sich an dem Muskelprotz vorbei in die Bar zu drücken.

»Jetzt pass mal auf, du Schnulli!«, herrschte der Mann aus der Bar den Eindringling an und schob ihn mit einer Leichtigkeit aus der Tür, die für den anderen nichts Gutes verhieß. »Du gehst jetzt wieder rüber zu deinem Puff und lässt dir von deinem Chef mal erklären, was hier in der Bar läuft und was nicht. Sag ihm Grüße von Hans, und wenn ihm das noch nicht reicht, soll er selbst kommen – ich erklär's ihm dann schon.«

»Pah, ich …«

»Du bist neu hier, oder?«

»Das ist mein Mädchen«, knurrte der andere, »und das war schon immer so. Und überall, wo wir bisher hingekommen sind, haben die Leute schnell begriffen, dass es besser so läuft, wie ich das sage.«

Der Gorilla hatte sich fast unmerklich geduckt und seine Muskeln angespannt. Es konnte nicht mehr lange dauern, bis er den Kopf senkte und ihn Hans gegen die Brust rammte.

»Sehr beeindruckend«, sagte der, allerdings sichtlich unbeeindruckt, und stemmte sein linkes Bein ein bisschen nach hinten, als wollte er sich auf einen Angriff vorbereiten. »Du kannst gern versuchen, was du jetzt vorhast, aber du solltest damit rechnen, dass du dein Mädchen dann eine Zeitlang nicht mehr beschützen kannst.«

Die beiden Männer standen sich einige Augenblicke lauernd gegenüber, dann kam der Gorilla wohl zu dem Schluss, dass ihm Hans womöglich wirklich überlegen war, und er richtete sich wieder etwas auf.

»So, Junge, und nun gehst du wieder an die Arbeit«, sagte Hans. »Nimm dein Mädel mit, und wenn ihr mal auf ein Bier oder einen Kaffee in die Bar wollt: Ihr seid jederzeit willkommen – wenn ihr euch an unsere Regeln haltet.«

Der Gorilla packte die Frau und zerrte sie zurück in die Leonhardstraße, und Hans drehte sich zu Jonathan um und grinste ihn gutmütig an.

»Na, zum ersten Mal hier?«

»Ja, ich …«

Hans reichte ihm eine beeindruckende Pranke und stellte sich vor, und weil er nur seinen Vornamen nannte, hielt es Jonathan genauso.

»Du wolltest nichts von dieser Frau?«

»Nein, ich war nur … Ich hab mich nur …«

»Geschenkt«, fiel ihm Hans ins Wort und führte ihn zum Tresen.

»Hallo, Rick«, sagte er zum Barkeeper. »Ein neuer Gast. Er wird vermutlich ein Weilchen bleiben wollen.«

»Was? Ich …«

»Pass auf, Jonathan, ich habe diesem Deppen zwar gerade klar gemacht, dass er hier drin nichts zu melden hat – aber draußen sieht das schon wieder anders aus. Du weißt, wohin es dich verschlagen hat?«

»Ja.«

»Eben. Unser Rotlichtviertel ist zwar eher ein Rotlichtachtele, aber das heißt nicht, dass es dort draußen nicht doch Leute gibt, die glauben am großen Rad zu drehen. Ich schau jetzt mal, für wen dieser Trottel arbeitet und red mit seinem Chef. Gib mir eine halbe Stunde, dann solltest du auf dem Heimweg nichts mehr zu befürchten haben. Okay?«

Hans klopfte ihm auf die Schultern und ging nach draußen. Jonathan kletterte auf einen freien Hocker am Tresen und bestellte ein Bier. Der Barkeeper wirkte zwar einen Moment lang enttäuscht, schenkte ihm aber gekonnt ein Pils ein und stellte das Glas mit wunderschöner Blume vor ihn hin. Jonathan ließ sich das Bier schmecken und schaute sich um. Das Publikum war bunt gemischt, er glaubte, ein paar Lokalpromis zu erkennen, die sich hier aber ganz ungezwungen gaben und auch von niemandem sonst angegafft wurden – also ließ auch Jonathan seinen Blick gleich weiterwandern. An einem Tisch in der Ecke, eher einem plüschigen Separee, das seine klischeehaften Vorstellungen von einer Rotlichtbar vollauf erfüllte, saßen einige der knapp bekleideten Damen beisammen, die er vorhin in die Bar hatte gehen sehen. Männer befanden sich keine an diesem Tisch, und die Frauen hatten hörbar Spaß miteinander.

Ein junge, sehr hübsche, aber etwas mager wirkende Frau erhob sich und kam zu ihm herüber. Jonathan sah schnell zur Seite und widmete sich wieder seinem Bier. Hatte er zu auffällig zu dem Tisch im Separee geschaut? Eine Wolke aus schwerem Parfum hüllte ihn kurz darauf ein, und Jonathan überlegte schon fieberhaft, wie er diesmal seine Ablehnung etwas freundlicher oder zumindest so formulieren konnte, dass er nicht wieder Ärger bekam.

Doch die Frau wollte nichts von ihm. Sie beugte sich über den Tresen und bestellte bei Rick einen Cocktail. Und während der Barkeeper mit sichtlicher Freude die Zutaten mixte, schob sie sich auf den Hocker neben Jonathan und summte leise die Melodie eines Schlagers. Er hatte mit dem Lied nie etwas anfangen können, aber so gesummt, mit dieser kehligen Stimme, bescherte ihm die Melodie doch eine Gänsehaut.

»Sag mal, ist das dein Ernst?«

Die Frau hatte zu summen aufgehört, und als Jonathan zu ihr hinsah, deutete sie auf sein Bierglas, das er fast schon geleert hatte.

»Ich meine, du bist hier in der ›Scheena Leich‹, du hast Rick vor dir – und du bestellst ein … Bier?«

»Äh … ja … ist sehr gut, übrigens.«

»Natürlich ist das sehr gut, aber …«

Sie schüttelte den Kopf, lächelte und sah ihn dann an, als wollte sie ihn abschätzen.

»Hast du genug Geld dabei?«, fragte sie schließlich.

Ging das schon wieder los … Jonathan seufzte.

»Ja, hab ich, aber … Also ich kann Sie gern auf einen Drink einladen, aber ich will eigentlich nur hier sitzen und …«

Ihre Augen funkelten plötzlich, und Jonathan wünschte, Hans wäre wieder bei ihm.

»Spinnst du?«, zischte sie ihn an. »Du sollst mich doch nicht einladen! Und ich will auch nichts von dir, keine Sorge. Wenn ich hier reinkomme, hat mein Job Pause, klar? Das halten alle so, und damit fahren hier alle prima.«

»Äh … ja, freut mich, dann …«

»Mann, du bist ja vielleicht ein Pfosten!«

Sie lachte und legte ihren Arm auf seine Schulter. Rick stellte den fertigen Cocktail vor ihr auf den Tresen, und die Frau nickte zu dem Glas hin.

»Siehst du? Das ist ein Getränk, und das kriegt in der Stadt keiner so gut hin wie Rick, glaub mir. Also: Wenn du genug Geld einstecken hast, lass dir was von ihm mixen, du wirst es nicht bereuen.«

Sie tätschelte ihm noch einmal die Schulter, rutschte vom Barhocker und trug ihren Cocktail ins Separee hinüber.

»Na, noch ein Bier?«, fragte Rick, als hätte er von dem Gespräch nichts mitbekommen.

»Ich glaube, das sollte ich mich lieber nicht trauen«, gab Jonathan zurück und setzte ein entschuldigendes Lächeln auf. »Ich hab gerade erfahren, dass Sie für Ihre Cocktails berühmt sind, da hatte ich ein schlechtes Gewissen, wenn ich Sie noch einmal ein schnödes Pils für mich zapfen lasse.«

»Kein Problem, mach ich gern. Also: noch eins?«

»Nein, ich würde jetzt wirklich mal einen Cocktail probieren.«

»Okay. Sind Sie mit dem Wagen da?«

»Taxi.«

»Vertragen Sie was?«

»Cocktails? Geht so. In Wein und Whisky bin ich geübter, außerdem sollte ich noch eine Weile durchhalten, meinte Hans. Er muss draußen wohl noch irgendwas regeln, damit ich nachher unbehelligt nach Hause kann.«

»Gut, dann mache ich Ihnen zunächst mal was Unalkoholisches.«

Zwei Minuten später stand ein ungemein kunstvoll gemischtes und verziertes Gebilde vor ihm. Jonathan ließ sich erst den Namen des Cocktails und dann seinen Geschmack auf der Zunge zergehen.

*

Lena war gemütlich zu ihrem Auto spaziert und hatte die milde Abendluft genossen. Als wieder einmal ein Schwall muffiger Luft aus einer aufschwingenden Kneipentür wehte, musste sie lächeln. Im Vergleich mit der Champagnerluft im Neugebauerweg war das Gemisch im Stuttgarter Talkessel natürlich nicht besonders wohlriechend, aber es war halt ihre Stadt. Und wenn sie nicht gerade eine Unterführung durchquerte – überdachte Fußwege schienen bei Männern den Harndrang enorm zu steigern – oder versehentlich in einen maroden Hinterhof abbog – wo es zwischen altem Müll noch ganz andere Hinterlassenschaften gab – oder allzu lange an einer Hauptstraße entlangmarschierte und sich dabei die Lungen ordentlich mit Autoabgasen vollpumpte, fand sie die Stuttgarter Luft ganz passabel.

Als sie ihren Wagen erreicht hatte, ließ sie den Blick über die nächtliche Stadt schweifen und grub währenddessen in ihrer rechten Jackentasche nach dem Autoschlüssel. Sie griff in ihre linke, durchsuchte die Hosentaschen und dann noch einmal alles von vorn – aber offenbar hatte sie ihren Schlüssel irgendwo vergessen oder verloren. Ihr Handy hatte sie dabei, aber bevor sie Lissy zu Hilfe rief, wollte sie lieber noch einmal selbst nachsehen.

Den Blick auf den Boden vor ihr geheftet, ging sie denselben Weg zurück, den sie von der »Scheena Leich« zum Wagen genommen hatte. Doch so sehr sie dabei auch nach links und rechts schaute: Nirgendwo war ihr Schlüssel zu sehen, und schließlich hatte sie den Platz vor der Bar erreicht. Gerade wollte sie hineingehen, um Rick zu fragen – vielleicht war ihr der Schlüssel aus der Jackentasche gerutscht und war inzwischen bei ihm abgegeben worden. Da kam Hans aus der Leonhardstraße auf sie zu.

»Na, Lena, noch was vergessen?«

Der muskulöse Glatzkopf strahlte sie so unschuldig an, als könnte er keiner Fliege was zuleide tun – was ja auch stimmte, solange sich die Fliege zu benehmen wusste.

»Meine Autoschlüssel«, jammerte Lena und zuckte mit den Schultern. »Die sind weg, vielleicht sind sie mir in der Bar aus der Jacke gerutscht.«

»Ach, in der Jacke hattest du sie?«

Hans griff ihr in die rechte Tasche, grub ein wenig, zog und zerrte an dem Stoff, dann hielt er auch schon den winzigen Autoschlüssel vor die Nase.

»Du hast ein Loch in der Tasche, Lena. Wir haben dort schon mal deinen Schlüssel gesucht, und Geld war dir da am selben Abend auch schon reingerutscht.«

»Echt? Da kann ich mich gar nicht mehr dran erinnern.«

Hans lachte.

»Das glaub ich gern. Du und Lissy, ihr wart ziemlich bedient an dem Abend. Wir haben euch ein Taxi gerufen, und Rick ist sogar noch mit euch mitgefahren, um euch nicht nur vor euren Wohnungen abzusetzen, sondern um euch mit Hilfe des Fahrers hinaufzuschaffen. Vor allem deine Wohnung im vierten Stock hat Rick ordentlich zugesetzt, der hatte danach zwei Wochen Rückenschmerzen. Seither macht er Gymnastik.«

»Und wann soll das gewesen sein? Als ich das letzte Mal hier abgestürzt bin, war Lissy gar nicht dabei.«

»So genau weiß ich das auch nicht mehr«, sagte Hans und dachte nach. »Ein paar Monate wird's schon her sein. Im vergangenen September, glaub ich. Allzu kalt kann es jedenfalls nicht gewesen sein, sonst hättest du ja nicht die dünne Jacke getragen. A propos: Wenn die Tasche deiner

Jacke ein Loch hat und du dieselbe Jacke schon mindestens im zweiten Jahr trägst, wär's mal wieder Zeit zum Shoppen, was?«

»Ja, sobald ich Geld dafür habe. Jetzt erst mal danke fürs Schlüsselfinden, Hans. Du hast was gut bei mir.«

»Na, immer, hoffe ich.«

Er lachte wieder.

»Warum bist du eigentlich draußen unterwegs? Hast du heute schon Feierabend?«

»Nein, nein, ich musste nur was klären. Es gibt drüben einen neuen Typen, der meint, er müsse das Maul aufreißen und dann würden alle nach seiner Pfeife tanzen. Ich hab jetzt mal mit dem Chef des Clubs gesprochen, in dem sein Mädel ihr Arbeitszimmer hat. Das sollte geklärt sein.«

»Hat der Neue Ärger gemacht? In der Bar?«

»Na ja, das hätte er wohl gern, aber reingekommen ist er natürlich nicht – ich halte meinen Laden sauber, keine Angst.«

»Und was war los?«

»Ach, es hat sich ein Tourist hierher verirrt. Das Mädel von dem Neuen hat ihn angebaggert, und als der Tourist nichts von ihr wollte, hat das der Neue persönlich genommen. Der Tourist ist dann in unsere Bar geflüchtet, und das war ja auch das Beste, was er in dem Moment tun konnte. Wie gesagt: Jetzt ist alles geregelt, und der Touri sitzt bei Rick an der Theke und wird am Ende wohl auch zufrieden sein mit dem Abend.«

Lena lachte und drückte Hans zum Abschied. Er legte ganz behutsam seine mächtigen Arme um sie, in denen sie fast verschwand. Dann sah er ihr nach, bis sie um die nächste Ecke verschwunden war, mit leichten

Schritten und den Autoschlüssel fest zwischen die Finger geklemmt.

⁂

Jonathan war inzwischen beim zweiten Cocktail angelangt, und diesmal wagte er sich an einen Mai Tai, der allerdings in Ricks Mischungsverhältnis etwas mehr Alkohol hatte als üblich. Er schmeckte gerade dem feinen Zusammenspiel der Aromen nach, da schwang die Tür auf und unter einigem Hallo trat Hans ein. Mit schnellen Blicken in die Runde sah der muskulöse Glatzkopf, dass alles zum Besten stand, und er schob sich auf den Barhocker neben Jonathan und gab Rick ein Zeichen. Der ließ eine Tasse Kaffee aus der Maschine und rührte etwas Cognac ein. Hans dankte und nahm einen Schluck, dann nickte er Jonathan zu.

»Alles geregelt«, sagte er. »Wenn du nachher nach Hause gehst, solltest du keinen Ärger bekommen. Und falls du mal wieder in der Gegend bist, solltest du die Mädels nur anschauen, wenn du auch bereit bist, Geld für sie auszugeben. Ansonsten hältst du dich am besten an uns, vor allem an unseren brillanten Rick hier. Schmeckt's denn?«

»Und wie!«, schwärmte Jonathan, und da der Cocktail bereits zur Hälfte geleert war, klang seine Aussprache schon recht entspannt.

»Freut mich«, erwiderte Hans, dann wandte er sich an Rick. »Stell dir vor«, sagte er und lachte. »Lena habe ich draußen noch getroffen, die suchte ihren Autoschlüssel und wollte schon nachfragen, ob er vielleicht bei dir abgegeben wurde. Dabei war er ihr durch ein Loch in der Jackentasche ins Futter gerutscht, dort habe ich ihn gefunden.«

Hans klatschte Jonathan, der ganz still geworden war, jovial auf die Schulter.

»Die gute Lena hat ihren Schlüssel dort schon einmal gefunden, aber an den Abend konnte sie sich nicht mehr erinnern. Du bist also gewarnt, Jonathan!«

Lachend stand er auf, ging mit seinem Kaffee zur Tür und lehnte sich neben dem Eingang an die Wand. Jeder, der neu die Bar betrat oder sie verließ, grüßte Hans respektvoll, und wer es beim Reinkommen versäumte, den zog er in ein kurzes freundliches Gespräch. Ohnehin sah das Publikum nicht so aus, als ob es hier wirklich Ärger geben konnte. Alle schienen eine friedliche Zeit zu genießen, auch die Prostituierten drüben im Separee. Irgendwann kam ein Typ zur Tür herein, der Hans in Statur und Frisur ebenbürtig schien, aber die beiden begrüßten sich so fröhlich und überschwänglich, dass auch von dieser Seite kein Stress zu befürchten war. Nur kurz machte Hans eine seltsame Bewegung mit seiner linken Hand, und Rick entschuldigte sich für einen Moment bei Jonathan und flitzte mit einem Glas davon, das randvoll mit einer weißen Flüssigkeit war.

»Ein Spezialcocktail?«, fragte Jonathan, als Rick wieder an seinen Platz hinterm Tresen zurückgekehrt war.

»Ja, sozusagen«, antwortete der Barkeeper lachend. »Milch. Carlo kommt immer zu uns rüber, um ein Glas zwischendurch zu trinken. Er sagt, wenn er sich in seinem eigenen Laden Milch nimmt, macht er sich zum Gespött. Aber ganz ehrlich …« Rick beugte sich ein wenig vor. »Carlo zu verspotten wäre für niemanden eine gute Idee. Er ist auch der Einzige hier im Viertel, vor dem Hans gewaltig Respekt hat – zum Glück sind die beiden die besten Freunde.«

So sah das auch aus, wie sie neben der Tür lehnten und miteinander herumalberten. Dann huschte Carlo wieder nach draußen, und Hans trug das leere Milchglas zur Theke und stellte es auf der Spüle ab.

»Und, Jonathan, noch alles im Lack?«, fragte Hans im Vorübergehen.

»Ja, klar«, antwortete Jonathan und versuchte, halbwegs unauffällig auf Lena zu sprechen zu kommen. »Bisher schlage ich mich noch etwas besser als … wie hieß eure Freundin, die ihre Schlüssel suchte?«

»Lena heißt sie, aber nimm da mal lieber nicht den Mund zu voll«, tadelte Hans ihn mit breitem Grinsen. »Sie verträgt einiges, aber sie hatte an dem fraglichen Abend auch mehr als nur einen Mai Tai.«

Er sah Rick an.

»War doch ein Mai Tai, oder?«

»Ja.«

»Gut, Jonathan, dann zeig doch mal, was du wirklich verträgst. Lass dir von Rick erst mal einen mixen; wenn das gut geht, bekommst du einen zweiten auf meinen Deckel – aber danach hörst du auf. Man soll es am ersten Abend ja auch nicht gleich übertreiben, gell?«

»Was für einen soll mir Rick denn mixen?«

»Ach, Rick weiß Bescheid. Ist seine Kreation, ich glaube, er nennt ihn Sudden End, aber er verrät keinem, was reinkommt.«

»Der Name klingt auf jeden Fall vielversprechend.«

»Und, traust du dich?«

Jonathan wiegte den Kopf, als müsste er eine besonders schwere Entscheidung treffen, dann lachte er und nickte Rick zu.

»Machst du mir bitte einen? Ich will deinen Sudden End unbedingt probieren, und vielleicht schaffe ich es ja sogar, mir einen zweiten auf den Deckel von Hans zu verdienen, bevor ich vom Hocker kippe. Aber einer von euch muss mich dann womöglich zum Taxi tragen.«

Hans und Rick fielen in sein Lachen mit ein.

»Du gefällst mir«, sagte Hans. »Herzlich willkommen in unserer kleinen Welt. Und falls du Stammgast werden solltest, hätten wir es schlechter treffen können.« Er ging zurück zur Tür, und Rick machte sich mit großem Aufwand an seinem Spezialcocktail zu schaffen.

Der erste Eindruck des Sudden End war eine wahre Explosion an Aromen. Der zweite ein warmes Gefühl im Magen und ein beschwingtes im Kopf. Jonathan trank in sehr kleinen Schlucken, und Rick bemerkte es mit einem anerkennenden Nicken. Als der erste Cocktail zur Neige ging, hätte Jonathan schon nicht mehr selbst fahren wollen, aber zum Taxi würde er es auch nach einem Glas noch schaffen – also ließ er sich die versprochene Zugabe von Hans spendieren, und Rick stellte ihm ein Glas Wasser, eine Scheibe Weißbrot und zwei Oliven hin.

»Das hilft manchmal«, sagte er auf Jonathans fragenden Blick hin. »Trink und iss das mal kurz zwischendurch, und dann vorsichtig ran an den zweiten Cocktail. Wenn du den auch noch überstehst, hast du hier im Viertel einen Freund gewonnen.«

Er nickte grinsend zu Hans hin, der Jonathan von der Tür aus amüsiert beobachtete.

»Un das knn ja nie schadn«, fügte Jonathan hinzu, der sichtlich stolz war auf seine unverändert astreine Aussprache.

Rick lachte, polierte ein paar Gläser und legte, als er sah, dass niemand in der Bar gerade etwas brauchte, selbst eine kleine Pause ein.

»Wie viel davon verträgt denn deine Lena?«, brachte Jonathan irgendwann hervor.

Ganz kurz legte sich ein Schatten auf das Gesicht des Barkeepers, doch dann lächelte er schon wieder, wenn auch etwas melancholischer als zuvor.

»Na ja, sie ist nicht meine Lena, aber ja: Sie verträgt einiges. Vom Sudden End hatte sie mal vier getrunken, bevor ihr die Lichter ausgegangen sind. Ihre Freundin Lissy schaffte sogar einmal fünf, aber der folgende Tag war für sie nicht ganz leicht, wie ich gehört habe.«

»Und die beiden sind Stammgäste?«

Rick blinzelte, und er schien zu überlegen, ob Jonathan ihn ausfragen wollte, aber das war diesem schon selbst aufgefallen, und er hob abwehrend die Hände.

»Sorry, Rick«, sagte er, »ich laber dich voll und frag dich aus über eine Freundin, dabei haben Barkeeper ja so etwas wie eine Schweigepflicht, oder?«

»Genau«, pflichtete Rick ihm bei und wirkte erleichtert.

Die beiden unterhielten sich noch eine Weile, dann kam wieder Betrieb auf, und Rick hatte alle Hände voll zu tun. Jonathan hielt sich relativ wacker und schaffte den zweiten Sudden End tatsächlich, ohne unangenehm aufzufallen. Doch als er den ersten Schritt vor die Tür der Bar »Zur scheena Leich« machte, war er doch heilfroh, dass sich Hans erboten hatte, ihn ein wenig zu stützen. Wobei: ein wenig …

Kaum hatte er an der kühlen Abendluft den ersten Atemzug getan, als sich auch schon seine Beinmuskulatur in den Feierabend verabschiedete. Als er das Taxi heranfahren sah, hing er wie ein Baby in den Armen von Hans, der seinen Gast anschließend ohne große Mühe auf den Rücksitz des Wagens bugsierte. Umständlich nestelte Jonathan einen Zettel mit seiner Adresse aus einer Tasche, um sich nicht durch eine gelallte Anschrift womöglich ins falsche Viertel fahren zu lassen. Dann machte der Sudden End seinem Namen alle Ehre.

*

Jonathan hatte zwei Abende später nicht übel Lust, wieder in die Bar »Zur scheena Leich« zu gehen, aber um dort nicht womöglich mit Lena zusammenzutreffen, hatte er sie am Nachmittag ein wenig ausgehorcht darüber, was sie heute noch in der Stadt vorhatte. Sie wollte sich mit ihrer Freundin Lissy treffen, und zwar in einer Bar am Rand des Rotlichtviertels.

»Ein Freund von mir arbeitet dort als Barkeeper«, sagte sie noch, und mehr war nicht nötig, damit Jonathan Bescheid wusste. Also nahm er sich vor, einen Ausflug raus aus der Stadt zu unternehmen. Er wollte eine Pizzeria besuchen, an die er gute Erinnerungen hatte und die, wenn ihn sein Gedächtnis nicht täuschte, auch mit der S-Bahn recht gut zu erreichen war. Aus der Pizzeria war allerdings inzwischen eine ziemlich abgerissene Bar mit Spielautomaten und Sportwetten geworden, und Jonathan landete drei Häuser weiter in einer Dönerbude, in der er sich Dönerfleisch mit Pommes und Salat schmecken ließ, dazu Dosenbier trank und türkisches Fernsehen schaute.

Auch Lenas Abend verlief anders als geplant, und vor allem weniger angenehm.

Lissy hatte sich mal wieder verspätet, was aber zunächst kein Problem darstellte. Lena plauderte mit Hans, unterhielt sich mit dem einen oder anderen Stammgast und setzte sich schließlich an den Tresen, um sich von Rick einen neuen alkoholfreien Cocktail mixen zu lassen, von dem er ihr während ihres vorigen Besuchs erzählt hatte. Der Cocktail schmeckte super, und Lenas überschäumendes Lob ermunterte Rick, ein etwas heikles Thema anzusprechen. In der Bar war es gerade etwas ruhiger, Lissy war noch immer nicht da – also lehnte sich Rick auf seiner Seite gegen den Tresen und sah Lena tief in die Augen.

»Was?«, fragte sie, als er keine Anstalten machte, etwas anderes zu tun, als ihr tief in die Augen zu sehen. Sie lachte, es klang etwas aufgesetzt, und Rick seufzte, bevor er zu reden begann.

»Geht es dir wieder besser?«, setzte er an.

»Wie meinst du das?«

»Na, wegen Ralf und so.«

Rick war nicht gerade der Erfinder des Smalltalks, aber diese Eröffnung war sogar für seine Verhältnisse ungeschickt. Entsprechend gründlich entgleisten Lena die Gesichtszüge – doch ihre unerwartet heftige Reaktion erschreckte ihn dann doch. Ganz offensichtlich war Lena noch immer weit entfernt davon, über die Geschichte mit Ralf hinweg zu sein. Noch sehr weit.

»Na, toll, Rick. Bis grad eben ging's noch, aber jetzt, wo du mich wieder mit der Nase drauf gestoßen hast, wie scheiße es mir eigentlich gehen sollte … Vielen Dank auch!«

Sie trank den alkoholfreien Cocktail in einem Zug aus und schob Rick das leere Glas hin.

»Jetzt bitte einen mit Alkohol.«

Rick zögerte, aber Lena funkelte ihn so aufgebracht an, dass er es zunächst auf sich beruhen ließ. Aber statt eines Cocktails stellte er ihr ein Glas Rotwein hin.

»Hier, Lena, das verträgst du besser.«

»So«, knurrte sie. »Was du alles über mich weißt!«

»Jetzt krieg dich doch bitte wieder ein! Ich bin dein ältester und bester Freund, schon vergessen? Und ich mach mir halt Sorgen um dich. Ich möchte, dass du wieder besser drauf bist, dass du dich wieder am Leben freust – und dass du dir nicht von diesem Trottel, der dich nie verdient hatte, einen Tag nach dem anderen versauen lässt!«

»Diesen Tag hast du mir versaut, Rick, nicht er. Was musst du auch in dieser blöden Geschichte rumrühren? Ich mag darüber am liebsten gar nicht mehr reden. Manchmal denk ich den ganzen Tag nicht dran, und dann geht's mir prima. Bis dann irgendeiner kommt und meint, er muss mir ein Gespräch über Ralf reindrücken. So wie du jetzt. Eigentlich hätte ich gedacht, dass du dich da besser in mich reinfühlen kannst. Da hab ich mich wohl getäuscht.«

Rick hatte den Eindruck, dass sich Lena schon wieder etwas zu beruhigen begann. Vielleicht musste er nun dranbleiben an diesem schwierigen Thema, damit sie es irgendwann einmal wirklich verwunden haben würde.

»Tut mir ja leid«, sagte er und schlug einen besonders versöhnlichen Tonfall an, »aber wenn man einfach nur nicht drüber spricht, wird das auch nicht besser.«

Lenas Miene machte ihm schlagartig klar, dass er ihre Laune völlig falsch eingeschätzt hatte. Er hätte das Thema wechseln sollen, hätte mit Lena über irgendetwas und über irgendjemanden reden sollen – nur nicht über Ralf, seinen Seitensprung und das, was für Lena daraus geworden war. An ihrer Schläfe pochte die kleine Ader, die ihm ihre Wutanfälle immer so zuverlässig vorhersagte – wenn auch nur mit extrem kurzer Vorwarnzeit.

»Was soll denn besser werden? Hä? Sag's mir! Wir reden also drüber, und dann kommt Ralf hier hereingekrochen auf allen vieren und bittet mich um Verzeihung, und alles wird wieder gut, oder was?«

»Nein, das nicht gerade.«

»Ach nein, stimmt ja, du warst ja schon immer gegen Ralf.«

»Ich –«

»Du hast ja von Anfang an gewusst, dass er nichts für mich ist, nicht wahr? Und deine Blicke, wenn ich mal mit Ralf hier war! Dass du es nicht laut ausgesprochen hast, für wie verkehrt du unsere Beziehung hältst, war ja alles! Und als du dann von Ralf und seiner Sekretärin erfahren hast – dieser Gesichtsausdruck, dieses ›Hab ich dir das nicht immer schon gesagt?‹, das dir auf der Stirn geschrieben stand!«

Lena war lauter geworden, aber Rick kümmerte sich nicht darum, dass einige Gäste jetzt zu ihnen herschauten. Er suchte fieberhaft nach einem Satz, der diesen Streit beenden würde. Oder wahlweise nach einem Loch im Boden, in dem er versinken konnte.

»Du musst doch innerlich gejubelt haben, als Ralf mich mit dieser Kuh betrogen hat! Wo du es doch eh schon vorher gewusst hast! Und ich Trottel komm auch noch zu dir hergerannt und gönn dir diese Bestätigung! Wieso weißt du denn immer so genau, was gut für mich ist und was nicht? Braucht man dazu Freunde, damit sie einem auch noch aufs Brot schmieren, was man verbockt hat oder nicht hat kommen sehen? Darauf kann ich verzichten, ganz ehrlich!«

Sie war mitten in ihrer Tirade vom Barhocker gerutscht und kramte nun ihren Geldbeutel hervor.

»Ich zahl jetzt, mir reicht's!«

»Musst du nicht, Lena, du bist eingeladen.«

Rick hatte ganz ruhig gesprochen, aber so in Fahrt, wie Lena gerade war, gab es keine passenden Bemerkungen und keinen richtigen Tonfall. In ihrer momentanen Stimmung war jedes Wort das falsche, und Lena hatte schon immer ein Talent dafür gehabt, anderen Leuten das Wort im Mund umzudrehen, wenn sie wütend war. Manchmal tat ihr das hinterher leid und sie entschuldigte sich, aber manchmal zerdepperte sie dabei mehr Porzellan, als hinterher gekittet werden konnte.

»Ach, jetzt will sich der Herr wohl einschmeicheln, was? Deinen blöden Wein kann ich auch selbst bezahlen. Und diesen dämlichen Kindercocktail auch, kein Problem. Dafür muss Rick Lemminger, der große Barkeeper, meinetwegen keine Überstunden machen.«

Allmählich wurde es ihm zu bunt, aber er wollte nicht noch mehr Öl ins Feuer gießen, und so verkniff er sich jede Antwort, sagte nichts Nettes und nichts Empörtes, verteidigte sich nicht und tadelte sie nicht, sondern stand einfach stocksteif da und ließ ihren Ausbruch über sich ergehen. Aber natürlich wusste er, dass in ihrer Verfassung auch das Lena auf die Palme bringen konnte.

»Also, Rick, was bekommst du von mir?«

Er zögerte und antwortete erst, als sie schon wieder den Mund öffnete, um den nächsten angriffslustigen Satz auszuspucken.

»Nichts, danke. Geht aufs Haus.«

»Gut, Rick Lemminger. Dann verbuch das als Abschiedsgetränk. Leb wohl!«

Sie machte auf dem Absatz kehrt und marschierte aus der Bar. Selbst Hans, der von der Tür aus alles beobachtet hatte, würdigte sie im Vorbeigehen keines Blickes, und draußen arbeitete sie sich im Stechschritt über den Platz voran und behielt ihr Tempo bei, bis sie um die nächste Ecke gebogen und damit außer Sicht war.

Hier ließ sie sich langsam gegen die Hauswand sinken. Sie zog ein Taschentuch hervor, vergaß aber, es zu benutzen, und stand noch reglos da, als ihr schon die Tränen das ganze Make-up verschmiert hatten.

»Na, so traurig, schöne Frau?«

Der Mann war neben ihr stehengeblieben und lächelte sie an. Sie warf ihm einen einzigen, zornfunkelnden Blick aus ihren verheulten Augen zu, und schon machte er, dass er weiterkam. Er war erst ein paar Schritte weit entfernt, als es Lena auch schon schüttelte, und sie schluchzte und heulte wie ein Schlosshund. Erst nach einer Weile bemerkte sie, wie ihr der grobe Putz der Hauswand in den Rücken drückte, und sie löste sich von der Mauer. Ganz in Gedanken zog sie ihr Handy hervor. Sie wählte Lissys Nummer, doch als sich die Freundin meldete, brachte sie nicht mehr als ein Schniefen zustande, legte wieder auf und legte den Rest ihres Heimwegs wie in Trance zurück.

Als Lissy wenig später bei ihr vor dem Haus stand, musste sie lange klingeln, bis ihre Freundin sie einließ. Wirklich trösten lassen wollte sie sich nicht, und dass sie Rick bitter Unrecht getan hatte, war ihr längst selbst klar geworden – aber die Bar würde sie bis auf Weiteres nicht wieder betreten können, so sehr schämte sie sich für ihren Auftritt.

Italienischer Rotwein machte die beiden Frauen im Lauf des restlichen Abends wenigstens müde genug, dass sie in Lenas Wohnzimmer einschliefen und am nächsten Morgen auf dem Sofa mit brummenden Schädeln und schmerzenden Rücken aufwachten.

*

Lena verbrachte nun immer wieder eine Nacht in der eigenen Wohnung und einen Abend in der Stadt oder sonstwo mit Freunden. Nur die Bar »Zur scheena Leich« mied sie, auch wenn es ihr um die Freundschaft mit Rick leid tat. Jonathan hatte sie davon eher nebenbei erzählt, und er hatte so getan, als würde ihn dieses Detail nicht wirklich interessieren – aber davon abgesehen, dass Lena merklich darunter litt, dass sie Rick nun mindestens eine Zeitlang nicht sehen würde, war das für Jonathan eine gute Nachricht. Damit konnte er künftig dort ein und aus gehen, ohne befürchten zu müssen, von ihr dabei gesehen zu werden. Und er konnte so hoffentlich auch mehr über Lena in Erfahrung bringen, indem er mit Rick und Hans und manchmal auch mit ihrer besten Freundin Lissy, die Lenas Worten zufolge vermutlich nach wie vor die Bar besuchte, reden konnte.

Und wenn Lena über Nacht in ihren Räumen am Neugebauerweg blieb, konnte er versuchen, von ihr selbst einiges über sie zu erfahren. Jonathan lud sie dann abends gern auf ein Glas Wein in die Bibliothek ein. Meistens unterhielten sie sich kurz und saßen danach beieinander wie entfernte Verwandte, lasen in ihren jeweiligen Büchern und trollten sich irgendwann in ihre Zimmer.

Jonathan genoss diese Abende, aber er musste darauf achten, dass er umständlich genug die Seiten umblätterte, damit Lena nicht auf die Idee kam, er könne womöglich schon ohne ihre Hilfe zurechtkommen. Und vor allem durfte er nichts von seinen eigenen Ausflügen in die Stadt verraten und nicht erkennen lassen, dass er längst viel mehr wusste von seiner Betreuerin, als sie ahnte. Er hätte zu gern längere Gespräche mit ihr geführt, aber Lena blockte ab. Als er es an einem Abend wieder versuchte, war er selbst überrascht, dass sie ihm nicht sofort die nächste Abfuhr erteilte, sondern ihn diesmal etwas sanfter zurückwies als sonst.

»Wissen Sie, Herr Haber«, sagte sie, nachdem sie ihn eine Weile nachdenklich angeschaut hatte, »inzwischen komme ich mit Ihren Launen ganz gut zurecht, und vielleicht sollten wir damit zufrieden sein. Was meinen Sie?«

»Sie dürfen meine Fragerei natürlich nicht falsch verstehen, Lena. Ich bin gut zwanzig Jahre älter als Sie …«

»Dreißig, um genau zu sein«, korrigierte sie ihn und grinste unverschämt breit dazu.

»Ja, stimmt, aber ein bisschen mehr hätten Sie meiner Eitelkeit schon schmeicheln können. Egal: Ich habe keine Ambitionen, mit Ihnen zu flirten oder mir irgendwelche Träumereien mit Ihnen in der Hauptrolle auszumalen.«

»Da hätten Sie sich jetzt wiederum etwas mehr Mühe mit dem Schmeicheln geben können«, beschwerte sie sich und zog eine übertrieben schmollende Miene, bevor sie loslachte.

»Ach, dass Sie gut aussehen, werden Sie schon selber wissen. Aber was ich sagen wollte: Ich will mit Ihnen reden, ich würde gern etwas mehr über Sie erfahren – ohne Hintergedanken. Ich eigne mich nicht so zum Sugardaddy, wissen Sie? Allein komm ich ganz gut zurecht, wenn ich mir gerade nichts gebrochen habe. Und das darf gern so bleiben.«

Lena hob die Augenbrauen.

»Dass ich allein gut zurechtkomme, meine ich«, ergänzte er schnell.

»Und warum sind Sie allein?«, fragte sie.

Er zögerte.

»Eigentlich will ich ja mehr über Sie erfahren, Lena, und nicht mehr über mich erzählen.«

»Na, da werden wir wohl einen Deal eingehen müssen, was, Herr Haber?«

Lena legte ihr Buch weg, nahm das Weinglas, schwenkte die dunkelrote Flüssigkeit hin und her und zog die Füße auf dem Sessel an sich heran.

»Oh«, sagte Jonathan, »Sie scheinen sich auf eine lange Geschichte einzurichten.«

»Und? Wird sie nicht lang?«

»Geht so.«

Er räusperte sich, trank einen Schluck und dachte darüber nach, was er von sich preisgeben wollte.

»Vor Jahren – damals sind Sie noch zur Schule gegangen, vielleicht sogar noch in die Grundschule … Mir haben damals einige Menschen sehr wehgetan, Menschen, die mir sehr nahe waren. Na ja, klar – andere können einem ja auch nicht so sehr wehtun, nicht wahr?«

Sie wurde ernst, zuckte mit den Schultern und trank einen Schluck.

»Bei mir war das eine berufliche Geschichte, so wie bei mir damals alles mit dem Beruf zu tun hatte. Ich war Programmierer, hatte eine anfangs noch recht kleine Firma aufgebaut, die ziemlich viel Geld verdient hat mit Programmen und Betriebssystemen. In den Neunzigern nahmen unsere Geschäfte noch einmal so richtig Fahrt auf, weil nun auch in Deutschland das Internet immer mehr zu einem Thema auch für Privatleute und kleinere Firmen wurde.«

»Moment mal: Sie haben früher im Internet Geld verdient – und wollen heute weder Internet noch Handy im Haus haben?«

»Na ja, das ist lange her, wie gesagt, und damals hieß das Internet quasi noch AOL oder Compuserve.«

»Hä?«

»Ach, kleiner Insiderscherz unter alten Digitalknochen. Ins Internet kamen die meisten Leute damals über die Startseiten von Anbietern wie AOL oder Compuserve, das hatte anfangs noch nicht viel Ähnlichkeit mit dem, was Sie heute kennen. Außerdem habe ich kein Geld im Internet verdient, sondern höchstens mit dem Internet, aber sei's drum, ich hab damals schnell erkannt, dass da ordentlich Potenzial drinsteckte, und ich habe auf technische Lösungen für ein paar Probleme gesetzt, die meiner Meinung nach Internetnutzern und -anbietern bald ins Haus stehen würden. Tja, ich hatte richtig getippt, und dann ging das alles ganz schnell. Ständig brauchten wir neue Leute und neue Räume, die Firma wuchs wie irre, der Umsatz schoss nach oben, der Gewinn hielt nicht ganz Schritt, und dann gab es die ersten Hürden zu nehmen, um gesund und in die richtige Richtung weiterwachsen zu können. Darüber, wie wir das tun sollten, gab es Unstimmigkeiten zwischen mir und den Leuten, die mittlerweile als Finanziers in die Firma eingestiegen waren. Und am Ende wurde ich gewissermaßen aus meiner eigenen Firma gedrängt.«

»Klingt wie bei Steve Jobs von Apple. Dass das damals auch bei kleineren Firmen so vorgekommen ist …«

Lena schüttelte den Kopf, wurde aber irritiert, weil Jonathan sie dabei mit einem etwas mitleidigen Lächeln musterte.

»Äh … Ihre Firma war doch kleiner als Apple, oder?«

»Kleiner als Apple schon, aber trotzdem nicht gerade klein. Steve wurde übrigens schon gut zehn Jahre vor mir aus seinem Unternehmen gedrängt, und er ist später dort auch noch einmal eingestiegen. Er wollte es mir immer erklären, aber ich hab's einfach nicht verstanden.«

»Er … er wollte es Ihnen …?«

»Ist ja auch egal. Ich bin jedenfalls draußen geblieben. Meine Anteile konnte ich zu einem sehr guten Preis verkaufen, und von den Intrigen in der Branche hatte ich erst einmal die Nase voll. Von meinen ›allerbesten Freunden‹ habe ich natürlich nie wieder gehört, ich hatte denen ja nichts mehr zu bieten.«

»Freundschaft vielleicht?«

»Ja, wenn's denn welche gewesen wäre. Aber diese Leute haben mir nicht gefehlt, das können Sie mir glauben. Aus der Ferne habe ich noch eine Weile verfolgt, was aus der Firma wurde, aber inzwischen interessiert mich das überhaupt nicht mehr.«

»Und deshalb haben Sie sich hier in Ihrem Haus wie in einem Bunker vergraben?«

»Es ist immerhin ein sehr schöner Bunker, oder? Und wie ich schon sagte: Damals hatte alles in meinem Leben mit meinem Beruf zu tun. Ich war das, was man schon in den Neunzigern einen Nerd nannte. Na ja, bis auf meinen Erfolg bei Frauen vielleicht …«

Jonathan lachte kurz, es wirkte ein wenig aufgesetzt, dann räusperte er sich.

»Sorry, ich wollte nicht prahlen. Jedenfalls kannte ich praktisch niemanden, mit dem ich nicht beruflich zu tun hatte – also verschwand mit der Firma auch mein komplettes soziales Umfeld aus meinem Leben.«

»Und wie kam die Agentur ins Spiel, die jetzt auch mich für Sie engagiert hat? Ruft man da irgendwo an und sagt: Ich hätte gern jemanden, der für mich alles erledigt und der mir alle Menschen vom Hals hält? Gibt es da eine Rubrik im Branchentelefonbuch?«

Sie lachte, aber er blieb ernst und dachte nach.

»Stimmt eigentlich«, sagte er nach einer Weile. »Wie kam die Agentur ins Spiel … Ich hatte damals keine Lust mehr, mit anderen Leuten zu tun zu haben, aber anfangs musste ich natürlich noch selbst anrufen, um mir Essen zu bestellen oder einen neuen Fernseher. Irgendwann fand ich einen Flyer im Briefkasten: ›Wish & Weck – wir machen Ihre Probleme zu unseren‹, so etwas in der Art. Da habe ich angerufen. Ich habe sie mit zwei, drei etwas seltsamen Aufträgen getestet. Das hat dort keinen irritiert, und alles hat wunderbar geklappt, und seither regeln die alles für mich.«

»Und sonst haben Sie zu niemandem Kontakt?«

»Nein, wenn alles glatt geht, nicht.«

»Und es fehlt Ihnen niemand? Freunde oder Bekannte?«

Er zögerte eine Moment lang, bevor er antwortete.

»Nein.«

»Keine Familie?«

»Hm … die Kurzversion: Eltern gestorben, keine Geschwister, und der Rest der buckligen Verwandtschaft kann mich mal. Die werden dann schon aus ihren Löchern kriechen, wenn es mal was zu erben gibt, aber bis dahin …« Er drohte lachend mit dem Zeigefinger. »Bis dahin soll sich lieber niemand von denen hier blicken lassen!«

Lena schaute deprimiert drein.

»Was ist?«, fragte Jonathan.

»Das klingt alles furchtbar traurig, Herr Haber.«

»Ach, Quatsch. Wie gesagt: Ich bin ganz zufrieden damit. Und jetzt sind Sie dran.«

»Ich fürchte, da kann ich nicht mithalten. Meine Geschichte ist banal, ich hab nie eine Firma verkauft, und Steve Jobs kannte ich auch nicht persönlich.«

»Erzählen Sie schon.«

»Ich habe mich schon recht früh für Pflegeberufe interessiert, und es hat sich bald herausgestellt, dass mir das liegt – mit Menschen umzugehen, vor allem mit älteren, ihnen zu helfen, mich auf sie einzulassen mit ihren Sorgen und Erinnerungen, ihnen ihre Würde zu lassen, wenn man ihnen den Hintern wäscht … Nur Blut kann ich keines sehen, und wenn ich nur an Spritzen denke, wird mir ganz flau. Komisch eigentlich, oder? Da macht mir etwas, das viele andere als eklig ansehen, nichts aus – und dann so was.«

Sie lachte.

»Wie auch immer: Krankenschwester oder womöglich sogar Ärztin kam also nicht in Betracht, und damit war das Berufliche zügig geregelt. Aber in meinem Fall blieb der Pflegedienst wirklich nur ein Beruf, ich hatte schon auch noch ein Privatleben. Mit den Eltern mal mehr, mal weniger Kontakt, mit der übrigen Verwandtschaft lose Treffen zu runden Geburtstagen, ein paar wenige gute Freunde, ab und zu eine durchgefeierte Nacht – das Übliche eben. Dafür werde ich nie eine eigene Firma haben.«

Sie zuckte mit den Schultern. Jonathan winkte ab.

»Man kommt gut ohne eigene Firma durchs Leben, keine Bange. Aber glauben Sie nur nicht, dass alle Angestellten zwischen Job und Freizeit trennen können. Ich hatte damals mit Leuten zu tun, die so unter Druck standen, dass sie ihren Frauen sogar vorgeschwindelt haben, sie würden abends mit Kumpels einen trinken gehen – nur um heimlich noch einmal ins Büro zu können.«

Lena sah ihn ungläubig an.

»Sehen Sie?«, fügte Jonathan noch hinzu. »Auch ein Leben als Angestellter schützt vor so etwas nicht. Ich wiederum wollte ja immer arbeiten, das hat mir Spaß gemacht. Meistens jedenfalls. Aber eigentlich wollten Sie von sich erzählen … Was war nun also mit Ihrem Privatleben?«

»Das Übliche«, sagte sie leichthin, aber ihre feuchten Augen straften ihren Tonfall Lügen. »Ab und zu mal verliebt, und irgendwann glaubt man halt, man hätte den Richtigen getroffen.«

Sie verstummte und nippte am Wein.

»Und dann?«, hakte Jonathan schließlich nach.

»Träume von einer eigenen Familie. Haus, Kinder, das volle Programm eben.« Lena blinzelte eine Träne weg und lächelte traurig. »Ganz schön blöd, was?«

»Nein, warum denn? Wenn sich das für Sie gut und richtig anfühlt, ist dagegen doch nichts zu sagen.«

»Hm.«

»Und was ist schiefgegangen? Wollte er keine Kinder?«

»Keine Ahnung.«

»Wie bitte?«

»Wir hatten immer wieder über diese Träume gesprochen, und ich hatte den Eindruck, dass Ralf das genauso sah wie ich. Wir haben auch schon konkret nach einem Haus für uns beide gesucht. Er war allerdings ziemlich wählerisch. Erst dachte ich, er will es halt nur möglichst perfekt haben für uns – aber im Nachhinein glaube ich eher …«

Jonathan wartete schweigend, bis sie von allein weitersprach.

»Ich glaube, er wollte wohl nur Zeit gewinnen. Ich weiß nicht, wie lange das noch so weitergegangen wäre. Und inzwischen weiß ich nicht einmal mehr, was überhaupt gestimmt hat von all dem, was er mir gegenüber gesagt hat. Wissen Sie, Herr Haber, nach so einem Erlebnis glauben Sie an gar nichts mehr.«

Zu gern hätte er nachgefragt, was für eine Art Erlebnis sie meinte, aber er hielt es doch für besser abzuwarten, ob sie von allein darauf zu sprechen kam.

»Das zieht Ihnen den Boden unter den Füßen weg«, fuhr sie fort. »Und alles, was für Sie vorher fest und unverbrüchlich wirkte, kann plötzlich genauso gut erstunken und erlogen sein – oder war womöglich nur Ihre eigene Einbildung, in der Sie es sich schön bequem eingerichtet hatten.«

Er schwieg weiterhin, schaute jetzt aber sehr nachdenklich in sein Glas.

»Tja, das sind alles Probleme, die Ihnen erspart geblieben sind«, fuhr Lena fort.

»Na ja …«, brummte Jonathan nur.

»Ach? Doch nicht?«

Er lächelte wehmütig, schüttelte aber den Kopf.

»Sie sind dran, Lena. Ich hab schon von mir erzählt.«

»Okay, ich mach's kurz: Inzwischen sind Ralf und ich nicht mehr zusammen.«

Sie ließ eine Pause entstehen, und Jonathan musste nachfassen.

»Was ist passiert?«, fragte er.

»Ich habe ihn im Büro mit seiner Sekretärin erwischt. Sie ist älter als ich und eher mollig. Und als er endlich bemerkt hat, dass ich bei den beiden im Zimmer stand, kam er mir mit Floskeln, die man im richtigen Leben nie für möglich hält, bis sie wirklich mal jemand zu einem sagt.«

»So was wie ›Es ist nicht, wonach es aussieht‹?«

»Genau so. Ihr Satz war sogar fast wörtlich mit dabei.«

»Mein Satz? Bloß nicht! Mir reicht es schon, dass dieser Idiot ausgerechnet eine Modelleisenbahn haben muss.«

»Woher wissen Sie das denn?«

»Als ich Sie am ersten Tag im Haus herumgeführt habe, haben Sie auf meine Anlage nicht sehr gnädig reagiert. Sie haben auch erwähnt, dass Sie im Moment die Nase voll haben von Männern mit Modelleisenbahnen. Ich nehme an, Sie haben diesen Ralf erwischt, kurz bevor Sie bei mir angeheuert haben, richtig? Und ich nehme weiter an, dass er eine Modelleisenbahn hat.«

»Ja, richtig, und gut kombiniert.«

»Ach, das ist mir wohl aus meiner alten Programmiererzeit geblieben – das Wissen darum, dass eine erfüllte Bedingung zur nächsten führt. Logisches Denken, if/else.«

»Wenn sich nur alles auf die Logik zurückführen ließe.«

Lena seufzte und trank ihr Glas leer.

»Ich bin müde, Herr Haber. So viel über mich habe ich einem Fremden schon lange nicht mehr erzählt.«

»Einem Fremden … das klingt irgendwie seltsam von der Frau, die mich in den ersten Tagen jeden Morgen an- und jeden Abend ausgezogen hat.«

Er grinste und prostete ihr zu. Lena ging hinaus.

»Lassen Sie die Tür bitte offen, Lena? Danke.«

Er hörte sie in die Küche gehen, wo sie jetzt vermutlich das Glas auf die Spüle stellen würde. Er hörte sie die Treppe hinaufgehen, hörte ihre Schritte im ersten Stock und dann ihre Schlafzimmertür leise zuschnappen, und dann nichts mehr. Er schloss nun selbst die Tür der Bibliothek, goss sich Wein nach, legte eine CD in den Player und fläzte sich noch bequemer auf seinen Sessel als zuvor. Die CD hatte er schon oft gehört, aber sie hatte ihn noch nie in so rührselige Stimmung versetzt wie heute. Irgendwann, er hatte eine zweite eingelegt und sich das Glas erneut vollgeschenkt, erwachte er im Sessel. Er konnte nur kurz eingeschlafen sein, denn er hielt das nicht ganz geleerte Glas noch in der Hand. Aber offenbar war es höchste Zeit, ins Bett zu gehen. Auf dem Weg zur Hi-Fi-Anlage trank er den Wein aus, stellte das Glas im Regal ab und schaltete den Player aus, ohne zuvor die CD herauszuholen.

Langsam schlurfte er zur Treppe, und als er sie erreichte, blieb er aus alter Gewohnheit stehen und lauschte, ob sich irgendwo in dem großen Haus etwas rührte, wo sich nichts rühren sollte. Natürlich war alles still, und er wollte gerade hinaufgehen, als er doch etwas hörte. Ein ganz leises Geräusch, das von weit hinten im Flur zu kommen schien. Oder eher dort von unten, aus dem Keller. Es war zu leise, um zu erkennen, worum es sich handelte, aber als er ein bisschen lauschte, hörte er es wieder.

Ganz vorsichtig ging er den Flur entlang, ganz behutsam und geräuschlos, bis er auf dem obersten Absatz der Kellertreppe stand. Wirklich: Dort unten im Keller war etwas. Oder jemand. Jonathan schlich die Stufen hinunter, hielt alle paar Schritte inne und lauschte. Im Kellerflur war es dunkel, aber aus dem Raum mit der Modelleisenbahn fiel Licht durch die halb geöffnete Tür. Langsam und sachte schob er sich an der Wand des Flurs entlang auf den Raum zu. Das Geräusch war hier deutlicher zu hören, und inzwischen war er auch schon recht sicher, was er da hörte. Er hatte die Tür erreicht, und um ein Vielfaches bedachter als zuvor setzte er Fuß vor Fuß und lugte hinter dem Türrahmen hervor in den Raum.

Lena stand so neben der großen Holzplatte, auf der er seine Anlage montiert hatte, dass er ihr Profil sehen konnte. Ihr Blick war aber unverwandt auf das Stück gerichtet, das sie in der Hand hielt. Jonathan erkannte den Waggon sofort, und ein schneller prüfender Blick bestätigte ihm, dass sie ihn nicht sehr fachgerecht aus der Zugfolge gelöst hatte. Die Lokomotive und die Wagen des TEE Casanova lagen umgekippt neben dem Gleis, das Schloss Neuschwanstein in kühnem Bogen umkurvte. Die Lücke des fehlenden Waggons, unmittelbar vor dem Speisewagen, hätte auch ein Laie auf den ersten Blick entdeckt. Und dieser Waggon, der liebevoll mit Herzchen und allerlei anderen kitschigen Hochzeitsmotiven lackierte Hochzeitswagen, mit der geschwungenen Beschriftung »viaggio di nozze« auf beiden Seiten, lag rosa und schlank und zerbrechlich in Lena Rohlands rechter Hand.

Kurz wallte Ärger in Jonathan hoch und die Sorge des Sammlers um ein teures Stück, doch dann beherrschte er sich und musterte Lenas Gesicht. Sie weinte, aber es zitterten weder ihre Schultern, noch schniefte sie zwischendurch. Nein, sie weinte fast bewegungslos, und die Tränen liefen ihr über die Wangen, sammelten sich an der Kante ihres Unterkiefers und tropften von dort auf den Boden, ohne dass sie sich auch nur einmal abgewischt hätte. Dann hörte er das Geräusch wieder, das ihm schon oben aufgefallen war, und er trat einige Schritte zurück, um sich nicht durch ein Aufseufzen zu verraten.

Lena hatte eine seltsame Mischung aus Ächzen und Stöhnen von sich gegeben, so etwas wie ein unkontrolliertes Jammern, wie er es noch nie von jemandem gehört hatte. Und da schlich er wieder zurück, zwei Etagen hinauf, in sein Schlafzimmer, kurz ins Bad und dann unter die Bettdecke. Das Bild der leidenden Lena rührte ihn und ging ihm nicht aus dem Kopf. Für einen Moment dachte er an den Hochzeitswaggon, der teuer und selten war und nun in Lenas Hand nur darauf zu warten schien, dass sie ihn wutentbrannt gegen die Wand schleudern würde. Jonathan rief sich zur Ordnung, sah wieder Lenas Gesicht vor sich, ihre Tränen, ihren schmerzlichen Gesichtsausdruck.

Dieser Ralf konnte froh sein, wenn er ihm niemals über den Weg lief.

Irgendwann schlief er unruhig ein.

*

»Wollen Sie nicht langsam mal Feierabend machen?«

Rania hatte ihre Chefin gar nicht kommen hören. Sie stand am Fenster und schaute auf das abendliche Stuttgart hinunter. Ja, es war längst Zeit, nach Hause zu gehen, und sie hatte schon vor etwas mehr als einer Stunde alles erledigt, was für heute auf dem Plan gestanden hatte. Doch eine Sache beschäftigte sie seit zwei, drei Tagen immer wieder – und sie ließ ihr auch heute keine Ruhe.

»Ich denke gerade über Herrn Haber nach«, sagte sie, als sich Violetta Weck neben sie an die Fensterfront gestellt hatte.

»Gibt es Probleme?«

»Nein, keine. Übrigens macht sich auch seine neue Betreuerin ganz gut. Sie wissen schon, diese Lena, die arbeitslose Altenpflegerin, die von Ihrer Tochter die Nummer der Agentur bekam und genau an dem Tag anrief, als wir gar nicht mehr wussten, wen wir noch für Herrn Haber finden könnten.«

Violetta Weck nickte und wirkte mit einem Mal sehr nachdenklich.

»Es läuft alles prima, aber … Herr Haber scheint sich irgendwie zu verändern.«

»Wie meinen Sie das?«

»Früher hat er uns regelmäßig für sich Essen bestellen lassen, aber seit vor ein paar Tagen das indische Restaurant geliefert hat, hat er sich von niemandem mehr etwas bringen lassen.«

»Vielleicht kocht diese Lena viel selbst?«

»Kann sein, wahrscheinlich ist es das und ich mache mir Gedanken über etwas, das eine ganz banale Erklärung hat. Aber …«

»Aber?«

»Es sind mehrere Kleinigkeiten, die mich stutzig machen. Zunächst einmal wird in letzter Zeit recht viel Geld von Herrn Habers Konto abgehoben. Immer mit seiner Karte, und immer an Bankautomaten im Stadtgebiet.«

»Haben Sie ihn darauf angesprochen?«

»Ja. Er sagt, es sei alles in Ordnung damit, und dass er Lena ab und zu seine EC-Karte mitgebe, damit sie Geld für laufende Einkäufe abheben könne. Ich habe dann mal angedeutet, um welche Beträge es in den vergangenen Tagen ging – ganz vorsichtig natürlich, ich wollte ja nicht etwa der Betreuerin unterstellen, dass sie Geld für sich abzweigt. Aber er fand die Beträge in Ordnung, und anscheinend liefert Lena das Restgeld auch immer auf den Cent genau wieder bei ihm ab.«

»Dann passt ja alles.«

»Ja, vermutlich – wie gesagt, ich mache mir wahrscheinlich einfach unnötig Gedanken. Trotzdem … Wissen Sie, Frau Weck – jetzt umsorgen wir Herrn Haber schon seit so vielen Jahren, wir nehmen ihm alles ab, worum andere sich tagtäglich kümmern müssen – vielleicht fühlt es sich einfach komisch an, wenn sich jemand wie er … wie soll ich sagen? Wenn er sich ein wenig von uns abnabelt und womöglich etwas selbstständiger wird. Oder wenn er plötzlich Hilfe von jemand anderem bekommt als von uns, zum Beispiel von dieser Lena.«

»Na«, neckte Violetta Weck ihre Mitarbeiterin und grinste spitzbübisch, »Sie werden doch nicht etwa eifersüchtig sein?«

Rania lächelte und zuckte mit den Schultern. »Das wird's sein«, sagte sie. »Für alles war er bisher von uns abhängig, und jetzt braucht er unsere Unterstützung weniger als üblich – wahrscheinlich wird er allmählich flügge, was?«

»Wahrscheinlich. Aber auch wenn er das eine oder andere künftig selbst erledigt oder wenn Lena in der Zeit, die sie ihn noch betreuen wird, einiges für ihn übernimmt, was wir bisher geregelt haben – er wird unsere Dienste auch künftig in Anspruch nehmen. Und solange er sein Haus nicht verlassen will, geht es ja auch gar nicht anders.«

Die beiden Frauen plauderten noch ein wenig und verabschiedeten sich dann. Rania ging mit federnden Schritten zur Stadtbahnhaltestelle, ihre Chefin stand noch eine Weile oben am Fenster. Und beide dachten über einen Satz nach, den Violetta eigentlich nur so dahingesagt hatte.

Solange er sein Haus nicht verlassen will …

Spanisch für Fortgeschrittene

An diesem Abend musste er nicht besonders vorsichtig sein auf dem Weg ins Städtle. Lena hatte sich wegen eines Familienfestes auf der Schwäbischen Alb verabschiedet und würde erst morgen früh von dort zurückfahren. Jonathan blätterte in den Zeitungsausrissen, die er in letzter Zeit in einer Schublade in der Bibliothek aufbewahrte, und suchte ein spanisches Restaurant aus, in dem er zu Abend essen würde. Die Dame am Telefon fragte mehrmals nach, ob er wirklich allein kommen wolle, und Jonathan war schon kurz davor, genervt aufzugeben, dann fiel bei ihr wohl endlich der Groschen.

»Aber selbstverständlich haben wir Platz für Sie. Für eine Person allein immer. Wann werden Sie kommen?«

Er betrat das Lokal pünktlich um acht, und auf den ersten Blick konnte er nirgendwo einen freien Platz entdecken. Es herrschte ordentlich Trubel in dem großen Gastraum, vor allem an einer langen Tafel hatten einige Gäste offenbar alle Hände voll mit einem Kind zu tun, das sein Essen nicht bei sich behalten wollte. Auch die anderen Tische waren mit sechs, acht oder mehr Gästen voll besetzt. Junge Frauen und Männer in knöchellangem Schurz flitzten zwischen den Tischen umher, trugen Essen auf oder Geschirr und Gläser ab, hatten auch in der größten Eile noch für jeden ein freundliches Wort und ließen erst hinter der Theke manchmal die strahlende Maske fallen, lehnten schnaubend oder mit mürrischem Gesicht am Rahmen der Küchentür – bevor sie dort von einer smarten Enddreißigerin mit hochgesteckten Haaren wieder hinausgescheucht wurden ins Getümmel. Sie war es auch, die auf ihn aufmerksam wurde. Jonathan war nach den ersten Schritten ins Lokal hinein stehengeblieben und sah sich nun ratlos um.

»Tut mir leid, Señor, Sie sehen ja: alles voll. Wollen Sie vielleicht für morgen Abend reservieren? Ich schaue gern für Sie nach, ob wir noch einen Tisch frei haben. Wie viele Personen sind Sie denn?«

Jonathan fühlte sich an den Titel eines Buches von Richard David Precht erinnert, aber die Frau sah nicht so aus, als würden sie im Moment philosophische Gedanken umtreiben.

»Also ich persönlich«, erklärte Jonathan deshalb etwas grätig, »ich bin eher nur einer. Und ich hatte reserviert. Für heute Abend.«

»Ach, Sie sind das«, erwiderte sie und wirkte nun tatsächlich erleichtert. »Natürlich, Señor Abärr, kommen Sie bitte, por aquí!«

Sie sprach seinen Namen auf eine so temperamentvolle Art aus, dass in seinen Ohren das fehlende H zu Beginn durch das zusätzlich spendierte R am Ende mehr als aufgewogen wurde. Er ging hinter ihr her, konnte aber noch immer keinen freien Stuhl entdecken – bis auf den Kinderstuhl, der am Ende der langen Tafel an die Tischplatte montiert und inzwischen leer war, sowie den Stuhl direkt daneben, über dessen Lehne der Tragriemen einer sehr modernen Handtasche hing. Auf dem Boden darunter und auf dem Tisch direkt davor sah es so wüst aus, dass den herumliegenden Resten mit einem einfachen Lappen wohl nicht beizukommen war. Das spuckende Kind hatte offenbar ganze Arbeit geleistet – es war allerdings an der langen Tafel nirgendwo zu sehen. Als er sich gerade fragte, ob seine Mutter es nach Hause gebracht hatte, schwang eine Tür am anderen Ende des Gastraums auf, und eine schlanke Frau mit schicker Kurzhaarfrisur kam herein, ein kleines, vor sich hin greinendes Häufchen auf dem Arm. Sie hantierte mit einem fleckigen Tuch in seinem Gesicht herum, während sie langsam zur langen Tafel zurückkehrte, und ihr sehr nobel wirkendes Outfit war vor allem im Bereich zwischen Brust und Kinn ziemlich mitgenommen.

Das alles hatte Jonathan im Vorübergehen beobachtet, denn seine spanische Gouvernante kurvte in flottem Tempo zwischen den voll, eher zu voll belegten Tischen hindurch, zum Glück wenigstens nicht mit Kurs auf das Ende der so arg mitgenommenen Tafel. Aber wo er essen sollte, blieb ihm schleierhaft. Doch da blieb sie stehen, wandte sich um – und er verstand.

»Servido, Ihr Platz«, sagte sie fröhlich und lächelte einen Barhocker an.

»Na super«, knurrte er. »Vielen Dank auch …«

»De nada«, zwitscherte die Frau, die seinen Tonfall falsch verstanden hatte, und flitzte mit einem Lächeln davon.

Jonathan sah ihr mit finsterem Blick nach, aber es half ja nichts – Hunger hatte er trotzdem. Er kletterte auf den gepolsterten Hocker und wippte ein bisschen hin und her. Er saß bequemer, als er gefürchtet hatte, und wenn das wilde Durcheinander aus riesigen Salz- und Pfefferstreuern, Speisekarten und Servietten weggeräumt würde, wäre sicher auch Platz genug für sein Essen und ein Glas. Doch die jungen Frauen und Männer in ihren langen Schürzen eilten weiter hin und her, ohne ihn zu beachten. Als eine der Bedienungen ein Tablett mit Getränken richtete, fiel ihr auf, dass Jonathan noch auf dem Trockenen saß – zwischen ihnen beiden befand sich ja auch nicht viel mehr als der Zapfhahn.

»Auch ein Bier?«, fragte sie nebenbei. »Oder doch lieber einen Roten?«

»Rotwein«, sagte er. »Und etwas zu essen wäre schön.«

»Nehmen Sie sich einfach eine«, sagte die Bedienung und nickte zu dem Stapel Speisekarten direkt vor seiner Nase. Dann war sie auch schon wieder weg und kümmerte sich um die anderen Gäste.

»Und? Schon was gefunden?«, fragte nach einer Weile eine andere junge Frau, während sie Bier zapfte und einige Gläser mit Limonade füllte.

»Ja, Rotwein hatte ich bei Ihrer Kollegin bestellt.«

»Mach ich Ihnen gleich, kein Problem«, sagte sie und stellte wirklich kurz darauf ein Glas mit dunkelroter, fast schwarzer Flüssigkeit vor ihm auf den Tresen. »Rioja ist recht, hoffe ich?«

Und weg war auch sie.

So ging das eine Weile, und als Jonathan sein zweites Glas Rioja – der übrigens für einen offenen Hauswein ganz passabel war – ergattert hatte, berührte er die Bedienung, die ihn zuerst gefragt hatte, an der Schulter, als sie schon wieder achtlos an ihm vorüberhuschen wollte.

»He!«, beschwerte sie sich, und zwei, drei Gäste in seiner direkten Umgebung sahen ungnädig zu Jonathan hin. »Nicht anfassen, ja?«, schob sie in ähnlicher Lautstärke nach und eilte weiter. »Ich komm doch gleich!«

Es blieb ihm nichts anderes übrig als abzuwarten, ob das zumindest diesmal stimmte. Noch zweimal flitzte sie an ihm vorbei, dann stand sie breitbeinig vor ihm, einen Notizblock in der einen Hand und einen Stift in der anderen.

»Und? Was wollen Sie jetzt bestellen? Noch einen Rotwein?«

»Nein, etwas zu essen. Erst den Haussalat, und danach Hähnchen in Knoblauchsoße – wegen des Desserts werde ich mich später entscheiden.«

»Sie wollen was – essen?« Er fand ihren leicht erschreckten Tonfall etwas unpassend für ein Restaurant, aber zumindest für ihren nächsten Satz musste er ihr recht geben. »Dort ist doch gar kein Platz für einen Teller!«

Sie deutete auf die schmale Stelle, die ihm der Salz-und-Pfeffer-Kram und die anderen Utensilien freiließen. Tatsächlich stand dort auch sein Rotweinglas nicht sonderlich bequem.

»Stimmt. Deshalb hatte ich bisher ja auch gehofft, dass mal jemand kommt und das Zeug ein wenig zur Seite räumt.«

Jetzt legte sie den Kopf schief und stemmte die Fäuste in die Hüften. Sie sah nicht so aus, als würde sie nun noch etwas notieren wollen.

»Geht's noch?«, blaffte sie ihn an. »Vielleicht auch noch Schuhe putzen oder …« Sie bückte sich, als suchte sie etwas unter seinem Hocker. »Oder haben Sie uns ein bisschen Kochwäsche mitgebracht?«

»Jetzt hören Sie mal! Ihre Chefin hat mich hier an den Tresen gesetzt, ich hab mir das nicht ausgesucht! Und die Chefin weiß, dass ich zum Essen gekommen bin. Also, was soll das jetzt?«

»Die Chefin – wie praktisch!«

»Ja, die Chefin – und die holen Sie jetzt mal bitte! Mir wird das jetzt nämlich zu blöd hier!«

»Das geht nicht, sie ist vor einer Viertelstunde nach Hause gefahren. Sie hat ein gutes Team, da kann sie also früher Feierabend machen.«

Jonathan zuckte unter den Worten »ein gutes Team« ein wenig zusammen, aber er hatte Hunger, inzwischen bohrenden Hunger, und er hatte keine Lust, in diesem vollbesetzten Lokal für noch mehr Aufsehen zu sorgen. Also schluckte er seinen Ärger hinunter und setzte mit mühsam beherrschter Stimme neu an.

»Jetzt machen Sie mir doch bitte etwas Platz frei, und dann bringen Sie mir bitte den Haussalat und danach das Hähnchen in Knoblauchsoße.«

Die Bedienung hatte wohl bemerkt, dass ihn der ruhige Tonfall einige Anstrengung kostete, und sie gab sich versöhnlicher. Ein bisschen jedenfalls.

»Wir werden schon ein Plätzchen für Sie finden.« Sie sah sich im Raum um, während sie weiterplapperte. »Aber es wäre halt leichter, wenn Sie vorher reserviert hätten. Sie sehen ja, was hier los ist.«

»Aber ich habe reserviert!«, platzte Jonathan heraus. »Einen Tisch für eine Person.«

»Einen Tisch für eine Person«, versetzte die Bedienung höhnisch. »Sehr witzig. Soll das so was sein wie beim Chinesen das ›Familienglück für eine Person‹?«

Sie kicherte sogar, wurde unter Jonathans wütend funkelndem Blick aber schnell wieder ernst.

»Ich habe vorher angerufen«, knurrte er, nun gefährlich leise, »und es hieß, für eine Person findet sich immer Platz. Keine Ahnung, wen ich da am Telefon hatte – aber es war wohl jemand mit zu viel Optimismus.«

»Das wird schon die Chefin gewesen sein, aber die ist eben nicht mehr da.«

»Dann gehen Sie jetzt zu Ihrem Buch mit den Reservierungen oder was Sie dafür verwenden und schauen nach ›Haber‹ – so heiße ich, und unter diesem Namen habe ich auch reserviert.«

»Da muss ich nicht nachsehen. Aus dem Buch wird mir kein freier Platz entgegenspringen, wissen Sie?«

Ihre Wortwahl war unverändert patzig, aber der Tonfall hatte sich gemäßigt. Und dann hellte sich ihr Gesicht auf. Jonathan folgte ihrem Blick und wurde blass.

»Das kann jetzt nicht Ihr Ernst –«

»Doch, doch, kommen Sie«, sagte die Bedienung und war auch schon auf dem Weg zum Kopfende der langen Tafel. »Das haben wir gleich.«

*

Violetta Weck war am frühen Nachmittag losgefahren, ohne genau zu wissen, wohin sie eigentlich wollte. Also kurvte sie ziellos kreuz und quer durchs Stadtgebiet, fuhr schließlich nach Botnang und holte sich mit einem seligen Lächeln auf den Lippen zwei Butterbrezeln aus der Bäckerei Klinsmann. Einige Zeit später stellte sie ihren froschgrünen Mini auf dem großen Parkplatz am Fernsehturm ab und ging ein wenig durch den Bopserwald spazieren. Frauenkopf, Neckartal, Rotenberg – aber gegen sechs fiel ihr einfach nichts mehr ein, wohin sie ihr Ausflug führen konnte. Sie fädelte sich auf den dichten Verkehr auf der B 10 ein, bis ihr doch noch eine Idee kam. Erst zögerte sie, dann fuhr sie den nordwestlichen Kesselrand hinauf, zuckelte zwischen den noblen Bauten auf dem Killesberg hindurch und ließ schließlich ihren Wagen neben einigen Büschen im Neugebauerweg ausrollen. Sie war lange nicht mehr hier gewesen, aber die kleine Straße hatte sich nicht sehr verändert. Links und rechts reihten sich unspektakuläre Einfamilienhäuser aneinander. Auf der rechten Straßenseite, wo im Moment ihr Mini stand, gab es noch einige unbebaute Grundstücke, aber linker Hand reichte die Bebauung bis direkt an die Grenze des großen Anwesens von Jonathan Haber.

Mit seiner hohen Hecke ringsum und dem Metalltor an der Zufahrt wirkte das Grundstück abgeriegelt und abweisend.

Violetta Weck dachte einige Jahre zurück und stellte sich vor, wie es sich Jonathan Haber wohl eingerichtet hatte in seiner selbst gewählten Einsamkeit. Die Möbel kannte sie alle aus den Unterlagen der Agentur – die Inneneinrichtung war damals von ihr und ihrer ersten Mitarbeiterin bestellt und organisiert worden. Doch wie es heute in dem Haus aussah, wie Haber lebte, was er den ganzen Tag so trieb – davon wussten sie und Rania zwar mehr als alle anderen, aber doch immer noch sehr wenig.

Wobei – diese Lena war im Moment wohl am besten über Jonathan Habers Alltag informiert. Einen Moment lang dachte Violetta Weck daran, sich mal mit ihr über ihren wichtigsten Kunden zu unterhalten, aber dann verwarf sie die Idee wieder. Lenas Bewerbungsunterlagen hatte sie sich angesehen, abgesehen von der fristlosen Kündigung zuletzt war ihr Lebenslauf tadellos. Allerdings hatte Rania in der Akte vermerkt, dass sie – wenn auch nur über eine gemeinsame Freundin – mit Josephine bekannt war. Und es war ja auch Josephine gewesen, die Lena die Telefonnummer der Agentur gegeben hatte.

Jeder Gedanke an ihre Tochter versetzte ihr einen Stich. Sie hatten schon lange keinen vernünftigen Kontakt mehr zueinander. Natürlich wusste Violetta, warum Josi so sauer auf sie war. Aber daran würde sie einstweilen nichts ändern können. Mit einem Seufzen schaute sie hinüber zu Habers Anwesen, und genau in diesem Augenblick kam Bewegung in das Metalltor. Sie rutschte ein wenig auf dem Fahrersitz nach unten, aber ihr Wagen stand weit genug vom Tor entfernt, dass sie von dort aus vermutlich nicht gesehen werden konnte. Von der Hauptstraße rollte nun ein Taxi heran, und durch das Tor trat ein Mann Ende fünfzig, den sie sofort erkannte. Er war noch immer schlank, die graumelierten Haare standen ihm gut, und er sah zwar um einiges älter aus als damals – aber zugleich auch gesünder und lebendiger als auf den Fotos in den Unterlagen der Agentur.

Das Taxi fuhr bis direkt vor das Metalltor, das inzwischen wieder zuglitt. Der Mann stieg ein, das Taxi stieß zurück, bis Platz genug zum Wenden war, dann beschleunigte es und bog nach rechts in die Hauptstraße ein.

Violetta saß verblüfft in ihrem Mini, bevor sie den Motor startete und dem Taxi folgte. Hatte Jonathan Haber soeben wirklich sein Grundstück verlassen? Ließ er sich von einem Taxi in die Stadt bringen? Und seit wann ließ er sich wieder darauf ein, anderen Menschen zu begegnen?

Diese Fragen trieben sie während der Fahrt in den Stadtkessel hinunter um, und mehr als einmal kam sie unterwegs zu der Überzeugung, dass sie doch mal mit dieser Lena reden sollte. Was ging neuerdings nur vor in Jonathan Haber? Ranias Überlegungen kamen ihr in den Sinn: dass mehr Bargeld abgehoben wurde, dass weniger fertiges Essen bestellt wurde – und jetzt war Haber auf dem Weg in die Stadt …

Einmal hätte sie das Taxi vor sich beinahe aus den Augen verloren, aber an der nächsten Ampel hatte sie es wieder eingeholt. Jonathan Haber stieg in der Nähe des Tagblattturms aus und wandte sich nach rechts. Violetta flitzte an ihm vorbei, bog in eine Seitengasse ein und fand erfreulich schnell einen fast legalen Parkplatz für ihren Mini. Sie eilte in die Richtung, in die sie Jonathan Haber zuletzt hatte gehen sehen. Tatsächlich hatte er diese Richtung beibehalten, und sie konnte ihm ohne große Mühe folgen. Auf dem Gehweg herrschte reger Betrieb, es war nicht besonders schwierig, ihm zu folgen, ohne selbst bemerkt zu werden – zumal Haber sich kein einziges Mal in ihre Richtung umwandte, sondern sehr zielstrebig unterwegs war. Nach einer Weile blieb er vor der Eingangstür eines spanischen Lokals stehen, er schaute zu dem Schriftzug mit dem Namen des Restaurants hinauf, als wollte er sich versichern, dass er richtig sei, dann verschwand er im Inneren des Lokals.

Violetta blieb eine Weile stehen, aber Jonathan Haber kam nicht mehr heraus. Schließlich drehte sie um und ging sehr nachdenklich zu ihrem Wagen zurück.

Rania Mohlfeidt, die auf dem Heimweg vom Einkaufen nur zufällig Zeugin der Szene geworden war, drückte sich schnell hinter einen Mauervorsprung, um nicht von ihrer Chefin gesehen zu werden. Violetta Weck schlenderte nur ein paar Meter entfernt an ihr vorbei, aber sie schien so tief in Gedanken versunken, dass sich Rania keine Sorgen machen musste, von ihr bemerkt zu werden. Sie sah ihr nach und fragte sich, was sie mehr erstaunte: Dass Jonathan Haber sein Haus verlassen und ein Lokal in der Innenstadt aufgesucht hatte – oder dass ihre Chefin ihm dabei offensichtlich gefolgt war?

*

Es hatte schließlich eines kleinen Eimers, mehrerer Lappen, eines Handbesens, einer Schaufel und am Ende auch noch eines ansehnlichen Stapels Geschirrtücher bedurft, bis Jonathan an einem leidlich sauberen Platz sitzen konnte, und er wagte mit der Zeit auch darauf zu verzichten, jedes Mal prüfend unter den Tisch zu blicken, wenn er seine Füße in eine neue Position bringen wollte und keine Lust auf ein knirschendes oder schmatzendes Geräusch unter seiner Sohle hatte.

Aber auch die Tischdecke um ihn herum war schon bald mit neuen Resten übersät, die den anderen Kindern aus den winzigen, aber stets offen stehenden Mündchen glitschten und kullerten, weil sie nicht einsehen wollten, dass sich Abbeißen, Kauen und Schlucken nicht gut mit fröhlichem Gebrabbel oder unleidigem Gekrähe vertrug. Seine erwachsenen Tischnachbarn nahmen das alles mit erstaunlicher Langmut hin, und wann immer sich ein Bröckchen zu Jonathans Platz hin verirrte, war auch schon eine flache Hand zur Stelle, die den kleinen Rest geschickt zurück neben den Teller des betreffenden Kleinen wedelte.

Er aß an der Tafel der Familie Gonzalez, die in diesem spanischen Lokal seit Jahren alle großen Geburtstage feierte und wohl irgendwie verwandtschaftlich mit der Chefin verbandelt war. Nicht nahe genug, als dass sie sich zu ihnen an den Tisch gesetzt hätte – aber doch nahe genug, um einen schönen Rabatt auf den Gesamtpreis des Gelages zu bekommen. Und vor allem, um einen Platz zu ergattern am größten Tisch im Lokal.

Seit er hier saß, wurde auch Jonathan sehr zuvorkommend bedient. Ständig tauchte eine junge Frau oder ein junger Mann mit langem Schurz an der Tafel auf, und keiner musste wieder gehen, ohne eine stattliche Bestellung mit zur Theke zu nehmen. Die Erwachsenen, die ihm am nächsten saßen, waren sehr freundlich zu ihm, prosteten ihm immer wieder mit Wein oder Tequila zu und zogen ihn ab und zu auch mit ins Gespräch. Der Abend hätte nett werden können, wenn Jonathan nicht immer wieder bemerkt hätte, dass der Junge, der schon gespuckt hatte, noch immer nicht ganz auf dem Damm war – und dass die anderen Kleinen ganz so aussahen, als würden sie seinem Beispiel am liebsten sofort folgen.

Und so stach er mit seiner Gabel in den Haussalat und behielt dabei den Nachwuchs im Auge. Er sah auf seine Salatschüssel hinab, sammelte ein paar Tomaten- und Paprikastücke auf, hob die Gabel an den Mund – und schaute sofort wieder zu den lieben Kleinen. Den Jungen, der seinen Auftritt schon hinter sich hatte, musterte er mit besonders misstrauischen Blicken, was der Kleine nicht gut aufnahm und erst damit quittierte, dass er losbrüllte, und sich dann am Busen seiner Mutter vergrub. Sie warf Jonathan ein entschuldigendes Lächeln zu und versuchte, den Jungen zu beruhigen. Anlässlich der nächsten Gabel mit Salat versuchte er mit seinen Blicken die beiden anderen Kinder in Schach zu halten. Das eine, ein etwas dicklicher Junge, sah ihn eine Weile ziemlich blöde an, bevor er sich greinend zu seinem Vater umwandte, auf dessen Schoß er thronte. Das andere Kind war weniger nachgiebig. Ein hageres Mädchen mit einer ausgesprochen kitschigen Haarspange in den dünnen Strähnen – die Spange stellte ein rosafarbenes Einhorn oder etwas in der Art dar – erwiderte seine Blicke, bis er selbst auswich. Von nun an wirkte sie stets sehr hochnäsig, wenn er wieder einmal kurz zu ihr hinsah.

Immerhin verging die Zeit der Vorspeise ohne größeren Zwischenfall, und als das Hauptgericht vor ihm stand, ließ ihn der herrlich würzige Duft nach angebratenem Knoblauch ohnehin alles andere vergessen. Ein letzter prüfender Blick noch zur Kinderschar: Der Spucker war an der Brust der Mutter eingeschlafen, der Blöde hing irgendwie leidend am Hals seines Vaters, und die Hochnäsige hatte ihren Gesichtsausdruck inzwischen ins Boshafte verändert, aber zumindest ihre rosige Hautfarbe schien auf kein nahendes Malheur mehr hinzuweisen. Nun jedoch schnupperte sie, und ihr Blick bekam etwas Panisches. Jonathan zeigte mit dem Messer in seiner linken Hand auf das Mädchen.

»Hat sie was?«, fragte er die Frau, die er für ihre Mutter hielt.

»Nein, eigentlich nicht, wieso fragen Sie?«

Die Frau beugte sich während des Satzes über das Kind, und Mädchen und Frau wurden zeitgleich ziemlich blass.

»Oh, das ist jetzt aber –«

Der Blick der Frau bekam nun auch etwas Gehetztes, und sie deutete auf Jonathans Essen.

»Da ist Knoblauch drin, gell?«

»Pollo al ajillo, ja, sicher«, hatte er kaum gesagt, als sich schon das erste leichte Grün in die blasse Gesichtsfarbe des hochnäsigen Mädchens schlich. Boshaft schaute sie noch immer drein, und warum sie nun schnell noch zwei kleine Schokoladentörtchen in den Mund stopfte, erschloss sich ihm nicht sofort. Als sie aber die Törtchen selbst dann noch zu schlucken versuchte, während schon die ersten Würgegeräusche zu hören waren, und als sie sich extra zu ihm hindrehte und ihren Mund wie die Mündung einer Kanone genau auf ihn und sein dampfendes Abendessen richtete, keimte in ihm ein böser Verdacht. Es dauerte keine zwei Sekunden, bis der sich bestätigte. Eine unbeschreibliche Mixtur aus Essen und Trinken, mittendrin die halb zerkauten Schokoladentörtchen, ergoss sich in erstaunlich großer Menge aus dem aufgerissenen Schlund der Göre, beschrieb einen unscharfen Bogen über den

Tisch und landete etwa zur Hälfte im und am Teller Jonathans – und zur anderen in seinem Gesicht, auf seinem Hemd und auf der Serviette, die er sich gegen seine eigene Schusseligkeit um den Kragen gebunden hatte.

An der langen Tafel kehrte Schweigen ein. Der blöde Junge kicherte, der Spucker kotzte aus Gewohnheit mit, der Rest von Familie Gonzalez saß stocksteif und starr vor Schreck und sah gespannt zu dem Fremden am Kopfende ihres Tisches.

Jonathan wischte sich mit den Fingerspitzen die Augen frei und schaute auf den Teller vor sich. Hunger hatte er fürs Erste keinen mehr, und dass er das Hähnchen in Knoblauch nicht mehr anrühren würde, konnte sicher jeder verstehen. Er drehte sich ein wenig in Richtung der Theke, wo auch alle Bedienungen wie eingefroren standen und herschauten.

»Zahlen, bitte«, sagte er.

*

Eigentlich war ihm die Lust auf einen Besuch in der Bar »Zur scheena Leich«, der nach dem Abendessen auf dem Plan gestanden hatte, vergangen, doch als er dem Taxifahrer seine Adresse auf dem Killesberg durchgab, riss der bloß die Augen auf.

»So nobel willsch du wohna? So siehsch du grad aus! Ond no kasch mi womeglich net amol zahla, nochdem de mir d' Autositz eigsaut hosch! Do saufsch du meh, als de vertragsch, ond no soll i mir mei schös Taxi vollschtenka lassa von deim … deim … Obendessa?«

»Aber ich …«

»Nix do – naus! Sofort!«

Also tappte er durch die Stadt. Er versuchte es noch bei zwei weiteren Taxen, die aber sofort wieder durchstarteten, als sie den Zustand seiner Kleider sahen. Zwei Polizisten, die zu Fuß ihre Runde durch die Innenstadt machten, wollten seine Papiere kontrollieren, als sie sich ihm aber weit genug genähert hatten, um ihn deutlich zu sehen und vor allem zu riechen, tippten sie nur kurz zum Gruß an ihre Schildmützen und gingen im großen Bogen an ihm vorbei. Passanten beäugten ihn verächtlich oder riefen ihm kleine Beschimpfungen zu, nur ein Pärchen, das sich gerade mit Hund und einigen Kartons gemütlich in einer Fußgängerunterführung einrichtete, winkte ihm freundlich zu.

Und schließlich stand er vor der Bar. Hans kam auf eine Zigarette vor die Tür, erkannte ihn und kam herbei, um ihn zu fragen, ob er Hilfe brauchte. Er hatte ihn noch nicht ganz erreicht, da konnte er sich die Antwort schon selbst geben. Allerdings zog auch er zunächst falsche Schlüsse.

»Sag mal, Jonathan«, maulte er, »wieso kommst du zu uns in die Bar, wenn du schon zu viel intus hast?«

»Ich hab kaum was getrunken. Ich wollte essen gehen, aber als ich gerade meinen Teller vor mir stehen hatte …«

Hans hörte sich die Geschichte an und umrundete Jonathan dabei.

»Mit diesen Klamotten kannst du jedenfalls nicht in die Bar.«

»Ja, das wollte ich ja auch nicht. Aber mich nimmt kein Taxi mit, so wie ich rieche, und zu Fuß ist es mir zu weit bis nach Hause. Da seid nur noch ihr mir eingefallen, tut mir leid.«

»Schon gut«, sagte Hans. Er dachte noch einen Moment lang nach, dann legte sich ein Lächeln auf sein Gesicht.

»Ich weiß was, komm mit.«

Er wandte sich ab und marschierte schnurstracks auf die Leonhardstraße zu.

»Wart mal, Hans«, rief Jonathan und hielt etwas Abstand. »Hast du nicht gesagt, ich soll mich von dieser Straße lieber fernhalten, wenn ich nicht mit einer der Frauen dort … du weißt schon?«

»Ja, stimmt, aber das heute ist ein Notfall. Jetzt komm mit, wir gehen zu Carlo. Der kann dir helfen.«

Und damit marschierte Hans auch schon weiter, Jonathan in einiger Entfernung im Schlepptau.

»Na, Süßer«, setzte eine nicht mehr ganz junge Frau in Netzstrümpfen und engem Body an, aber als Jonathan deutlicher ins Licht trat, rümpfte sie nur die Nase und zog sich wieder an die Hauswand zurück.

Auch der Frauenbeschützer, der ihn bei seinem ersten Aufenthalt hier bis in die Bar verfolgen wollte, war hier. Er lehnte an einer Mauer und stieß sich, als er Jonathan bemerkte, federnd mit den muskulösen Schultern ab und kam breitbeinig ein paar Schritte näher, die Daumen in den Hosentaschen eingehakt. Doch Hans, der ihn im Vorübergehen gesehen hatte, machte einen kleinen Schlenker, trat ins Blickfeld des anderen und schüttelte nur kurz den Kopf.

Unbehelligt kam Jonathan bis vor die Tür eines Etablissements, über dessen nähere Bestimmung schon der Schaukasten keine Fragen offen ließ, der rechts neben der Tür an die Wand geschraubt war. Mit nackten Schönheiten bildeten kleinere Sexspielzeuge darin ein friedliches Stillleben, kitschig eingerahmt von beleuchteten Plastikgirlanden. Die Tür daneben war aus Kunststoff, ahmte aber ein Bronzerelief nach, das stilisiert eine nackte Frau zeigte, die sich auf einem Löwenfell räkelte und den Kopf des Tieres liebkoste. Darüber war ein etwas protzig geratener Schriftzug eingearbeitet: »Heiße Katze«.

Durch diese Tür verschwand Hans, nachdem er ihm kurz »Wart mal hier!« zugerufen hatte. Unschlüssig blieb Jonathan stehen, wo er war, mitten auf der schmalen Fahrbahn, auf der aber niemand fuhr. Er sah sich um. An den Wänden lümmelten betrunkene Gäste, knapp bekleidete Damen oder finster dreinblickende Muskelpakete, und auf der Straße flanierte eine ganz ähnliche Menschenmischung. Erst hatte er das Gefühl, jeder würde ihn anstarren, aber offenbar hatte auch jeder mitbekommen, in welcher Begleitung er das Viertel betreten hatte. Und so kümmerte sich schnell niemand mehr um ihn, und er hatte das durchaus angenehme Gefühl, für eine Weile gewissermaßen im Boden zu versinken.

Dann schwang die Tür zur »Heißen Katze« wieder auf, und Hans trat mit einem Packen sauberer Kleider unter dem Arm auf den Gehsteig. Er winkte Jonathan zu sich heran und wandte sich an das schmale Nebenhaus des Gebäudes, in dem der Nachtclub untergebracht war. Dort wurde nun von innen ebenfalls eine Tür geöffnet, und im schummrigen Licht der Flurbeleuchtung wurde Carlo sichtbar, der Muskelprotz, der immer zum Milchtrinken in der »Scheena Leich« vorbeikam.

»Rein hier, los!«, kommandierte er und ging ihnen voraus eine Treppe nach oben. Im ersten Stock führte er sie einen schmalen Flur entlang, und die Geräusche, die aus den Türen drangen, ließen darauf schließen, dass die Räume alle voll besetzt waren und dass der Laden ordentlich brummte. Weit hinten stand eine Tür offen, und am Rahmen lehnte eine Frau von höchstens zwanzig Jahren.

Sie war schlank, sogar mager, und wirkte verschnupft und müde. Jonathan blieb stehen und sah Hans fragend an. Der stutzte einen Moment lang, dann lachte er schallend.

»Nein, nein, Jonathan, Elisa ist nicht für dich gedacht. Sie ist erkältet und kann dir deshalb kurz ihr Zimmer überlassen. Aber sei bitte vorsichtig, sie hat sich viel Mühe gegeben mit ihrem Raum.«

Hans überreichte dem Mädchen den Packen Kleidung, dann zog er sich mit einer höflichen Verbeugung zurück. Aus Spaß antwortete Elisa heiser lachend mit einem ironischen Knicks, dann gingen Carlos und Hans wieder. Man hörte ihre Schritte auf der Treppe – na ja, zumindest soweit es die anderen Geräusche zuließen.

»Wart bitte kurz«, sagte das Mädchen und verschwand im Zimmer. Einen Augenblick später kam sie mit mehreren Plastiktüten zurück, die sie nun sorgfältig auf dem Flurboden ausbreitete.

»Äh … was wird das?«, fragte Jonathan.

»Du ziehst das schmutzige Zeug hier aus und legst es auf die Tüten. Tut mir leid, aber so kann ich dich nicht in mein Zimmer lassen. Den Gestank bekomm ich den halben Tag lang nicht mehr raus aus dem Raum. Carlo hat mir gesagt, was dir passiert ist, da wollte ich dir helfen. Du kannst bei mir duschen und du kannst dich frisch anziehen – aber mit den Klamotten kommst du nicht in mein Zimmer.«

»Ich soll mich jetzt ausziehen? Hier?«

Elisa lachte, und die Gänsehaut, die das bei ihm auslöste, machte die Situation nicht besser.

»Du weißt schon, wo du hier bist, oder?«, fragte sie schließlich.

»Ja, aber …«

»Ich dreh mich auch um.«

Sie kicherte, aber es klang natürlich nicht sehr backfischmäßig. Jonathan lief puterrot an und konzentrierte sich auf seine Schuhspitzen.

»Pass auf, Jonathan – so heißt du doch, oder?«

»Ja.«

»Ich bin heute krank, also habe ich frei und werde dir schon deshalb ganz sicher nicht an die Wäsche gehen, weder an die aktuelle noch an die saubere. Außerdem bist du nicht mein Typ – und ein bisschen zu alt für privates Interesse. Alles klar, Jonathan?«

Er hob den Blick, sie blinzelte ihm zu und drehte sich weg. Kurz zögerte er noch und horchte, ob wohl gleich jemand durch eine der Türen im ersten Stock herauskommen würde, aber er hatte nicht viel Übung darin, eine so beschaffene Geräuschkulisse zu deuten. Also begann er sich allmählich aus den vollgekotzten Kleidern zu schälen, die er Familie Gonzalez zu verdanken hatte, und legte ein Stück nach dem anderen sehr vorsichtig auf die ausgebreiteten Plastiktüten. Das ging alles recht langsam vonstatten, weil er es möglichst vermied, allzu viel von den Kleidern anzufassen, so eingesaut, wie sie waren, aber irgendwann stand er endlich, nur noch mit Socken und Unterhose bekleidet, im Flur.

»Gut«, sagte Elisa, die sich gelangweilt an den Türrahmen gelehnt und nur am Anfang kurz weggedreht hatte. Ungerührt hatte sie darauf gewartet, dass ihr Gast fertig wurde. »Jetzt das noch schnell auf den Haufen, und dann ab unter die Dusche.«

Er streifte den Slip herunter, und natürlich öffnete sich genau in dem Moment, in dem der schwarze Baumwollstoff die Knöchel erreicht hatte, die Tür ganz hinten im

Flur. Ein Mann Ende vierzig löste sich nur widerstrebend aus der Umarmung einer Matrone, die ihn anscheinend ebenfalls kaum gehen lassen wollte – ihn zugleich aber geschickt aus dem Zimmer auf den Flur schob.

»Musst du wirklich schon gehen?«, gurrte die Frau. »Oder kannst du nochmal?«

Seine Antwort war unverständlich, weil er dabei an ihrem Hals herumknutschte, aber die Matrone schien daran gewöhnt, Unterhaltungen allein zu bestreiten.

»Du bist ein Hengst, weißt du? Komm bitte bald wieder, ich brauch das!«

Der Mann gab ihr noch einen unbeholfen wirkenden Schmatz, dann richtete er sich leidlich gerade auf und zupfte ihr durchsichtiges Oberteil zurecht.

»Keine Bange, mein Täubchen, ich komm bald wieder. Fury muss jetzt nur mal wieder nach Hause, aber du wirst nicht lange auf mich warten müssen.«

Er schwang herum, um Balance bemüht, und wie er Jonathan so vor sich stehen sah, mit heruntergelassenen Unterhosen und in Socken, daneben die junge Elisa, die am Türrahmen lehnte, nickte er nur anerkennend und tätschelte ihm im Vorüberwanken die nackte Schulter. Vorne an der Treppe stützte er sich am Geländer ab und schaute noch einmal zurück. In der Tür stand die Matrone, die ein Strahlen auf ihrem feisten Gesicht aufleuchten ließ und ihrem Kunden zum Abschied winkte. Der Mann winkte zurück, dann wedelte er mit seiner Hand zur Seite und rief Jonathan zu: »Jetzt rein mit dir, Mann, das geht hier auf Zeit!«

Mit einem donnernden Lachen setzte er sich in Bewegung und rumpelte die Stufen hinunter. Das Strahlen auf dem Gesicht der Matrone war längst erloschen. Sie musterte den Kleiderhaufen auf dem Boden und schaute dann mitleidsvoll zu ihrer jungen Kollegin hin.

»Hast heute auch nicht gerade den Hauptgewinn gezogen, was?«

»Hengst?«, fragte Elisa grinsend und deutete in Richtung der Treppe.

»Ach«, winkte die andere ab, »was man halt so sagt, damit's den Kerlen hilft.«

Sie brummte etwas Unverständliches vor sich hin, zog sich in ihr Zimmer zurück und ließ die Tür ins Schloss fallen. Jonathan stand noch immer wie angewurzelt da. Elisa scheuchte ihn nun mit einigen knappen Gesten auf.

»Los, los, Jonathan. Jetzt noch raus aus den Socken und dann schnell unter die Dusche. Herr Hengst hatte recht: Hier geht's auf Zeit.«

Sie lachte und schob ihn vor sich her, am Bett vorbei in das enge Badezimmer. Als er ausgiebig geduscht hatte und wieder sauber war, hing ein frisches Handtuch an der Badtür. Er rubbelte sich gründlich trocken und lugte hinaus. Das Schlafzimmer war leer, auf dem Bett lag die saubere Kleidung und obenauf sein Hausschlüssel und sein Geldbeutel. Die Kleider waren eher altbacken, aber passten leidlich, und als er schließlich in beigefarbener Sommerhose, kariertem Hemd und dünnem Blouson in den Flur hinaustrat, lehnte Elisa dort an der Wand und schnäuzte sich.

»Na, besser jetzt?«, fragte sie.

Jonathan nickte und sah sich um.

»Dein Zeug habe ich zum Waschen gegeben. Kannst du morgen abholen. Oder Hans deponiert die Sachen für dich in der Bar. Ganz wie du magst.«

»Danke.«

»Kein Ding.«

Jonathan trat zu ihr. Den Geldbeutel in der Hand, zog er einen Fünfziger hervor und hielt ihn ihr hin. Sie schaute kurz irritiert darauf, dann schüttelte sie den Kopf.

»Lass stecken«, sagte sie.

»Jetzt nimm schon. Du hast mir ganz schön aus der Patsche geholfen, Elisa.«

»Ach, und dann glaubst du, einer wie mir muss man dafür Geld geben?«

Ihr trauriger Gesichtsausdruck ließ Jonathan erschrocken innehalten.

»Oh, tut mir leid, so hab ich das natürlich nicht …«

Doch Elisa grinste schon wieder. Sie überlegte kurz und nahm den Geldschein dann doch.

»Einen Fünfziger also fürs Duschen- und Umziehenlassen? Nicht schlecht. Vielleicht sollte ich umsatteln.« In gespieltem Erschrecken schlug sie die flache Hand vor den Mund. »Oh, wenn das der Hengst der Kollegin gehört hätte!«

Sie lachte schallend.

»Aber sag mal – wie kommst du auf fünfzig Euro? Hätten zwanzig oder so nicht auch gereicht?«

»Das sei der Mindesttarif, hat mir unlängst eine junge Frau drunten auf der Straße gesagt.«

Elisa blinzelte und musterte ihn. Enttäuschung war in ihrem Blick zu sehen, und deshalb fügte Jonathan schnell die ganze Geschichte von dem falschen Schulmädchen und ihrem ungehaltenen Beschützer hinzu.

»Ach so«, sagte Elisa erleichtert, »und ich dachte schon, du wärst auch einer von diesen ganz besonders geizigen Kunden, die sich sogar noch den Weg in unsere Zimmer sparen wollen.«

»Ich bin gar keiner von den Kunden«, betonte Jonathan, aber sie winkte nur ab.

Jonathan reichte ihr die Hand zum Abschied, und sie hielt sie fest. In ihren Augen blitzte es schelmisch auf.

»Komm mal ganz nah her zu mir, Jonathan«, sagte sie, und zögernd trat er vor sie.

Sie grinste breit, faltete den Fünfziger ein paar Mal und steckte ihm den Geldschein vorn in den Hemdausschnitt.

»So«, sagte sie dann und nickte sehr zufrieden. »Jetzt hab ich das endlich auch mal bei jemandem gemacht.«

Sie schüttelte Jonathans Hand, die sie noch immer nicht losgelassen hatte.

»Und biete mir ja nie wieder Geld an, außer wenn du …«

Sie nickte zu ihrer Zimmertür und lachte. Er stimmte in ihr Lachen mit ein, während er spürte, wie er wieder rot wurde.

»Noch einmal vielen Dank«, sagte er schließlich. »Und entschuldige bitte die Sauerei.«

»Carlo hat mir ja erzählt, was passiert ist. Da hast du später immerhin eine gute Geschichte zu erzählen, nicht wahr?«

»Ich hätte drauf verzichten können.«

»Ist das nicht immer so bei guten Geschichten?«

»Kann sein. Dir noch gute Besserung, und mach's gut, Elisa.«

»Danke, Jonathan.«

Er sah an sich herunter.

»Woher stammen eigentlich diese Klamotten?«

»Ach, so was bleibt ab und zu mal übrig nach einer Nacht hier im Haus. Nicht für jeden können wir die Klamotten in der Bar deponieren. Und nicht jeder traut sich später noch einmal her, um sie abzuholen. Wir haben inzwischen einen stattlichen Fundus, und da sind nicht nur Kleider drunter.«

Sie lachte, aber das Lachen ging in einen Hustenanfall über. Jonathan nickte ihr noch einmal zu und dann trollte er sich.

*

»Und die Bedienung hat dich echt zweimal gefragt, ob du wirklich auf getrennter Rechnung bestehst?«

Rick kriegte sich vor Lachen fast nicht mehr ein, schüttelte ein ums andere Mal den Kopf und lachte dann weiter.

»Na ja, ich saß am Kopfende dieser riesigen Tafel – und die Bedienung war etwas durch den Wind, weil ich inmitten dieser Sauerei einfach nur so dasaß und zahlen wollte. Also dachte sie womöglich, ich sei das Oberhaupt dieser ganzen Bande. Ohnehin hat es in diesem Lokal nur so gewuselt vor Bedienungen, die Chefin war nicht da, und mit dem Mädchen, das zum Kassieren kam, hatte ich vorher noch nicht zu tun.«

»Siehst ja mächtig schick aus jetzt, Jonathan.«

Er zuckte mit den Schultern und sah prüfend an sich herunter.

»So wie die Klamotten aussehen, war das kein Kunde aus der Stadt, was?«

»Eher nicht.«

»Aber die Sachen sind sauber, das genügt mir für heute Abend. Jetzt bekomm ich wohl auch endlich ein Taxi zu mir nach Hause.«

»Nichts da, du bleibst erst mal hier!«

»Aber mir würde es für heute eigentlich reichen, ganz ehrlich.«

»Na, hör mal! Du gehörst ja jetzt fast zur Familie. Hans hat dich aufgegabelt, Carlo hat dir erlaubt, in seinem Haus wieder zu einem zivilisierten Menschen zu werden, Elisa hat dich vor Angriffen ihrer Kolleginnen geschützt, während du geduscht hast – und ich, ich spendier dir jetzt erst mal was Feines.«

Er wartete Jonathans Antwort gar nicht erst ab, sondern holte eine Flasche hervor, die etwas versteckt im Regal hinter der Theke stand. Er goss ihm ein Glas großzügig voll, fischte etwas kaltes Wasser aus dem Eiswürfelbottich und spritzte einige Tropfen davon in die golden schimmernde Flüssigkeit. Dann schob er Jonathan das Ganze hin und nickte ihm aufmunternd zu.

»Trinken, und dann rat mal, was das ist.«

Jonathan schnupperte, dann ließ er einen ganz kleinen Schluck im Mund kreisen, bevor er erneut schnupperte und einen größeren Schluck nahm.

»Und?«, fragte Rick ganz gespannt.

»Gut. Sehr gut sogar.«

»Und, was ist das?«

»Whisky, natürlich.«

»Ja, klar, aber geht das auch genauer?«

Jonathan schloss die Augen, als wollte er am Geschmack erkennen, woher dieser Whisky stammte, dann nickte er einige Male bedächtig, öffnete die Augen und sah den Barkeeper noch einen Moment lang grübelnd an, bevor er antwortete.

»Schottland, würde ich sagen.«

»Stimmt, und?«

»Single Malt, eher etwas älter … zwölf, nein … eher sechzehn Jahre.«

»Respekt«, sagte Rick und wartete darauf, was sein Gast wohl noch herausschmecken würde.

Jonathan beschrieb einige weitere Merkmale, die ihm aufgefallen waren, darunter Details zum Destillierverfahren, Vermutungen zur genauen Herkunft und manches andere, was Rick zunehmend zum Staunen brachte. Dann brach Jonathan in schallendes Gelächter aus, und er prostete dem Barkeeper mit dem fast geleerten Glas zu.

»Dieser Whisky ist von Mortlach in Dufftown im Nordosten der schottischen Highlands. Mortlach ist die älteste legale Brennerei dort, und der Whisky, den du mir eingeschenkt hast, wird für Flora & Fauna abgefüllt.«

»Bah!«, machte Rick und wirkte dabei fast ein wenig beleidigt.

»Ach, da musst du nicht eingeschnappt sein – davon habe ich immer ein paar Fläschchen zuhause, weil ich den am liebsten trinke. Und ich könnte mir gut vorstellen, dass sie sich den auch auf Hogwarts immer haben schmecken lassen. Soll Harry Potters Internat nicht ganz in der Nähe von Dufftown liegen?«

»Prima, hast mir den ganzen Spaß verdorben«, maulte Rick. »Die Potter-Geschichte hätte ich dir als Nächstes aufgetischt.«

»Tut mir ja leid, aber trotzdem vielen Dank! Dass du mir auf Anhieb meinen Lieblingswhisky spendiert hast, nehme ich gerne als besondere Auszeichnung.«

Er lachte und trank das Glas vollends leer.

»Mach dich nur lustig über mich!«, sagte Rick noch, aber in seinen Augen lag schon ein listiges Funkeln. »Magst du noch einen anderen probieren?«

»Wenn ich nicht schon wieder raten muss, sondern einfach nur trinken darf?«

»Sehr gern.«

Rick tauchte wieder hinter seinem Tresen ab, holte eine neue Flasche hervor und schenkte ein. Während er noch etwas Eiswasser dazusprengte, schob sich eine vollschlanke Frau Mitte, Ende zwanzig auf den Barhocker neben ihn. Rick beugte sich über die Theke und drückte sie zur Begrüßung, und kurz darauf stand vor ihr ein Pils, ohne dass sie es hätte bestellen müssen.

»Na, Lissy, alles gut?«, fragte Rick, nachdem sie einen ersten langen Zug getan hatte.

»Geht so«, brummte sie und lockerte ihre rote, vom Wind zerzauste Mähne mit den Fingern. »Heute hätte ich richtig Lust, mit Lena einen draufzumachen. Aber die verbringt den Abend bei der buckligen Verwandtschaft.«

»Ärger im Job?«

»Nicht mehr als sonst auch, aber ich bin Ralf über den Weg gelaufen – und der hat nicht aufhören wollen, mir wegen seines Liebeskummers vorzuheulen, und dass ich doch unbedingt mit Lena reden sollte und dass sie das alles doch nur falsch verstanden habe und so weiter und so fort. Das musst du dir mal vorstellen: Der betrügt seine Freundin mit seiner Sekretärin, und dann spielt er sich vor mir, ausgerechnet vor Lenas bester Freundin, auf, als wäre eigentlich er der Leidende!«

»So ein Arsch«, entfuhr es Rick. Er war etwas lauter geworden, und Jonathan horchte auf.

Er konnte sich schon denken, um welche Lena es sich hier handelte. Schließlich wusste er, dass ihre beste Freundin Lissy hieß. Auch der Name des Exfreundes Ralf passte, der ihr mit seinem Seitensprung so gründlich die Laune verhagelt hatte, bevor sie bei ihm zu arbeiten begonnen hatte. Er spitzte die Ohren. Vielleicht konnte er ja hier noch mehr über sie erfahren. Und noch während Jonathan fieberhaft darüber nachdachte, wie er sich wohl unauffällig in dieses Gespräch einklinken konnte, fasste Rick für ihn auch schon zusammen, was es mit Lena und Ralf und Lissy auf sich hatte.

»Ah … das klingt übel«, sagte Jonathan am Ende des kurzen Berichts, ohne erkennen zu lassen, dass er manches davon schon gewusst hatte, und Lissy prostete ihm mit ihrem Pilsglas zu.

»Da sagst du was, äh …«

»Jonathan«, stellte er sich vor.

»Lissy«, sagte sie und prostete ihm noch einmal zu. Dann war ihr Glas auch schon leer und Nachschub auf dem Weg.

»Und was führt dich hierher?«, fragte Lissy. »Auch Liebeskummer?«

»Nein, nicht gerade. Ich find's hier halt nett, und seit ich weiß, dass Rick besonderen Gästen am liebsten meinen Lieblingswhisky ausschenkt, bringt mich hier so schnell keiner mehr weg.«

»Und der?«, hakte Rick nach und deutete auf Jonathans noch halb gefülltes Glas.

»Auch nicht schlecht, aber danach nehm ich gern noch einmal den ersten.«

»Glück gehabt«, stöhnte Rick in gespielter Erleichterung. »Der hier kostet fast doppelt so viel wie der Mortlach, da kann ich mir nicht viele Runden auf den Barkeeper leisten.«

»Musst du eh nicht – im Gegenteil: Ich lade dich ein, wenn du nachher einen mittrinkst. Und Hans auch, wenn er mag. Immerhin habt ihr mir aus einer ziemlich blöden Lage herausgeholfen.«

Lissy amüsierte sich prächtig, als Rick ihr in groben Zügen von dem spanischen Malheur erzählte, und Jonathan erntete noch ein paar zusätzliche Lacher, als er die Szenen im Lokal noch etwas mehr ausschmückte. Jonathan winkte Hans zu sich an den Tresen, gab eine Runde aus, und wenig später schwenkte Lissy von Pils auf Rotwein um. Es wurde ein netter Abend unter neuen Freunden, und Jonathan musste nicht viel nachfragen, um von Lissy viel über deren beste Freundin Lena zu erfahren. Sie plapperte wie ein Wasserfall, und von ihren eigenen alltäglichen Problemen abgesehen, schien sie sich vor allem um Lenas Liebesleben zu sorgen, das sie für verkorkst hielt – mit Blick auf ihre geplatzten Zukunftsträume mit dem untreuen Ralf; beziehungsweise für grundfad – angesichts des Umstands, dass sie aktuell überhaupt keine Lust hatte, mit Männern auszugehen.

»Lieber vergräbt sie sich auf dem Killesberg in der Villa eines verschrobenen Sonderlings«, gab sie kopfschüttelnd bekannt, »der beide Unterarme im Gips hat und sich von ihr den Hintern putzen lassen muss.«

Jonathan bekam beinahe einen Schluckauf, beherrschte sich aber und orderte noch ein Getränk.

»Ich freu mich schon drauf, wenn sich der Kerl endlich wieder selbst versorgen kann. Das kann ja nicht ewig gehen, mit diesen gebrochenen Handgelenken.«

Stimmt, dachte Jonathan. Das wird sie mir nicht ewig abnehmen.

Rania wundert sich

Am nächsten Morgen war Violetta Weck wie immer als Erste in der Agentur erschienen, und wie immer war Rania kurz nach ihr eingetroffen. Als sich Rania den ersten Kaffee des Tages holte, traf sie ihre Chefin an der Maschine. Sie sah müde aus und wirkte melancholisch, und anders als sonst war sie auch nicht zu einer morgendlichen Plauderei aufgelegt. Als Rania von dem Kinofilm erzählte, den sie am Vorabend in der Innenstadt angeschaut hatte, und sie Violetta beiläufig fragte, wie sie denn ihre Freizeit verbracht hätte, verabschiedete sich die Chefin eilig und zog ihre Bürotür hinter sich zu.

Rania kehrte sehr nachdenklich an ihren Schreibtisch zurück. Nach dem Kinobesuch hatte sie zuhause noch lange auf der Couch gesessen und darüber nachgedacht, ob Violetta Weck tatsächlich ihren Klienten Jonathan Haber beobachtet oder womöglich sogar verfolgt hatte – oder ob sie wie Rania selbst nur zufällig genau in dem Moment an dem Lokal in der Innenstadt vorbeigekommen war, als Haber dort hineinging. Der Umstand, dass Violetta ihn außerhalb seines Grundstücks antraf, wo er doch den Unterlagen der Agentur zufolge – von seinen Krankenhaus- und Arztbesuchen seit dem Sturz abgesehen – seit Jahren sein Anwesen nicht mehr verlassen hatte, konnte ihre Nachdenklichkeit an diesem Morgen natürlich erklären. Haber war der wichtigste Klient der Agentur, und wenn er plötzlich begann, sich wieder selbst um seine Angelegenheiten zu kümmern, wenn er keine Probleme mehr damit hatte, unter Menschen zu gehen, dann konnte das die Agentur einen ansehnlichen Teil ihres Umsatzes kosten.

Aber was, wenn mehr dahintersteckte? Was, wenn ihre Chefin Jonathan Haber wirklich gefolgt war, wenn sie ihn beobachtet, ausspioniert hatte? Was, wenn sie dafür ganz andere Gründe hatte als nur die Sorge um ihre Agentur?

Rania blätterte in den Unterlagen auf ihrem Tisch und klickte sich durch ihre To-do-Liste für heute. Nichts war so dringend, dass sie es sofort erledigen musste. Bis gegen Mittag hätte sie genauso gut ihren Schreibtisch aufräumen oder noch einmal nach Hause gehen können. Eine Zeitlang dachte sie darüber nach, ob sie das wirklich tun wollte – dann nahm sie einen Collegeblock zur Hand und notierte sich alles, was ihr aus dem Stegreif zu Violetta Weck, ihrer Vorgeschichte und ihren privaten Lebensumständen einfiel.

Viel war es nicht, aber über die Jahre hatte sie mitbekommen, dass Violetta viele freie Abende in der Agentur verbrachte – also schien ihr Privatleben nicht allzu ausgefüllt zu sein. Sie hatte sie nur ab und zu mit einem Mann ausgehen sehen, etwas Ernstes war ihrer Einschätzung nach nicht dabei gewesen. Von Verwandtenbesuchen wusste sie nichts, offenbar hatte Violetta mit ihrer Familie keinen besonders engen Kontakt mehr, zumindest nicht in den Jahren, seit Rania in der Agentur angestellt war.

Blieb nur ihre Tochter Josephine, genannt Josi, der sie eine Mietwohnung in guter Lage bezahlte, mit der sie sonst aber keinen Kontakt zu haben schien. Erst im Zusammenhang mit der Jobsuche von Lena Rohland war Violettas Tochter ins Spiel gekommen, und auch das nur über Umwege. Violetta Weck sprach nie über ihre Tochter und wohl auch nie mit ihr. Nicht ein einziges Mal hatte Josi in der Agentur angerufen, und wann immer unter den Mitarbeiterinnen von Wish & Weck das Gespräch auf Josi

Weck kam, wurde das Verhältnis von Mutter und Tochter als kompliziert und angespannt beschrieben.

Rania googelte den Namen der Tochter und stieß auf einige lobende Erwähnungen in den Feuilletons verschiedener süddeutscher Zeitungen. Als Malerin war Josi Weck offenbar recht erfolgreich. Für ihre Gemälde wurden ganz ordentliche Preise bezahlt, aber mehr als ein einträgliches Hobby schien die Malerei dennoch nicht zu sein. Ausstellungen mit ihren Werken fanden eher in kleineren Galerien statt, und als sie einigen Querverweisen folgte, stieß sie auf die Besitzerin zweier Galerien, die eine Ausstellung mit Josi Wecks Bildern organisiert hatten. Es handelte sich um die Frau eines Geschäftsmanns aus dem Böblinger Raum, der sein Geld als Geschäftsführer eines Autozulieferers verdiente. Die Gattin betrieb ihre Galerien vermutlich als Zeitvertreib – und das Ehepaar stand seit vielen Jahren in der Klientenliste der Agentur.

Auch die Namen der anderen Galeriebesitzer deuteten zumindest die Möglichkeit an, dass sie mit Violetta Weck bekannt waren und womöglich nur ihr zuliebe Bilder der Tochter ausgestellt hatten. Rania rief einige Abbildungen von Josi Wecks Gemälden auf. Es waren meist düstere Motive zu sehen, handwerklich nicht schlecht gemacht und durchaus interessant mit ihren geheimnisvollen Spiegelungen auf leicht gekräuseltem Wasser. Sie vergrößerte die Ansicht eines der Bilder. Es war eine nächtliche Szene irgendwo in der Nähe des Max-Eyth-Sees, und mit etwas Fantasie konnte man im Wasser des träge dahinfließenden Neckars ein Frauengesicht erkennen, das wirkte, als würde es einige Handbreit tief unter der Oberfläche des Flusses schweben. Das Gesicht war sehr vage gehalten, und wann immer man die Augen zusammenkniff, um die Züge etwas besser erkennen zu können, verschwamm es, zerstob in viele feine Pinselstriche und setzte sich erst nach einer Weile wieder zu einem weiblichen Antlitz zusammen.

Rania sah sich noch weitere Bilder an, und in jedem einzelnen hatte Josi Weck diesen optischen Kniff eingearbeitet, technisch mal besser, mal schlechter ausgeführt. In jedem Gemälde war ein Frauengesicht verborgen, während die Bilder sonst menschenleer gehalten waren. Und so wenig man das Aussehen der jeweiligen Frau klar erkennen konnte – es bestand doch kein Zweifel, dass es immer eine Frau war. War das Josi Weck selbst, war es ihre Mutter – oder erkannte jeder Betrachter das Gesicht einer anderen Frau in diesen Andeutungen? Sicher war nur: Keines der Bilder zeigte einen Mann.

Auch in dem wenigen, was über Violetta Wecks Vergangenheit im Internet zu finden war, spielte kein Mann eine Rolle. Sie hatte die Agentur gegründet, und Jonathan Haber war inzwischen ihr treuester Klient. Seine Kundennummer war nicht die »1« oder »101« oder sonst eine denkbare erste, aber sie war die niedrigste aller aktuellen Klienten, und wenn sie richtig rechnete, war die Agentur unmittelbar nach ihrer Gründung mit ihm ins Geschäft gekommen. Es war also gut möglich, dass Jonathan Haber der erste Klient von Wish & Weck gewesen war, Violetta Weck ihm aber – eventuell aus Imagegründen – keine Kundennummer zuteilte, aus der er diesen Umstand auch hätte erkennen können.

Rania recherchierte noch eine Stunde lang, doch viel mehr bekam sie nicht heraus. Ihre Chefin schien in ihrer Jugend eine erfolgreiche Leichtathletin gewesen zu sein und hatte wohl ein Talent für Mathematik und Physik. Sie fand einen Vermerk über zwei entsprechende Schulpreise, die die junge Violetta Weck am Gymnasium eingeheimst hatte. Danach hatte sie Mathematik und Informatik studiert und in einigen Firmen hospitiert, deren Namen Rania nichts sagten. Dann verlor sich ihre Spur – und wurde erst mit der Gründung der Agentur Wish & Weck wieder sichtbar.

Während ihrer Recherchen hatte Rania alle Fotos, auf denen sie Violetta Weck entdeckte, abgespeichert. Nun überflog sie ihre Ergebnisse noch einmal, machte sich noch ein paar Notizen und legte dann alles beiseite. Jetzt war es Zeit, sich wieder um die Arbeit zu kümmern. Und heute Abend würde sie darüber nachdenken, welche Schlüsse sie aus ihren Fundstücken ziehen konnte.

*

Die Abende in der »Scheena Leich« wurden zu den Highlights in Jonathans Wochenablauf. Meistens saß er bei Rick an der Theke, manchmal durfte er sich auch an den Tisch im Separee setzen, aber bestens unterhalten war er in beiden Fällen. Und manchmal kam er auch nur für eine halbe Stunde vorbei, stellte sich neben die Eingangstür und plauderte mit Hans. So erfuhr er von allen möglichen Stammgästen – natürlich erst, nachdem ihm Hans noch einmal eingeschärft hatte, dass keine dieser Geschichten die Bar je verlassen durfte – und er lernte eines Abends auch den Besitzer der Bar kennen. Es war ein Mann um die sechzig, der sich in Jeans, schlichtes Shirt und Cordjackett kleidete. Als er ihn das erste Mal sah, schien er kaum die anderen Menschen um sich herum zu bemerken und begrüßte nur Hans mit einem Klaps. Er ließ sich Jonathan als einen der neueren Stammgäste vorstellen und wechselte mit ihm ein paar

Worte, erkennbar nur aus Höflichkeit. Dann verabschiedete er sich und drückte sich durch die an diesem Abend besonders gut gefüllte Bar, bis er neben Rick hinter dem Tresen stand. Er schenkte sich ein Glas teuren Cognacs ein und einen Kaffee, dann begann er Gläser zu polieren und seinem Barkeeper sonstwie zuzuarbeiten. Das ging so etwa eine Stunde lang, dann ging der Besitzer auf die Toilette, kehrte noch einmal zu Rick zurück, trank Kaffee und Cognac aus und verschwand wieder in der Nacht.

»Nicht sehr leutselig, dein Chef, was?«, fragte Jonathan, als er ihn davongehen sah.

»Nö, nicht sehr. Früher hatte er jede Menge Lesungen gegeben, bis ihm das ganze Drumherum einfach nur noch auf die Nerven ging. Jetzt bringt er alle ein, zwei Jahre einen neuen Krimi raus, und den stellt er dann in einer einzigen Lesung vor – und die findet immer hier statt, in seiner eigenen Bar ›Zur scheena Leich‹.«

Jonathan blieb eine Weile neben Hans stehen, dann bemerkte er, wie Rick ihm vom Tresen her zuwinkte.

»Was gibt's?«, fragte er den Barkeeper, als er sich zu ihm durchgekämpft hatte.

»Ich würde dich gern um einen Gefallen bitten.«

»Klar, kein Problem, um was geht's denn?«

»Eher um wen – um Lissy.«

»Was ist mit ihr?«

Rick erzählte ihm von Lissys neuem Schwarm, mit dem sie heute Abend essen war – und der sich im Gegenzug für die Einladung in eines der teuersten Lokale in Stuttgart nun mehr erhoffte, als Lissy zu geben bereit war. Nach Ricks Schilderung musste es sich bei Lissys Begleiter um einen ziemlich wohlhabenden jungen Mann handeln, dessen Manieren nicht mit seinem Vermögen Schritt gehalten hatten. Als er sein nobles Cabrio vor Lissys Wohnung abgestellt hatte, war er, inzwischen schon deutlich angesäuselt, zudringlich geworden, und Lissy hatte es absurderweise für eine gute Idee gehalten, ihn in ihre Wohnung zu bitten. Dort wollte sie ihn mit einem starken Kaffee wieder frisch genug bekommen, dass er sie in Ruhe lassen und nach Hause fahren würde. Nicht sehr überraschend allerdings hatte der Typ das falsch verstanden, und nun hatte Lissy einen liebestollen Gast in der Wohnung, hatte sich auf dem Klo eingeschlossen und von dort aus in ihrer Verzweiflung Rick um Hilfe gebeten.

»Ich kann hier natürlich nicht weg, aber nach allem, was mir Lissy am Telefon erzählt hat, ist der Typ ein ziemlicher Lulli. Wahrscheinlich ist er inzwischen auch schon auf dem Sofa eingeschlafen, und es wird reichen, wenn du zu Lissy fährst, bei ihr klingelst und ihren Gast so aufschreckst. Du rufst vorher auf Lissys Handy an, dann kommt sie aus dem Klo, du klingelst an der Tür, sie lässt dich rein – und dann trollt sich der Bursche auch schon.«

Jonathan sah eher eine unangenehme Szene vor sich – einen aufdringlichen Verehrer aus der Wohnung einer jungen Frau scheuchen, in der er selbst nichts zu suchen hatte. Rick hatte ihm seine Zweifel wohl angesehen, und jetzt nickte er ganz betrübt.

»Du hast ja recht, Jonathan. Was geht dich das an? Entschuldige bitte, dass ich dich überhaupt damit behelligt habe. Ich schau mal … vielleicht kann mir der Chef kurzfristig frei geben …«

Rick sah sich um. An einigen Tischen wurde ihm mit Gesten bedeutet, dass die Gäste gerne Nachschub hätten, und der Chef war inzwischen wieder gegangen. Von den Bedienungen, die eifrig zwischen Theke und Tischen unterwegs waren, konnte keine mehr als Bier zapfen oder Schorle mischen – dass Rick einfach so, mitten im Hochbetrieb, für eine Stunde verschwinden konnte, war ziemlich ausgeschlossen. Und dass es Jonathan nichts anging, was mit Lissy war, immerhin Lenas bester Freundin, stimmte so ja auch nicht – auch wenn Rick und Lissy davon nichts ahnten.

»Weißt du, Jonathan, die Mädels sind meine besten Freundinnen, und ich kann Lissy jetzt nicht hängen lassen. Ich ärger mich ja schon, dass ich Lena nicht besser helfen konnte, und jetzt hat auch noch Lissy Probleme …«

Er wirkte ehrlich verzweifelt, und wieder klang durch, dass ihn vor allem Lenas Sorgen umtrieben.

»Jetzt beruhig dich, Rick. Ich helfe natürlich, wenn ich kann. Es gibt da nur ein Problem: Ich kann Lissy nicht anrufen, wenn ich vor ihrer Wohnung stehe. Ich habe nämlich kein Handy.«

»Du hast kein Handy? – Ach so, du hast keins dabei? Kein Problem. Nimm meins. Ich sag Lissy Bescheid, dass du kommst. Ich ruf dir ein Taxi, und dann nimmst du mein Handy einfach mit. Lissys Nummer ist natürlich gespeichert, und mich rufst du hinterher einfach auf dem Festnetz an, okay?«

In der kurzen Wartezeit, bis der Taxifahrer neben Hans in der Tür auftauchte, schwelgte der Barkeeper noch in Erinnerungen an seine Freundschaft mit Lissy (ein bisschen) und Lena (ein bisschen mehr). Jonathan wollte nachfassen, aber da war das Taxi auch schon eingetroffen. Die Fahrt rüber in die kleine Straße nicht weit vom Feuersee dauerte nur ein paar Minuten. Jonathan dachte kurz daran, den Fahrer warten zu lassen oder ihn sogar zu bitten, ihn zu Lissys Wohnung hinaufzubegleiten, aber der Mann war wegen der allzu kurzen Fahrtstrecke eh schon so erkennbar genervt, dass er trotz eines ordentlichen Trinkgelds mit mürrischer Miene gleich davonbrauste, kaum dass Jonathan die Taxitür hinter sich zugeschlagen hatte.

Am Straßenrand standen die Autos dicht an dicht, und ein sehr auffälliger Flitzer mit aufgeklapptem Verdeck war so lausig eingeparkt, dass er mit einem Rad auf dem Gehweg stand und mit dem Heck in eine Einfahrt ragte. Jonathan nahm Ricks Handy und gab Lissy oben Bescheid, direkt danach drückte er den Knopf neben ihrem Namensschild und klingelte Sturm, um den Mann dort droben auch wirklich aufzuschrecken. Der Türöffner summte sofort, und auf dem Weg hinauf nahm Jonathan immer zwei Stufen auf einmal. Oben stand Lissy in der Tür. Sie hatte eine leichte Jacke um, als sei sie eben erst ins Haus gekommen, und ihre Haare wirkten noch zerzauster als sonst.

»Rick hat mir schon Bescheid gegeben, dass du kommst. Super nett von dir, danke.«

Sie schlang die Jacke ganz eng um sich, trat beiseite und nickte zu ihrem Wohnzimmersofa hin. Dort befand sich ein Mann um die vierzig, der sich schon das Hemd und die Schuhe ausgezogen hatte, im Moment aber keine allzu große Gefahr darstellte – er lag rücklings auf dem Polstermöbel und schnarchte nach Kräften.

»Und was machen wir jetzt mit ihm?«, fragte Lissy.

Die Frage war Jonathan auch schon durch den Kopf gegangen. Er versuchte, das Gewicht des Schlafenden abzuschätzen. Der Mann sah weder besonders schwer noch besonders muskulös aus, aber Jonathan kannte seine Grenzen. Diesen Burschen würde er kaum unbeschadet mehrere Stockwerke nach unten schleppen und dort in seinen Wagen verfrachten können.

»Ist er denn betrunken?«, fragte er schließlich.

»Schon ein bisschen, warum?«

»Das Beste wird sein, ich wecke ihn, und er geht von allein runter zu seinem Wagen.«

Jonathan musterte den Schlafenden noch einmal.

»Ist er … gewalttätig?«

»Nein. Er ist unten im Wagen ein bisschen zudringlich geworden, aber ich konnte ihn in Schach halten. Sonst hätte ich ihn ja auch nie mit in die Wohnung genommen – aber hier wollte er mir weiter an die Wäsche gehen, statt den Kaffee zu trinken, den ich ihm angeboten habe. Da hab ich in meiner Not so getan, als hätte ich nichts dagegen, mit ihm ins Bett zu gehen, und wolle mich nur noch schnell im Bad frisch machen. Nach ein paar Minuten habe ich ihn durch die Tür schnarchen gehört.«

»Okay, dann werde ich ihn mal aufwecken. Wie heißt er denn?«

»Markus.«

Jonathan stupste den Mann ein paar Mal an, und als der nicht reagierte, begann er ihn an den Schultern zu rütteln.

»He«, beschwerte sich Markus, »nicht so wild, Lissy …«

Seine Lider flatterten und dann schlug er langsam die Augen auf. Als er Jonathans Gesicht direkt vor seinem sah, erschrak er und rappelte sich im Sofa ein wenig auf.

»Was …?«

Er schüttelte Jonathans Hände ab und sah fragend zu Lissy hinüber.

»Was will denn der Typ von mir? Und warum …«

Er sah an sich herunter und dann wieder zu Lissy.

»Und warum hast du noch deine Jacke an? Wollten wir nicht …?«

Markus gähnte, reckte sich und kämpfte sich aus den Polstern. Als er stand, überragte er Jonathan fast um einen Kopf, aber er wirkte eher träge als bedrohlich.

»Wer ist das überhaupt?«, fragte er.

»Das ist mein Vater«, antwortete Lissy, während sich Jonathan noch überlegte, wie es wohl wirkte, wenn er sich als »ein Freund« vorstellen würde.

»Dein Vater? Und was macht der hier? Wir wollten es uns doch gerade gemütlich machen, wieso rufst du da deinen Vater?«

»Na, junger Mann, zumindest Sie hatten es sich ja schon sehr gemütlich gemacht«, herrschte Jonathan ihn nun an. Er war beleidigt wegen der Rolle, die Lissy ihm zugedacht hatte, aber die Wut, die deshalb in ihm aufkeimte, konnte er gut dazu nutzen, diesen verhinderten Schürzenjäger aus der Wohnung zu bekommen.

»Das geht Sie doch gar nichts an, Mann, Sie …«

»Ich bin der Vater, schon vergessen?«

Jonathan warf Lissy einen kurzen, bösen Seitenblick zu. Sie brachte tatsächlich ein zerknirscht wirkendes Lächeln zustande.

»Und Sie machen jetzt, dass Sie aus der Wohnung meiner Tochter verschwinden, verstanden?«

Markus blinzelte und sah fragend zwischen Lissy und Jonathan hin und her.

»Los, wird's bald? Raus hier!«

Jonathan krempelte die Ärmel seines Hemdes hoch, aber noch im selben Moment wurde ihm klar, dass seine mageren Unterarme keinem Angst einjagen konnten.

»Sie werden meine einzige Tochter jetzt sofort in Ruhe lassen! Schauen Sie lieber, dass Sie die Sauerei mit Ihrem Wagen geregelt bekommen!«

Angesichts der hochgekrempelten Ärmel hatte sich ein etwas überhebliches Lächeln auf das Gesicht des anderen gelegt, aber als sein Wagen erwähnt wurde, wurde die Miene mit einem Schlag wieder ernst.

»Wie? Mein Wagen? Was ist meinem Wagen?«

»Das ist doch diese Protzkarre, die halb auf dem Gehweg und halb in der Einfahrt steht, oder?«

Markus zuckte mit den Schultern.

»Als ich aus dem Taxi stieg, haben sich gerade zwei Jugendliche mit einem Klappmesser am Lack zu schaffen gemacht. Und die Frau, der die Garage gehört, die Sie zugeparkt haben, sah auch nicht so aus, als wollte sie Ihren Wagen putzen.«

»Wie – putzen?«

»Na, sie hatte einen Eimer Wasser in der Hand, als sie zu Ihrer Karre ging.«

»Einen Eimer – Wasser? Als sie auf mein Cabrio zuging?«

»Ja. Aber ich hab mich nicht weiter drum gekümmert, ich musste ja zu meiner Tochter.«

Jetzt kam schlagartig Bewegung in den Gast. Markus schlüpfte in den linken Schuh, hüpfte auf einem Bein zum rechten und zog auch den an. Währenddessen streifte er sich das Hemd über und nestelte einige der Knöpfe zu, bevor er zur Tür eilte und ins Treppenhaus rannte.

»Halt!«, rief ihm Lissy nach, und Jonathan stutzte, weil sie doch bis gerade noch vor allem im Sinn gehabt hatte, den Mann loszuwerden. Aber Lissy hielt das Jackett ihres Gastes hoch und wedelte ihm damit hinterher. Er flitzte zwei, drei Schritte zurück und riss ihr das Jackett so schwungvoll aus der Hand, dass der Schlüsselbund in der Jacketttasche nur so schepperte. Sich das Jackett schnappen, sich wieder umdrehen und zur Treppe rennen – das schaffte er alles in einer schnellen, flüssigen Bewegung. Und danach rannte er wie vom Teufel gejagt die Stufen hinunter.

»Und die Nachbarin will ihm echt einen Eimer Wasser ins Cabrio kippen?«, fragte Lissy, als drunten die Tür ins Schloss gefallen war.

»Ach was, mit dem Wagen ist alles in Ordnung. Da war keine Nachbarin, und auch die Kratzer im Lack habe ich mir nur ausgedacht – aber es hat ja geholfen.«

Lissy lachte, da klingelte es schon wieder Sturm.

»Jetzt hat er wohl auch gemerkt, dass ich ihn angeschwindelt habe«, sagte Jonathan und grinste. Lissy lachte, aber als es nicht aufhören wollte zu klingeln, runzelte sie die Stirn und dachte nach. Dann fiel ihr Blick auf die Schlüssel, die vor ihren Füßen auf dem Boden lagen und wohl vorhin aus der Tasche gerutscht waren.

»Lass den bloß nicht wieder rein!«, warnte Jonathan noch, aber Lissy hob nur den Schlüsselbund vom Boden auf und ging zum Küchenfenster, das zur Straße hinausging.

»Achtung!«, rief sie, und dann fiel der Schlüssel auch schon nach unten.

Erst war ein unangenehmes Klirren wie von Metall auf Metall zu hören, dann eine schimpfende Männerstimme. Lissy drückte das Fenster zu und sah Jonathan schulterzuckend an.

»Sieht so aus, als hätte der Lack doch noch was abbekommen«, sagte sie.

⁂

Lissy kochte ausgezeichneten Kaffee.

»Na«, fragte Jonathan über den Rand seiner Bechertasse hinweg, »wie ist es so, mit deinem alten Vater abends zusammenzusitzen und mal wieder richtig in Ruhe reden zu können?«

»Tut mir leid«, erwiderte Lissy und kicherte. »Mir ist in dem Moment nichts Besseres eingefallen. Wär dir ›mein Freund‹ oder so etwas lieber gewesen?«

»Eigentlich schon, aber so hat es ja auch funktioniert.«

»Ja, hat es, danke.«

»Seid ihr denn schon lange mit Rick befreundet, du und Lena?«

Lissy sah ihn fragend an.

»Na, weil er sich vorhin so große Sorgen gemacht hat wegen dir«, schob Jonathan schnell nach, »und weil er dabei von eurer Freundschaft erzählt hat. Und weil er sich wohl irgendwelche Vorwürfe macht, weil er Lena nicht hat helfen können. So hat er es vorhin jedenfalls ausgedrückt.«

Lissy nickte und trank schlürfend von ihrem Kaffee.

»Ach, da macht er sich zu viele Gedanken, und vor allem die falschen. Lena hat jahrelang nach dem Mann fürs Leben gesucht. Sie ist immer gern mit mir auf Partys gegangen, und sie hat ordentlich Stehvermögen beim Feiern. Aber wenn es am Ende darum ging, einen Typen abzuschleppen, hat sie gekniffen und ist allein nach Hause. Oder sie hat noch auf einen Absacker in Ricks Bar vorbeigeschaut. Die beiden haben manchmal bis in die Morgenstunden gequatscht, und soweit ich das mitbekommen habe, hat sich Lena bei ihm immer wieder ausgeheult, weil sie noch nicht den Richtigen gefunden habe und all das … Na ja, Rick ist halt Barkeeper, der muss sich so was wahrscheinlich jede Nacht anhören. Und irgendwann hat er Lena den Tipp mit dieser Dating-Seite gegeben.«

Sie nannte den Namen eines Flirtportals, dessen Namen sogar Jonathan schon einmal irgendwo gehört hatte.

»Und dort hat sie Ralf kennengelernt.«

»Na, super«, ächzte Jonathan. »Und das macht sich Rick seither zum Vorwurf?«

»Sieht ganz so aus. Mir kam Ralf gleich nicht so ganz koscher vor, aber Lena ließ nichts auf ihn kommen. Ralf Humperdinck, Bereichsleiter einer großen Versicherungsgesellschaft, tolles Gehalt, gutes Aussehen, schlank, groß – ich kann Lena ja verstehen, mir hätte das alles auch gefallen. Aber irgendwie … ich weiß nicht … manchmal kam es mir so vor, als wollte Ralf mit mir flirten, wenn wir zu dritt durch die Clubs zogen – und das geht ja nun gar nicht. Ich war mir aber nie ganz sicher, deshalb habe ich auch nichts zu Lena gesagt. Ich meine – stell dir vor, ich unterstelle dem Freund meiner besten Freundin etwas in der Art, und dann habe ich mir das nur eingebildet … Also habe ich nichts gesagt. Als die beiden dann Hochzeitspläne geschmiedet und ein gemeinsames Haus gesucht haben, war ich erst völlig überzeugt, dass ich mich in Ralf getäuscht hatte, dass er doch ein ganz netter Typ ist und Lena mit ihm glücklich werden könnte – aber bald hatte ich den Eindruck, dass es dem guten Ralf nicht halb so ernst war wie Lena.«

Lissy seufzte.

»Davon wollte sie natürlich nichts hören, und ruckzuck war ich in die Rolle der besten Freundin gerutscht, die einfach nur neidisch ist, dass sie selbst noch keinen Traumprinzen abgekriegt hat. Wie auch immer – sie hat sich wieder eingekriegt, unsere Freundschaft hat sich wieder erholt, und seither ziehen wir wieder gemeinsam um die Häuser.«

»Und damit war alles wieder in Ordnung?«

»Ja, zum Glück. Aber als Lena ihren tollen Ralf mit heruntergelassenen Hosen über der Sekretärin erwischt hat, hatte ich fast schon Angst, sie könnte wieder sauer auf mich sein – ich hatte eine solche Schweinerei ja anfangs schon befürchtet, hatte ihr das irgendwann einmal auch fast genau so schon prophezeit … Und Lena tat mir nach dieser blöden Geschichte natürlich leid, und ich wollte für sie da sein – vor allem war ich aber froh, dass Ralfs Seitensprung nicht auch noch unsere Freundschaft belastet hat.«

»Und Rick? Wie hat der die Nachricht vom Ende des Traumpaars aufgenommen?«

»Ich glaube, der war auch froh. Dem kam Ralf ähnlich komisch vor wie mir.«

»Hat er Lena auch gewarnt?«

»Nein, das würde Rick nie machen. Der beobachtet nur, bekommt vermutlich alles mit, aber er schweigt. Und wenn dann jemand Probleme hat, hört er sich alles an, tröstet, bietet Rat an – aber lässt seine Tipps stecken, wenn sein Gegenüber keine hören will. Rick und Lena sind schon ewig befreundet. Er ist ein guter Kerl, und die beiden gingen auf dieselbe Schule.«

»Waren die beiden mal zusammen?«

»Nö, nie. Ich glaube auch nicht, dass Rick daran Interesse hätte.«

»Du meinst, er steht auf Männer?«

Sie zuckte mit den Schultern.

»Und wie kommst du drauf?«

»Na, er ist nett und sieht gut aus, ist aber in keiner festen Beziehung. Er hat Lena mehr als einmal in ihre Wohnung gebracht, hat sie dort in ihr Bett gelegt und zugedeckt – und ist wieder gegangen, ohne mehr von ihr zu wollen. Klingt das nicht ganz so, als hätte Rick nichts mit Frauen im Sinn?«

»Ich weiß nicht recht. Es könnte ja auch sein, dass er mit Lena sehr wohl etwas im Sinn hat, aber als wirklicher Freund eine solche Situation nicht ausnutzen will.«

Lissy wirkte nicht besonders überzeugt.

»Stell ihn dir einfach als Gegenentwurf zu deinem Cabrio-Markus vor. Als einen Gentleman, der insgeheim verliebt ist in deine Freundin – der aber nicht daran glaubt, dass sie in ihm jemals mehr als nur einen guten Kumpel sehen wird. Und der sich entschieden hat, dann wenigstens das für sie sein zu dürfen: ein enger Freund.«

Nun kam sie ins Grübeln.

»Und stell dir vor«, fuhr Jonathan fort, »er gibt zu, dass er mehr von ihr will, und sie weist ihn zurück, lacht ihn womöglich aus, weil er nicht als Partner infrage kommt – dann hat er gar nichts mehr.«

»Aber Lena würde ihn doch nicht auslachen!«

»Echt nicht? Und falls nicht – weiß Rick das auch?«

»Keine Ahnung.«

»Denk dich mal in diese Situation rein. Wenn Rick – nur mal angenommen – in dich verliebt wäre und würde dir eines Abends davon erzählen. Oder nimm uns beide: Wir sitzen hier gemütlich beim Kaffee, und plötzlich rede ich davon, dass ich total auf dich stehe und mit dir zusammenleben wollte und …«

Lissys schallendes Lachen ließ ihn verstummen. Sie schlug sofort die Hand vor den Mund, räusperte sich und verkniff sich das Gelächter, so gut es ging.

»Sorry, Jonathan, war nicht böse gemeint, aber vom Bekannten zum Vater und dann gleich weiter zum Liebhaber an nur einem Abend – das überfordert mich ein bisschen.«

»Lach du nur«, versetzte Jonathan und grinste. »Du bist eh nicht mein Typ.«

Sie hob die Augenbrauen.

»Viel zu jung für mich«, ergänzte er. »Aber dein Kaffee ist super. Bekomm ich noch einen?«

»Ja, Papa«, gluckste sie und braute noch zwei Tassen.

Sie plauderten noch eine Weile über alles Mögliche, wobei Jonathan sehr darauf achtete, über sich nur Allgemeinplätze zum Besten zu geben. Es fiel ihr nicht auf, und nach einer Weile brachte sie das Thema wieder ins Gespräch, das sie offenbar die ganze Zeit über beschäftigt hatte.

»Glaubst du echt, dass Rick in Lena verliebt sein könnte?«

Jonathan zuckte mit den Schultern.

»Immerhin wären sie ein schönes Paar, oder?«

»Meine Freundin Lena und mein Freund Rick …«, murmelte Lissy nachdenklich vor sich hin. Dann zwinkerte sie Jonathan zu. »Das werde ich auf jeden Fall im Auge behalten.«

*

An diesem Abend fand Jonathan nicht in den Schlaf. Nach dem letzten Kaffee rief ihm Lissy ein Taxi. Für heute hatte er keine Lust mehr auf einen weiteren Besuch in der »Scheena Leich«, also ließ er das Taxi vor der Bar anhalten, übergab Ricks Handy an Hans, der gerade vor die Tür getreten war und dem er nur kurz sagte, dass mit Lissy alles in Ordnung sei. Danach ließ er sich mit dem Taxi direkt in den Neugebauerweg bringen. Die ganze Straße lag schon im Dunkeln, als er ausstieg. Einen Moment lang dachte er daran, noch einen kleinen Spaziergang zu unternehmen. Die Luft war lau, und nur eine ganz leichte Brise strich über ihn. Schließlich wandte er sich doch zu seinem Anwesen, ließ das Metalltor einen Spalt aufgleiten und schlüpfte hindurch. Mit einem Glas Whisky setzte er sich in den Garten, aber kaum hatte er die Beine ausgestreckt, als ihm die Bank auch schon wieder zu hart wurde. Er schlenderte über sein Grundstück, kehrte durch den Schwimmbadbereich ins Haus zurück, lehnte eine Weile in der Tür zum Heimstudio. Selbst der Blick auf die Modelleisenbahn konnte ihn nicht von der Unruhe befreien, die ihn seit dem Gespräch mit Lissy ergriffen hatte. Im Gegenteil: Die modellierte Landschaft, die im Rangierbahnhof abgestellten Waggons, der wieder tadellos zur Weiterfahrt bereitstehende TEE Casanova mit dem Hochzeitswaggon, die Drehscheibe mit dem halbkreisförmigen Schuppen voller Dampflokomotiven, das Gewusel der kleinen Figuren am Hauptbahnhof und in der Fußgängerzone, die Tunnels und Brücken, die aus Rinde geformten Felsen und die kleine Kapelle, die sich zwischen grasenden Kühen vor dem Bergpanorama duckte: All das ließ ihn an Lenas Exfreund Ralf denken, der sich dieses Hobby mit ihm teilte und der Lena so unglücklich machte. Und dann an Rick, der möglicherweise der Richtige für Lena wäre – und sich vermutlich nie trauen würde, ihr zu verraten, dass er mehr für sie sein wollte als nur der beste Kumpel.

Das Flirtportal ging ihm durch den Kopf und die Risiken, die sogenannte soziale Medien und digitale Kontaktbörsen mit sich brachten. Wie gut, dachte er, dass er davon all die Jahre seine Finger gelassen hatte. Und dann überlegte er, wie er Lena all dieses Zeugs am besten ausreden konnte. Sie musste doch einsehen, dass eine Internetseite, die ihr einen Windbeutel wie diesen Ralf als idealen Partner unterjubelte, nichts taugte! Sie musste doch verstehen, dass »Freunde« auf Facebook oder sonstwo im Internet alles Mögliche waren – nur eben eines nicht: Freunde.

Er würde mit ihr reden, und sie würde alles verstehen. Vielleicht würde er ihr auch von Rick erzählen und von den Gefühlen, die ihr vermeintlicher Kumpel für sie in Wirklichkeit hegte. Würde sie dann nicht sofort in die Bar gehen, Rick in den Arm nehmen und mit ihm glücklich werden?

Nun musste Jonathan laut lachen. Natürlich würde nichts von alldem geschehen. Sie würde ihm kein Wort glauben, vor allem nicht das, was er ihr als altmodischer Knochen über Facebook oder Flirtportale vorjammern würde. Woher sollte er es auch besser wissen als Lena, eine digital native, wie ihre Generation in den Medien so gern genannt wurde? Ausgerechnet er, ein digitaler Dinosaurier, der zu Zeiten für Computer programmiert hatte, als für so etwas wie Instagram die Bandbreite der Verbindungen nicht einmal annähernd ausgereicht hätte! Ausgerechnet er, der schon so viele Jahre lang nicht mehr programmiert hatte.

Der programmiert hatte …

Er ging in die Bibliothek hinauf, goss sich das Whiskyglas noch einmal voll und stellte das Glas auf den kleinen Tisch neben seinem Lesesessel. Er bückte sich zu einer großen Schublade ganz hinten in der Ecke hinunter und zog sie langsam auf. Ein muffiger Geruch nach altem Papier schlug ihm entgegen – und noch ein weiterer Duft, den er fast schon vergessen hatte: ein Hauch von Kunststoff, dessen Aroma nach dem Einschalten des betreffenden Geräts intensiver werden würde. Jonathan hob erst einige Stapel mit Computerausdrucken heraus. Es handelte sich um Endlospapier, an jedem Rand mit einer Lochreihe versehen. Darunter kam ein ziemlich altertümlich wirkender Laptop zum Vorschein, den Jonathan gleich aufklappte, ohne dass das Gerät aber irgendeine Reaktion gezeigt hätte. Er kramte ein klobiges Netzgerät aus der Schublade, im selben dunklen unansehnlichen Grau gehalten wie der Computer, und schloss ihn an die nächste Steckdose an.

Dann blätterte er in den Ausdrucken, las hier ein bisschen darin und überflog dort eine Passage, gönnte sich manchmal ein wehmütiges Lächeln und startete schließlich den Laptop. Der vertraute Akkord, mit dem sich der kleine Computer nach so langer Zeit erstmals wieder zum Dienst meldete, zauberte Jonathan ein noch breiteres und schon etwas weniger wehmütiges Lächeln aufs Gesicht.

Er lehnte sich in seinem Sessel zurück, legte den Laptop auf seinem Schoß ab und fummelte am Kabel herum, bis das Netzgerät so lag, dass es ihn nicht mehr allzu sehr störte. Er startete einen Texteditor, und langsam tippte er Zeichen um Zeichen, überprüfte das Geschriebene, löschte manches wieder und schrieb dann weiter. Immer wieder blätterte er in den Ausdrucken, las Passagen nach, an die er sich nicht mehr vollständig erinnern konnte. Doch mit der Zeit musste er immer seltener nachlesen, immer schneller flogen seine Finger über die Tastatur. Als draußen allmählich der Morgen graute, war es ihm, als erwachte er aus einer langen Starre. Der Rücken schmerzte ihn, und das Bein, auf dem das Netzgerät lag, fühlte sich taub an. Er überflog, was er geschrieben hatte, scrollte nach oben und wieder nach unten, und schließlich legte er den Laptop beiseite und reckte und streckte sich in seinem Sessel. Beim Blick auf die Uhr erschrak er fast, als er erkannte, wieviele Stunden er gesessen und nichts bewegt hatte als seine Finger. Nicht einmal seinen Lieblingswhisky hatte er angerührt, seit er das Gerät aus seiner Vergangenheit hochgefahren hatte. Und dass sein Schoß inzwischen ziemlich warm geworden war, fiel ihm auch erst jetzt auf.

Noch einmal las er die letzten Passagen, die er eingetippt hatte. Natürlich war das alles Blödsinn, was er da programmiert hatte. Aber Spaß gemacht hatte ihm die Fingerübung, viel Spaß sogar, und wenn er nach all den Jahren noch immer die Programmiersprache von damals beherrschte, sollte es auch kein Problem sein, sich die neuesten anzueignen.

Er ging in der Bibliothek auf und ab und stellte in Gedanken zusammen, was er brauchen würde. Einen modernen Laptop natürlich, einen vernünftigen Internetanschluss, einen Dienstleister, der ihm einen Server stellen konnte. Er ging zum Telefon hinüber und hob den Hörer ab, wählte aber dann doch nicht die Durchwahl von Rania. Nicht, dass es ihn gekümmert hätte, ob er in der Agentur jemand außerhalb irgendwelcher Bürozeiten anrief – wenn die Leute dort frei hatten, mussten sie ja nicht im Büro sein, also würde er auch niemanden in seiner Freizeit stören.

Nein, er zögerte mit dem Anruf, weil er nicht sicher war, ob Rania und ihre Kollegen von Wish & Weck wirklich wissen sollten, was er vorhatte. Ob sie erfahren sollten, dass er sich nun doch auf moderne Kommunikationstechnik einlassen wollte. Das würde Fragen nach sich ziehen, lästige Fragen, vielleicht auch danach, warum er sich jetzt auf Internet und kabellose Verbindungen einlassen wollte. Und womöglich würde auf diese Weise auch Lena Wind davon bekommen – und das wollte er auf jeden Fall vermeiden.

Und damit stand sein Entschluss fest. Er würde sich einen modernen Laptop kaufen und sich eine Internetverbindung anschaffen, ohne dafür die Agentur zu Hilfe zu rufen. Niemand musste davon erfahren, so konnte er am ehesten sicherstellen, dass auch Lena nichts davon erfuhr.

Er machte sich einen Kaffee, und lange nicht mehr hatte er so ungeduldig auf die Uhrzeit gewartet, zu der er vermutete, dass die Computerläden in der Stadt öffneten.

*

Lena hatte mit ihm verabredet, an diesem Tag erst im Lauf des Nachmittags wieder im Neugebauerweg einzutreffen und vorher die Einkäufe für die nächsten Tage zu erledigen. Das gab ihm ausreichend Zeit, sich in der Stadt mit einer vernünftigen technischen Ausrüstung einzudecken. Allerdings entpuppte sich alles als nicht ganz so einfach, wie er gedacht hatte, und auf manches Detail stieß er erst im Gespräch mit dem Berater im Computerladen.

Doch die Laptops, die ihm gezeigt wurden, würden für alles ausreichen, was er programmieren wollte. Selbst die kleinsten und günstigsten Geräte wären noch viel schneller, als er es für seine Arbeit benötigte. Weil er aber nicht geizen wollte und weil ihn die etwas besser ausgestatteten Exemplare technisch und optisch mehr ansprachen, entschied er sich für das Topmodell, ließ sich noch einige Zusatzgeräte einpacken – und kaufte schließlich auch noch das neueste Handymodell und schloss einen Mobilfunkvertrag ab.

Die Summe, die anfiel, war beträchtlich, aber Jonathan hatte auch zu früheren Zeiten nicht gern an Technik gespart. Er zuckte mit keiner Wimper und reichte dem Verkäufer seine Karte. Dann rief er sich ein Taxi und wartete auf dem Rücksitz ungeduldig wie ein kleines Kind an Weihnachten, bis er endlich alles auspacken, anschließen und ausprobieren konnte.

Zuerst hatte er alle Pakete in die Bibliothek getragen, doch dann fiel ihm ein, dass Lena freien Zugang zu diesem Raum hatte, also brachte er alles in sein Schlafzimmer und begann sofort mit der Installation. Als ihm die Überwachungsanlage Lenas Ankunft meldete, räumte er die Geräte in ein Schrankfach, das er zuvor frei gemacht hatte, und lagerte die leeren Kartons einstweilen hinter der Tür seines Ankleidezimmers. Dann erwartete er Lena mit Kaffee und Keksen in der Küche, nicht ohne vorher die Unterarme wieder in die präparierten Verbände zu stecken.

»Ah, Kaffee, schön!«, sagte Lena und ließ sich auf den Stuhl sinken, vor den Jonathan ihre Tasse gestellt hatte. »Den kann ich jetzt gut brauchen.«

»So geschafft?«

»Ja, allerdings.«

Sie erzählte ihm von dem Klassentreffen, das sie besucht, und von den alten Freundinnen, die sie bei dieser Gelegenheiten nach vielen Jahren zum ersten Mal wieder getroffen hatte. Ihm fiel ein, dass er aufgeschnappt hatte, dass Rick und sie auf derselben Schule gewesen waren – aber offenbar nicht in derselben Klasse, sonst hätte Rick am Abend zuvor sicher versucht freizunehmen. Sie war bester Dinge, wenn auch sichtlich übermüdet, und den

Grund dafür berichtete sie auch fröhlich. Eine der Schulfreundinnen, deren Mann auf Geschäftsreise in Asien war, hatte sie mit nach Hause genommen, wo die Fete in kleinerer Besetzung noch weiterging. Irgendwann im Morgengrauen krochen die Frauen schließlich ins Bett. Entsprechend spät und trotzdem noch müde waren sie aufgestanden, und nun saß Lena glücklich, aber völlig erschlagen vor ihm.

»Ich muss gleich noch Lissy anrufen, wie's bei der gelaufen ist. Sie war wohl mit einem Typen verabredet, von dem sie mir gestern früh vorgeschwärmt hat. Vermutlich ist es für sie auch spät geworden.«

Lena zwinkerte ihm zu, und Jonathan musste sich sehr beherrschen, ihr nicht zu verraten, was er über Lissys verunglückten Abend wusste. Noch während er die Tassen zur Spüle hinüberbalancierte, rief Lena ihre Freundin an, und aus der Hälfte des Gesprächs, die er mit anhörte, durfte er schließen, dass Lissy das Erlebnis inzwischen als lustige Anekdote erzählen konnte. Und während er hoffte, dass Lissy nicht allzu oft den Namen ihres Retters nannte und vor allem, dass Lena deswegen nicht stutzig wurde, spitzte er die Ohren und war hinterher sehr begierig, Lenas Zusammenfassung zu hören.

Sie erzählte ihm alles, als sie ihnen beiden das Abendessen zubereitete, und als sie ihre leer geputzten Teller satt von sich schoben und sich mit Rotwein zuprosteten, war Lena gerade bei dem Schlüsselbund angekommen, der durchs Fenster flog und den Lack des Cabrios zerkratzte. Lena gluckste vor Lachen, und auch Jonathan genoss die Erinnerung an den turbulenten Abend, an dem er erst den Eigentümer der Bar »Zur scheena Leich« gesehen und danach Lissy aus ihrer unangenehmen Situation hatte befreien können. Dann plauderte Lena fröhlich weiter, und Jonathan blieb für einen Moment fast das Herz stehen.

»Und stellen Sie sich vor«, sagte sie und sah ihn mit breitem Grinsen an. »Der Bekannte, der meiner Lissy aus der Patsche geholfen hat, heißt wie Sie!«

»Wie ich?«

Jonathan schluckte und versuchte, sich seine plötzliche Nervosität nicht anmerken zu lassen.

»Ja, der heißt Jonathan – ich dachte eigentlich, das wäre ein eher seltener Vorname, aber jetzt kenne ich schon zwei. Na ja, den anderen Jonathan kenne ich ja noch gar nicht. Der muss neuerdings Stammgast in dieser Bar in der Altstadt sein, in der mein Freund Rick als Barkeeper arbeitet.«

Ein Schatten legte sich auf Lenas Gesicht.

»Also werde ich ihn vermutlich erst einmal nicht kennenlernen, fürchte ich.«

Sie stand auf und räumte ab. Das Gespräch, das eben noch so munter war und fröhlich, hatte abrupt geendet. Der Streit mit Rick schien Lena sehr zuzusetzen, und Jonathan hatte einen Grund mehr, sich auf den späteren Abend zu freuen, wenn er sich in seinem Schlafzimmer ungestört ans Programmieren machen konnte. Lange musste er nicht warten. Lena war die Lust auf eine Unterhaltung vergangen, sie trank ihren Wein aus, verabschiedete sich und trottete in ihr Zimmer hinauf.

Alte Talente

Die Installation war vollends abgeschlossen, und es war noch nicht einmal halb elf, als sich Jonathan an die Recherche zu dem Flirtportal machte, über das Lena diesen Ralf kennengelernt hatte. Er hatte sich einen Plan zurechtgelegt, der noch einige Lücken hatte, für die ihm aber beizeiten schon noch etwas einfallen würde. Zunächst musste er wissen, auf welchem Prinzip die bestehende Flirtseite basierte – dann würde er sich daran machen, eine alternative Webseite zu programmieren. Und danach würde er mit Hilfe seines eigenen Portals versuchen, Lena und Rick zusammenzubringen, ohne dass die beiden auch nur ahnten, dass er hinter der ganzen Geschichte steckte – wie er das bewerkstelligen sollte, das war zugegebenermaßen eine der größten Lücken in seinem Plan.

Die Recherche dagegen ging ihm viel leichter von der Hand als befürchtet. Er startete die Suchmaschine und gab Schlüsselbegriffe ein, wie er es damals auch gemacht hätte – allerdings kam er heutzutage viel leichter und viel schneller an die gesuchten Informationen. Er musste sich nicht erst in Diskussionsforen anmelden, solange er die Infos nur lesen und nicht kommentieren wollte. Und recht zügig hatte er die Kernpunkte des Portal-Prinzips gefunden und verstanden. Die Sprache, in der die Seite programmiert war, kam ihm relativ banal vor, und ziemlich schnell hatte er einige grundsätzliche Funktionen und erste Auswahlfilter nachgeschrieben.

Um seinen Code testen zu können, buchte er Serverplatz bei einem Anbieter in Karlsruhe, abonnierte ein Servicepaket, das unter anderem Datenbanken und einige andere Features zu einem recht günstigen Preis enthielt, und im Anschluss generierte er in der Datenbank einige Dutzend fiktiver Testpersonen, um seine Such- und Filterfunktionen verfeinern und überprüfen zu können.

In der ersten Nacht kam er schon recht weit, und gegen halb vier in der zweiten stand eine Art Rohversion des Flirtportals. Da er nicht vorhatte, mit dem Programm wirklich auf den Markt zu gehen, sollte diese Fassung für die abschließenden Tests reichen, die er für die dritte Nacht vorgesehen hatte. Und er hatte inzwischen auch schon eine Idee, wie er Lena zumindest mit dem Namen der Internetseite vertraut machen konnte. Und wenn er dann noch irgendwie Lissy für seine Zwecke einspannen konnte … aber eins nach dem anderen.

Ihm war, als er am Morgen nach der ersten Programmiernacht hundemüde über seinem Kaffee hing, die Szene wieder in den Sinn gekommen, als er Lena vor der Modelleisenbahn hatte stehen sehen – in der Hand den italienischen Hochzeitswaggon, für den er befürchtet hatte, dass sie ihn womöglich in einer plötzlichen Aufwallung gegen die Wand schleudern würde. So etwas Ähnliches wollte er einfädeln, diesmal wirklich mit dem Ziel, dass sie den Waggon zerdepperte – und danach mit der Nase auf den Namen seines Flirtportals gestoßen wurde. Jonathan grinste. Sein Plan gefiel ihm schon allein deshalb so gut, weil er so kompliziert war. Er liebte es, um die Ecke zu denken. Und er freute sich darauf, dass er ausprobieren konnte, ob sich auch das wirkliche Leben programmieren ließ wie die Funktionen einer Internetseite. »If« und »else«, »wenn« und »andernfalls« – Programmanweisungen dieser Art, Funktionen, die sich zwingend aus bestimmten Bedingungen ergaben: Das war mal seine Welt gewesen und vielleicht konnte er damit nun Gutes für Lena tun. »If« er also dafür sorgen konnte, dass Lena etwas Bestimmtes tat, würde das zu einem Ziel führen, das er sich vorher gesetzt hatte – und »else« hätte es halt nicht geklappt, aber auch niemandem geschadet.

Also hatte er gleich nach dem Frühstück seinen liebsten Modellbahnladen angerufen, ein Spielzeuggeschäft im Remstal, in das seit vielen Jahren nicht wenige Väter ihre Kinder unter dem Vorwand schleppten, dass sie Spielzeug für die Kleinen suchten – und insgeheim hochpreisige Rennautos oder Zubehör für die eigene Modellbahn bewundern wollten. Seinen Namen kannte der Mann am Telefon natürlich. Auch wenn er noch nie persönlich mit Jonathan Haber gesprochen hatte, war der Mann am Telefon doch ein geschätzter Kunde, der alle rollenden und anderen Teile für seine große Anlage über diesen Laden bezogen hatte.

Deshalb fand der Verkäufer Jonathans Wunsch zwar etwas speziell, aber war natürlich sofort damit einverstanden, ihn seinem Stammkunden zu erfüllen. Es ging um zwei Güterwaggons, die einen ganz besonderen Werbeaufdruck bekommen sollten – eine Spezialanfertigung, die aber problemlos direkt im Laden bewerkstelligt und deshalb auch sehr schnell ausgeliefert werden konnte. Die erste Lieferung wurde für den nächsten Tag versprochen, und für Teil zwei von Jonathans Plan versprach der Mann am Telefon, alle Mitarbeiter entsprechend zu briefen.

Lena spielte er vor, dass es ihm nicht besonders gut gehe und dass er lieber im Bett bleiben und möglichst viel schlafen wolle. Er sagte ihr, dass er eine Lieferung aus dem Remstal erwartete, dass es sich um einen Waggon handle, der selten war und unter Sammlern zu einem entsprechend hohen Preis gehandelt wurde.

»Könnten Sie das Päckchen für mich entgegennehmen, Lena?«

»Klar, kein Problem, ich bin ja hier. Aber stellt der Paketdienst das nicht ohnehin immer in Ihrem Lieferraum ab?«

»Das natürlich schon, aber der Laden hat mir den Waggon rausgeschickt, ohne dass ich bisher fest zugesagt habe, ihn auch zu kaufen. Ich bin ein sehr guter Kunde bei denen, also haben sie mir für das Sammlerstück gewissermaßen eine Art Vorkaufsrecht eingeräumt. Aber die anderen Sammler stehen schon parat, und ich muss zügig Bescheid geben, ob ich den Waggon auch wirklich kaufe.«

»Gut, dann nehme ich das Päckchen entgegen und weck Sie auf, falls Sie da gerade schlafen, okay?«

»Ich weiß nicht recht. Mir geht's nicht so besonders, und ich glaube, dass ich meinen Schlaf dringend brauchen werde.«

»Sie sehen auch ziemlich blass aus, Herr Haber.«

»Eben. Also wenn Sie vielleicht einfach mal das Päckchen öffnen und sich den Waggon anschauen könnten?«

»Sie wollen jetzt aber nicht wirklich, dass ich an Ihrer Stelle entscheide, ob Sie ein sauteures Spielzeugwägelchen kaufen oder nicht, oder?«

»Nein, und ich will diesen Waggon ja auch unbedingt. Aber manchmal sind diese Sammlerstücke nicht mehr hunderprozentig in Ordnung. Da ist dann mal eine Achse gebrochen oder so. Wenn Sie also den Waggon auspacken, dann müssen Sie ihn nur kurz aufs Gleis setzen, ihn ein bisschen hin und her schieben – und wenn er sauber rollt und keine seltsamen Geräusche von sich gibt, kauf ich den Waggon auf jeden Fall.«

»Ist das Ihr Ernst?«

»Absolut! Und außerdem bin ich ja vielleicht doch wach, wenn das Päckchen kommt – dann schau ich mir den Waggon auch selbst an. Aber falls nicht, wäre es wirklich super, wenn Sie mir da helfen könnten.«

Sie sah ihn zweifelnd an.

»Bitte!«

»Na, meinetwegen. Aber Sie beschweren sich hinterher bitte nicht, wenn ich irgendeinen Schaden nicht erkannt habe, ja?«

»Versprochen.«

Als der Paketbote am nächsten Vormittag ankam, lag Jonathan wirklich im Bett, beobachtete aber über die Überwachungsanlage, wie der Lieferwagen in den Innenhof fuhr, wie der Bote das Päckchen im Lieferraum abstellte, wie der Transporter das Grundstück wieder verließ – und wie Lena das Päckchen aus dem Lieferraum holte und nach oben ging. Schnell legte er sich auf den Rücken und schloss die Augen. Als er Lenas Schritte die Treppe heraufkommen hörte, gab er sich alle Mühe, halbwegs glaubwürdig zu schnarchen. Die Schritte verstummten direkt vor seiner Tür, dann wurde sachte geklopft, einmal, zweimal, aber Jonathan schnarchte immer weiter. Dann hörte er ein gedämpftes »Na, super!« durch die Tür, und die Schritte entfernten sich wieder.

⁂

Das Päckchen war ziemlich leicht, und es war sehr sorgfältig verpackt. Auf dem äußeren Karton war der Absender aufgedruckt, das Spielwarengeschäft im Remstal, das Jonathan Haber erwähnt hatte. Sein Name bestand nur aus zwei Buchstaben, die mit einem Pluszeichen verbunden waren – und es klang nicht unbedingt nach einem Spielwarenparadies für Kinder. Vermutlich waren eher Sammler wie Jonathan Haber die Zielgruppe, und entsprechend vorsichtig öffnete sie die Verpackung, nahm den inneren Karton heraus, in dem der Waggon wie in einer kleinen, tragbaren Vitrine thronte.

Ganz behutsam setzte sie das Stück ab, ganz langsam nestelte sie die Lasche aus dem inneren Karton und zog schließlich mit ganz spitzen Fingern das Spielzeugwägelchen heraus. Der Waggon sah unbenutzt aus, er roch frisch lackiert – aber vielleicht war das ja der Geruch eines speziellen Pflegemittels, mit dem solche Sammlerstücke aufbereitet wurden, bevor ein Modellbahnfreak dafür viel Geld auf den Tisch legte. Sie schob ein paar Waggons beiseite, die direkt vor ihr auf einem der Gleise standen, um Platz für die Neuerwerbung zu machen. Das zweiachsige Wägelchen war nicht schwer aufs Gleis zu bekommen, und als sie den Waggon mit sanftem Druck ein paar Zentimeter hin und her schob, war nur das leise, glatte Geräusch zu hören, das darauf schließen ließ, dass die Achsen und Räder in bestem Zustand waren. Und mehr sollte sie ja nicht prüfen.

Zufrieden nahm sie den Waggon wieder von der Schiene und machte sich daran, ihn zurück in seine Verpackung zu stecken – da, und überraschenderweise wirklich erst zu diesem Zeitpunkt, fiel ihr die Werbeaufschrift auf, die beide Seitenwände des Waggons zierte. Sie konnte gar nicht so schnell reagieren, wie sich ihre Finger wie in einem plötzlichen Krampf um das Spielzeug schlossen.

Noch bevor sie sich wieder in der Gewalt hatte, hörte sie auch schon das leise Knirschen, mit dem die dünnen Kunststoffwände des Waggons unter dem Druck ihrer Hand nachgaben.

Langsam zwang sie sich, die Faust wieder zu öffnen. Der Riss an einem der Fenster konnte vielleicht noch geklebt werden, ohne dass der Schaden allzu sehr auffiel. Aber ein Buchstabe des Werbeaufdrucks war beschädigt, und wie sie das wieder reparieren sollte, war ihr nicht klar. Noch einmal las sie den Namen der Flirtseite, sah die knallroten Herzchen, die in die Schrift eingearbeitet waren, und schon flog der Waggon gegen die Wand, zerbarst an der Mauer und purzelte auf die Holzplatte der Modellbahn. Lena stand schnaubend vor Wut da und fragte sich, warum in aller Welt Jonathan Haber ausgerechnet einen Güterwaggon mit der Aufschrift jenes Flirtportals sammeln musste, das ihr diesen Trottel von Ralf eingebrockt hatte. Dann verrauchte ihr Zorn schon wieder und machte aufkommender Verzweiflung Platz – wie, um Himmels willen, konnte sie dieses Malheur vor Haber geheim halten?

Sie beugte sich über den Teil der Anlage, in dem der demolierte Waggon gelandet war. Zwischen einer Zeile aus kitschigen Fachwerkhäuschen, einem kleinen See, an dessen Badestrand sich Plastikfigürchen sonnten, und einer schmalen Straße samt Baustelle lag das Objekt ihrer Wut, und um es herum waren Bruchstücke von Fenstern und Splitter des Daches auf der Landschaft verstreut. Lena klaubte alles, was nach Einzelteilen des Waggons aussah, zusammen und schob die kleinen Stücke auf ihrer flachen Hand hin und her. Dass das ihre Fähigkeiten als Modellbauerin bei Weitem überstieg, war ihr sofort klar. Aber vielleicht hatte sie Glück, und dieser Laden im Remstal hatte noch ein zweites Exemplar vorrätig – das würde sie dann gleich nachbestellen, würde einfach Haber gegenüber behaupten, die erste Lieferung sei nicht angekommen, und würde dem Händler den zerdepperten Waggon abkaufen. So teuer konnte ein bisschen Spielzeug ja wohl nicht sein.

Sie ging in den Kellerflur hinaus und horchte. Alles war still, vermutlich lag Haber noch immer oben in seinem Bett und schlief. Sie ging zurück in den Modellbahnraum und zückte ihr Handy, das sie in der Hosentasche bei sich trug, wenn ihr Patient nicht bei ihr war. Der Empfang war bestens, seit kurzem wurde ihr sogar ein recht leistungsstarkes WLAN-Netz angezeigt, das jemand in der näheren Umgebung eingerichtet haben musste. Doch der Zugang war mit einem Passwort geschützt, und für alles, was sie mit dem Smartphone machen wollte, genügte die mobile Verbindung allemal.

Im Remstal meldete sich ein Mann, der sofort wusste, worum es ging, als sie Jonathan Habers Namen nannte. Und der sich auch gleich danach erkundigte, ob der Waggon auch unbeschadet angekommen sei.

»Ja«, druckste Lena herum, »angekommen ist er in tadellosem Zustand, nur … Um es kurz zu machen: Mir ist der Waggon heruntergefallen, er ist ein bisschen beschädigt, und nun würde ich das gerne irgendwie wieder gutmachen. Herr Haber hat sich so auf das Stück gefreut, ich würde ihm gern einen passenden Ersatz beschaffen.«

Am anderen Ende der Leitung herrschte Stille, und Lena stellte sich vor, wie dort ein Modellbahnfreak gerade nach Luft schnappte angesichts der Vorstellung, dass das Sammlerstück Schaden genommen hatte. Deshalb sprach sie schnell weiter.

»Ich werde den beschädigten Waggon natürlich bezahlen, kein Problem. Ihnen soll da kein Nachteil entstehen. Äh … was wird mich das denn kosten?«

Der Mann nannte einen Preis, und nun schnappte Lena für einen Moment nach Luft.

»Das ist … äh … oh …«

»Die Rechnung lag dem Päckchen doch bei?«, fragte der Mann am Telefon.

»Ja, vermutlich, ich hatte bisher nur nach dem Waggon selbst gesehen. Aber gut, dann habe ich ja Ihre Bankverbindung, und ich werde den Betrag überweisen. Aber wenn Sie vielleicht den Posten aus Herrn Habers Konto löschen könnten? Ich hatte mir das nämlich so gedacht …«

Der Mann hörte sich Lenas Vorschlag ruhig an, und er zeigte sich einverstanden. Mit einer Einschränkung: »Das exakt gleiche Modell haben wir leider nicht mehr hier, aber ich könnte Ihnen den anderen Waggon aus derselben Serie sofort rausschicken, der sollte gleich morgen bei Ihnen sein. Und es ist wirklich nur ein kleiner Unterschied – Farbe, Bauart und Zustand des Waggons sind identisch, lediglich der Werbeaufdruck unterscheidet sich.«

Lena überlegte. Haber hatte den anderen Waggon noch nicht zu Gesicht bekommen, und das würde er nun auch nicht mehr, weil sie das beschädigte Stück sofort verschwinden lassen würde. Vielleicht fiel ihm also der Unterschied gar nicht auf, oder es war ihm aus der Sicht des Sammlers egal.

»Der Wert der beiden Stücke ist doch derselbe?«, fragte sie zur Sicherheit.

»Exakt derselbe.«

Damit waren sich beide handelseinig. Im Neugebauerweg machte sich Lena daran, die Bruchstücke und den lädierten Waggon samt Verpackung und Karton in ihr Zimmer zu schaffen. Dort würde sie alles versteckt halten, bis sie es mit in ihre Wohnung nehmen könnte.

Und in dem Spielzeugladen im Remstal griff ein grinsender Mann zu einem Päckchen, das bereits fertig verpackt, adressiert und frankiert zum Versand bereitlag.

*

Um die Mittagszeit kam Jonathan in die Küche geschlurft, wo Lena gerade eine Kleinigkeit zu essen vorbereitete. Er nahm umständlich zwei Teller aus dem Regal und trug sie langsam zum Esstisch, aber als er versuchte, Besteck aus der Schublade zu fingern und sich dabei nicht sehr geschickt anstellte, scheuchte sie ihn auf seinen Platz.

»Lassen Sie's gut sein, Herr Haber. Ich mach das schon.«

Kurz darauf saßen sie sich gegenüber und ließen sich Wurstbrot, Radieschen und Tomaten schmecken. Lena sah ihm zu, wie er leidlich mit seinem Vesper zu Rande kam, dann nickte sie auf die Verbände.

»Wie lange müssen Sie die noch tragen?«

»Keine Ahnung«, schwindelte Jonathan. »Der Arzt schaut immer nur nach, macht dann ein bedenkliches Gesicht und verpackt die Unterarme wieder.«

»Gibt's Komplikationen?«

»Nicht, dass ich wüsste. Der Arzt sagt mir nicht mehr, als dass es manchmal halt etwas länger dauern kann als üblich.«

Lena spießte ein Tomatenstück auf und schob es sich in den Mund.

»Möchten Sie nicht mehr für mich arbeiten?«, fragte Jonathan.

»Doch, doch, der Job ist okay, und Sie zahlen ja auch gut. Aber … na ja, ich hatte mich eben eher auf eine kurzfristigere Anstellung eingerichtet.«

»Was stört Sie denn hier?«

»Mich stört nichts. Und Sie sind inzwischen auch recht nett zu mir.«

Sie zwinkerte ihm zu, und er spielte einen Moment lang den Empörten.

»Recht nett?«, erwiderte er, und beide lachten.

»Sie wissen schon«, sagte Lena nach einer Pause, »dass die Agentur Sie als eher schwierig beschrieben hat, oder?«

»Das will ich hoffen! Ich habe mir auch über Jahre hinweg Mühe gegeben, mein Image als miesepetriger Sonderling aufzubauen und zu pflegen. Aber zu allen, die gemacht haben, was ich wollte, und zu den Leuten in der Agentur war ich immer nett, hoffe ich.«

»Das kann ich bestätigen. Vor allem Rania, die Sie in der Agentur betreut und die mich eingestellt hat, hat Sie, wie gesagt, zwar als etwas schwierig beschrieben – aber ich hatte den Eindruck, dass sie Sie mag. Sie hat Sie sogar mit ihrem Vater verglichen.«

»Sehr schmeichelhaft, danke«, brummte er.

»Aber es passt doch: Rania ist Mitte, Ende zwanzig, würde ich schätzen – und Sie gehen auf die Sechzig zu …«

»Na, super«, stöhnte Jonathan. »Ich geh auf die Sechzig zu? Ich bin gerade mal gut Mitte fünfzig. Und ich finde, dass ich mich ausgezeichnet gehalten habe.«

»Aber natürlich«, sagte Lena lächelnd und tätschelte ihm den Verband am linken Arm. »Trotzdem: Was stört Sie daran, wenn eine junge Frau wie Rania Sie mit ihrem Vater vergleicht?«

»Na ja, wenn sie mich einfach so gut finden würde, wäre das natürlich etwas schmeichelhafter.«

»Ist sie denn Ihr Typ?«

Lena grinste, und Jonathan winkte ab.

»Ach was, darum geht's doch gar nicht. Aber das mit dem ›Vater‹ wird mir in letzter Zeit …«

Ihm war Lissy eingefallen, die ihn dem aufdringlichen Verehrer als ihren Vater vorgestellt hatte. Und schlagartig wurde ihm klar, dass er sich gerade um Kopf und Kragen plapperte – denn dass er Lissy kannte, durfte Lena natürlich nicht erfahren. Und dass er inzwischen regelmäßig das Haus verließ. Dass er vorhatte, sich in ihr Privatleben einzumischen.

»Was wollten Sie gerade sagen, Herr Haber?«, hakte Lena nach.

Nachdem er sich mitten im Satz unterbrochen hatte, machte er noch immer keine Anstalten, weiterzureden.

»Ach, nichts«, versetzte er schließlich so beiläufig, wie er konnte. »Ich muss mich wahrscheinlich damit abfinden, dass Frauen wie Sie in mir nur noch eine Vaterfigur sehen können. Vermutlich sollte ich froh sein, dass mich Rania nicht mit ihrem Großvater vergleicht, was?«

Er lachte etwas aufgesetzt. Lena musterte ihn noch immer.

»Ist eigentlich mein Päckchen angekommen?«, wechselte er deshalb schnell das Thema, und tatsächlich konnte er Lena damit aus ihren Gedanken aufschrecken.

»Äh … nein, aber ich habe in dem Laden angerufen, und mir wurde versprochen, dass dieser Waggon morgen eintreffen wird.«

»Dann ist ja alles gut«, sagte Jonathan erleichtert lächelnd und meinte es auch so. Die Antwort hatte ihn nicht überrascht, denn natürlich hatte er aus dem Remstal Bescheid bekommen. Ganz so, wie es verabredet gewesen war.

⁂

Als tags darauf der Paketbote den Ersatzwaggon brachte, musste sich Jonathan nicht schlafend stellen. Sein Schnarchen war echt, und Lena war diesmal ganz froh, dass er das Eintreffen der Sendung nicht mitbekam. Sie war so aufgeregt, dass sie das Päckchen schon im Innenhof in Empfang nahm und ins Haus flitzte, als der Mann seinen Lieferwagen noch umständlich wendete. Den Versandkarton riss sie auf, die innere Schachtel nahm sie vorsichtig heraus, und noch vorsichtiger nestelte sie den Waggon aus der Verpackung, setzte ihn aufs Gleis und rollte ihn ganz behutsam hin und her.

Es war alles in Ordnung mit dem Waggon, und der Unterschied zum ersten Exemplar fiel ihr gar nicht gleich auf. Die Farbigkeit, die knallige Schriftart, die geschwungenen Buchstaben, sogar einzelne Herzchen war auf die Seitenwände des Wägelchens gedruckt. Nur der Name des Flirtportals war ein anderer – auch wenn er dem Namen der anderen Seite doch sehr ähnlich war.

Ralf kam ihr wieder in den Sinn, aber um nicht auch mit diesem Sammlerstück irgendeinen Blödsinn anzustellen, trat Lena einen Schritt zurück und ließ ihren Blick über die Eisenbahnanlage schweifen, bis sie das Bild ihres Exfreundes wieder verdrängt hatte. Sie musterte noch einmal die Aufschrift des Waggons. Ob ihr die Enttäuschung erspart geblieben wäre, wenn sie sich nicht auf dem Flirtportal nach ihrem »Mr. Right« umgeschaut hätte, das ihr schließlich Ralf vorschlug? Oder wenn sie sich auf einer anderen Internetseite registriert hätte? Einem Portal wie diesem, dessen Werbeaufdruck den Waggon zierte?

Langsam ließ sie sich auf den Stuhl sinken, der neben den Trafos stand, mit denen die Anlage gesteuert wurde. Natürlich hatte sie keine Lust, jetzt mit der Eisenbahn eines erwachsenen Mannes zu spielen, aber so sorgfältig und liebevoll, auch so gekonnt, wie die Landschaft dieser Anlage ausgestaltet war – das war kein Vergleich mit der schlampig hingeschusterten Modellbahn von Ralf, mit der er spätabends so gern gespielt hatte. Während Ralf immer geprotzt hatte mit der nächsten teuren Lokomotive oder dem nächsten technischen Schnickschnack, war hier vor allem auf die Modellierung der Berge und Täler, auf die Gestaltung der Seen und Ortschaften Wert gelegt worden, und auf kleine Szenerien, die man auf den ersten Blick gar nicht wahrnahm, die aber diese Miniaturwelt durchaus zu einer Art Leben erweckten.

Sie wusste nicht mehr, wie lange sie so gesessen hatte, aber irgendwann verspürte sie Hunger und stand auf. Noch einmal betrachtete sie die Anlage, dann wandte sie sich mit einem wehmütigen Lächeln ab und ging langsam die Treppe zum Erdgeschoss hinauf. In der Küche hörte sie Jonathan Haber hantieren. Es klang, als stellte er gerade die gusseiserne Pfanne auf den Herd. Sie beschleunigte ihren Schritt. Es war ja gut, wenn er sich allmählich immer mehr zutraute, aber wenn er seinen bandagierten Handgelenken mehr zumutete, als sie vertrugen, würde ihn das noch weiter zurückwerfen. Sie hatte nichts dagegen, weiter für ihn zu arbeiten – aber außer diesem Job hielt sie im Moment nicht mehr viel in Stuttgart.

Ihre Familie sah sie so selten, dass sie zu den wenigen übers Jahr verteilten Gelegenheiten genauso gut auch aus größerer Entfernung anreisen konnte. Ihre Freundin Lissy nervte seit ein paar Tagen mit seltsamen Andeutungen, die sie nicht verstand, und mit den unterschiedlichsten Versuchen, sie dazu zu überreden, doch wieder mal mit einem Mann auszugehen. Und vor ihrem Freund Rick schämte sie sich so sehr wegen ihres letzten Gesprächs, dass sie die Bar »Zur scheena Leich« auch weiterhin meiden würde.

Sobald sie also hier im Haus von Haber nicht mehr gebraucht würde, wäre das sicher ein guter Zeitpunkt, ganz woanders einen Neustart zu versuchen. So nachhaltig ihr früherer Chef Herbert von Dohlem ihren Ruf in Stuttgart und der unmittelbaren Umgebung beschädigt hatte, so hatte er doch vermutlich wenig Einfluss in der Münchner oder Kölner oder Hamburger Gegend. Dort würde sie sich mit ihren Referenzen und den durchweg guten Zeugnissen bewerben – sogar ihre fristlose Kündigung war durch entsprechend lobende Umschreibungen im Zeugnis deutlich abgemildert worden. Dohlem hatte wohl Angst, sie könnte sich einen Anwalt nehmen, der ihm ein weniger positives Zeugnis erfolgreich um die Ohren hauen würde.

Insgesamt sah es also nicht gar so schlecht aus für einen Neuanfang, sobald ihr Job hier im Neugebauerweg beendet war.

Entsprechend frohgemut betrat Lena die Küche, eilte zum Herd, um Jonathan Haber die schwere Pfanne wegzunehmen. Da fiel ihr Blick auf seine Arme.

⁂

Jonathan Haber hatte tief und fest geschlafen. Den Paketboten hatte er erst bemerkt, als der in seinem Lieferwagen schon wieder vom Gelände rollte. Er streckte und reckte sich, schaltete von einer Überwachungskamera auf die nächste, bis er endlich Lena auf ihrem Weg zur Modellbahnanlage sehen konnte. Er rief das Signal der Kamera auf, die versteckt am Kopfende der Modelllandschaft über der Bergstation der Seilbahn eingebaut war und einen sehr guten Überblick über einen Großteil der Anlage hin zur Eingangstür bot. Und schon tauchte Lena auf dem Monitor auf, das Päckchen mit dem zweiten Güterwaggon in der Hand.

Grinsend beobachtete er sie dabei, wie sie den äußeren und den inneren Karton sehr vorsichtig öffnete und den Waggon herausnahm wie ein rohes Ei. Er versuchte ihren Gesichtsausdruck zu deuten. Erleichterung erkannte er, als sie den Waggon auf dem Gleis hin und her schob. Interesse, als sie den Werbeaufdruck las. Wut oder Anspannung kurz darauf, vermutlich war ihr jetzt wieder der Exfreund eingefallen. Dann entspannte sich die Miene wieder etwas, und erneut betrachtete sie den Aufdruck auf den Seitenwänden des Waggons mit Interesse. Schließlich setzte sie sich und betrachtete die Anlage. Einen Moment lang schrak er zurück, weil sie genau in die Kamera blickte, aber dann musterte sie mit demselben Interesse die Bergkapelle ein Stück daneben und danach eine andere Stelle – offenbar hatte sie die Kamera nicht bemerkt.

Jonathan schwang sich aus dem Bett. Er war müde, aber euphorisch. In der Nacht hatte er weitere Verbesserungen der Flirtseite umgesetzt, und nun schien das Portal reif für seinen Einsatz als Kuppelprogramm. Er schlüpfte in seinen Jogginganzug, nahm auf dem Weg ins Erdgeschoss immer zwei Stufen auf einmal, und in der Küche verschaffte er sich einen groben Überblick über den Stand der Vorräte, bevor er sich entschied, den Tag mit Rührei, Speck und Toastbrot zu beginnen.

Die gusseiserne Pfanne lag gut in der Hand. Während er Butter darin zerlaufen ließ und den richtigen Moment dafür abwartete, den Speck in das flüssige Fett zu geben, hörte er Schritte auf der Treppe. Er schlug schnell zwei Eier mehr auf, gab den Speck in die Pfanne und ob das schwere Teil hoch, um sie ein wenig zu schwenken, bevor er die zerquirlten Eier dazugießen würde.

Die Schritte hatten inzwischen die Küche erreicht und verstummten erst ganz in seiner Nähe. Jonathan drehte sich um und lächelte Lena an. Doch die starrte nur auf seine Handgelenke. Wie im Reflex ließ er die Pfanne auf die Herdplatte fallen. In diesem Moment fiel ihm natürlich ein, dass er vergessen hatte, seine abnehmbaren Bandagen wieder anzubringen. Lena starrte noch immer auf seine bloßen Handgelenke, dann hob sie den Blick. Ihre Augenbrauen waren zusammengezogen, und sie sah nicht besonders gut gelaunt aus.

Sie sagte nicht viel, und sie sagte es mit einer vibrierenden Stimme, der ziemlich große Wut anzuhören war.

»Und wann hatten Sie vor, mir das zu erzählen?«

⁂

Lena nahm sich nicht einmal mehr die Zeit für einen Teller Rührei, so sauer war sie. Was immer sie Jonathan Haber als Motiv für seine Schauspielerei unterstellte, sie wollte keine Entschuldigung oder auch nur Begründung von ihm hören. Und wenig später sah er sie in ihrem knallroten Zweisitzer auf den Neugebauerweg hinausfahren und etwas zu ruppig auf die Hauptstraße einbiegen.

Er war ihr hinterhergelaufen und hatte versucht, sie noch aufzuhalten, aber da war nichts mehr zu machen. Lena war so aufgebracht, dass sie sich nicht einmal mehr fragte, warum ihr Jonathan bis in den Innenhof folgte, warum er nicht wie sonst im Haus blieb und alles über eine seiner zahlreichen Überwachungskameras betrachtete. Wahrscheinlich hätte er ihr in diesem Moment ohne zu zögern auch von seinen Ausflügen in die Stadt erzählt, die er seit einiger Zeit heimlich unternahm. Aber sie wollte nichts hören, stoppte ihn ein paar Mal mit der erhobenen flachen Hand und ermunterte ihn auch mit ihrem wütenden Gesichtsausdruck nicht gerade dazu, mit ihr zu reden.

Nun lag der Neugebauerweg so still vor ihm wie meistens. Das Metalltor war sperrangelweit offen, und er stand in der Einfahrt und starrte die Straße entlang. Er mochte eine halbe Stunde so gestanden haben, vielleicht auch ein bisschen länger, als ihn ein lautes Scheppern rechts von ihm aufschreckte. Es klang wie Metall auf Metall, ein Stück Glas schien zu zersplittern, und eine Männerstimme schimpfte gedämpft vor sich hin. Die Geräusche schienen aus dem Garten seiner Nachbarn zu kommen, und dann fiel ihm wieder ein, dass er sich einverstanden erklärt hatte, dass die Maiers direkt an der Grenze zwischen beiden Grundstücken ein Gewächshaus errichten durften.

Jonathan ging zurück ins Haus, marschierte in den ersten Stock hinauf und trat dort auf den Balkon vor seinem Schlafzimmer. Und wirklich war das Ehepaar von nebenan eifrig dabei, ein Gewächshaus aus Einzelteilen zusammenzupfriemeln, die sie vermutlich irgendwo als Bausatz gekauft hatten. Zumindest ein Element würden sie nachkaufen müssen – auf dem Boden lagen Scherben; ein Fenster, das man mit einer einfachen Vorrichtung kippen konnte, war aus seiner Halterung gerutscht und zerbrochen.

Er sah den beiden Nachbarn noch ein bisschen beim Arbeiten zu, aber weil sie sich weder besonders geschickt anstellten noch ihnen weitere Teile zerbrachen, wurde es ihm schließlich zu langweilig, und er ging wieder nach drinnen. Auf dem Laptop rief er das Flirtportal auf, das er programmiert hatte, und in aller Ruhe ersetzte er die bisherigen Testeinträge mit erfundenen Merkmalen fiktiver Teilnehmer. Schließlich gab er drei echte Menschen ein: Lissy, deren Telefonnummer und Adresse er von seinem nächtlichen Rettungsbesuch noch parat hatte; Rick, dessen Handynummer er sich notiert hatte; und zuletzt Lena. Er hatte natürlich mitbekommen, dass sie im Haus immer dann ein Handy bei sich trug, wenn sie glaubte, er würde es nicht bemerken. Eines Morgens hatte er das Smartphone auf der Wohnzimmercouch liegen sehen, es war ihr wohl am Abend aus der Hosentasche gerutscht. Er hatte das Gerät eingeschaltet und über das Display gewischt, wie er es inzwischen von seinem eigenen Handy her kannte. Das Telefon war nicht durch ein Passwort geschützt, und er hatte sich durch die Kontakte navigiert, bis er Lenas Handynummer gefunden hatte – die er sich notiert hatte und bei nächster Gelegenheit in die Datenbank des Flirtportals eingab.

Das hatte er genauso schon mit den Nummern von Lissy und Rick gemacht. Würden sich seine drei »Premiumkunden« also auf dem Portal anzumelden versuchen, würde eine kleine Routine zunächst unbemerkt prüfen, ob ihre Handynummern hinterlegt und sie damit zur Anmeldung freigeschaltet waren. Andere als diese drei würden von der Anmeldekontrolle der Anwendung abgelehnt, während Lena, Lissy und Rick weiter durch die Anmeldeprozedur geführt würden. Schließlich wollte er ja nicht wirklich eine Flirtseite für alle ins Internet stellen, sondern nur eine, die im Idealfall Lena und Rick endlich so zusammenbrachte, wie das seiner Ansicht nach seit vielen Jahren richtig gewesen wäre. Nun musste er nur noch auf eine Gelegenheit warten, Lena eine Anmeldung auf diesem Portal schmackhaft zu machen – was natürlich leichter gewesen wäre, wenn sie noch bei ihm im Haus wohnen würde.

Von draußen war immer wieder Gehämmer und Gezeter zu hören. Und als es ihm dann doch auf die Nerven ging, machte er sich auf den Weg hinunter in den Keller, wo er ein, zwei Stunden mit seiner Modelleisenbahn spielte. Als Erstes rangierte er den neu erstandenen Waggon mit der Werbeaufschrift seines Flirtportals auf ein Abstellgleis, dann steuerte er den TEE Casanova gemächlich durch die Landschaft, ließ ihn an Schloss Neuschwanstein vorbeigleiten, durch den Bahnhof Burgschwabach und vorüber am Haltepunkt Hellengerst und am nagelneuen Güterschuppen Langwies. Er fuhr langsam, ob bergauf oder bergab, durch Tunnel oder über Brücken, und immer folgte er mit seinem Blick dem inmitten des Zuges angekuppelten, kitschig lackierten Hochzeitswagen mit der geschwungenen Beschriftung »viaggio di nozze« auf beiden Seiten.

Lächelnd schaltete er irgendwann die Anlage aus und ging nach oben zum Telefon, um Rania zu bitten, Lena ein besonders gutes Zeugnis auszustellen und ihn über alles auf dem Laufenden zu halten, was sie über Lena in Erfahrung bringen konnte.

*

Rania legte den Hörer weg und ging ans Fenster. Nachdenklich schaute sie hinunter auf die Stadt. Sie bemerkte nicht, wie sich Violetta Weck von ihr verabschiedete. Zweimal rief ihr die Chefin ein fröhliches »Tschüs, bis morgen!« zu, dann zog sie leise die Tür hinter sich ins Schloss, weil offensichtlich war, dass ihre beste Mitarbeiterin tief in Gedanken versunken war.

Violetta selbst war etwas überdreht, weil sie vorhin einen Anruf von ihrer Tochter bekommen hatte, aber ausgerechnet in diesem Moment nicht rangehen konnte. Josi hatte ihr auf die Mailbox gesprochen, und auch, wenn ihre Stimme so bockig klang wie immer – ihre Tochter hatte versucht, mit ihr zu reden, zum ersten Mal nach langer Zeit. Die Abschiedsformulierung – »Brauchst nicht zurückzurufen, ich versuch's noch einmal« – klang zwar nicht euphorisch, war aber doch besser als alles, was sie in den vergangenen Jahren von Josi zu hören bekommen hatte. Eine Weile hatte sie darüber nachgedacht, ob sie einfach zur Wohnung ihrer Tochter fahren sollte, wo sie ohnehin immer wieder mal abends im Schatten verborgen stand und heimlich zu den Fenstern hinaufschaute. Dann entschied sie sich dafür, den nächsten Anruf ihrer Tochter abzuwarten. Nur erreichbar, das wollte sie ab sofort ständig sein.

Rania dachte über Jonathan Haber nach. Über die Veränderungen, die in ihm vorgegangen waren. Über Lena, die nun nicht mehr für ihn arbeitete, die ihn aber offensichtlich noch sehr interessierte. Und über alles, was sie durch ihre Recherchen über Violetta Weck und ihre Tochter Josephine herausgefunden hatte.

Ein paar Fragen waren noch offen. Und es war gut möglich, dass die Antworten darauf nicht nur für Rania handfeste Überraschungen bereithalten würden. Dass sie sich für Haber über Lena Rohland erkundigen und ihm danach Bericht erstatten sollte, kam ihr jedenfalls gerade recht. Sie ließ ihren Blick über die Stadt schweifen, dann wandte sie sich um, schnappte ihre Tasche und verließ das Büro.

Vielleicht würde sie Jonathan Haber mehr berichten können, als er je erhofft hatte.

⁂

Die Abende in der Bar »Zur scheena Leich« verbrachte Jonathan Haber in einer seltsamen Mischung verschiedener Gefühle. Einerseits genoss er es, dass er Hans und Rick und Lissy und einige andere traf, mit denen er sich prächtig unterhielt und die ihn zu mögen schienen. Auch war er froh, dass er in nächster Zeit nicht befürchten musste, dass Lena ihn hier sehen und auf diese Weise erfahren würde, dass er gewissermaßen zu ihrem erweiterten Freundeskreis gehörte, ohne dass sie es ahnte – Lena hatte, wie er an einem dieser Abende erfuhr, eine gute Stelle und eine Wohnung in Köln gefunden. Andererseits hätte er sich nur zu gern mal wieder mit Lena unterhalten. Auch wenn er dabei immer sehr hatte darauf achten müssen, sich nicht zu verplappern: Die Gespräche mit ihr fehlten ihm.

Natürlich ging es Rick genauso, und für ihn war alles sicher noch viel schlimmer. Man sah es ihm an, wie schlecht er mit der derzeitigen Situation zurechtkam. Die Ringe unter seinen Augen wurden tiefer und dunkler, ab und zu reagierte er gereizt auf Sonderwünsche von Gästen, was früher nie vorgekommen war. Und wann immer das Gespräch auf Lena kam, versank er fast im Handumdrehen in trüber Stimmung.

Und das Gespräch kam oft auf Lena, vor allem, wenn Lissy da war. Sie besuchte ihre Freundin regelmäßig, und danach hatte sie das dringende Bedürfnis, alles brühwarm zu erzählen, was sie in Köln in Erfahrung gebracht hatte. Jonathan war das nur recht, und Rick hörte sich manches zwar mit der Körperhaltung eines geprügelten Hundes an, aber letztendlich wollte auch er alles ganz genau wissen: Wie ging es Lena, wie gefiel ihr der neue Job – und hatte sie womöglich einen neuen Freund?

Einmal war Lissy diesem Thema ausgewichen, und Rick hatte sie – vermutlich zu Recht – so verstanden, dass Lena verliebt war und ihre Freundin ihm nur nicht wehtun wollte. Doch nach ihrem nächsten Besuch erzählte sie so ausführlich von der Kneipentour, die sie gemeinsam – und vor allem: zu zweit! – unternommen hatten, und von der Wohnung, in der Lena nach wie vor alleine lebte, dass Rick wieder leidlich beruhigt war. Jonathan wiederum nahm an, dass es einen etwaigen neuen Freund von Lena, von dem Lissy nach dem ersten Besuch möglicherweise nicht hatte erzählen wollen, entweder nie gegeben hatte oder dass er inzwischen wieder abgehakt war.

Zwischen solchen Gesprächen vergingen eher nur Tage als Wochen. Lissy war manchmal von Samstag auf Sonntag in Köln und dann am Mittwoch schon wieder, und auch in der »Scheena Leich« trafen sich die Freunde mehrmals die Woche. Wenn viel Trubel war in der Bar, quatschten Lissy und Jonathan manchmal stundenlang, steckten die Köpfe zusammen, lachten miteinander und verabschiedeten sich schließlich mit Küsschen links und Küsschen rechts. Hans und einige Stammgäste fragten sich zwar ab und an, ob Lenas Freundin kurz davor war, sich in diesen graumelierten Mittfünfziger zu verlieben, der mit jedem Besuch in der Bar mehr auftaute und sich charmanter gab. Doch die beiden wussten, dass aus ihnen nie mehr werden würde als gute Freunde – und beide waren sie es zufrieden. Lissy erzählte Jonathan von ihren wechselnden Männerbekanntschaften, und ihm war alles recht, »solange du mich niemandem von denen mehr als deinen Vater vorstellst«, wie er ab und zu lachend sagte.

»Und was machen wir nun mit Lena und mit ihm?«

Lissy nickte zu Rick hinüber, der gerade alle Hände voll zu tun hatte, die bestellten Cocktails zu mixen.

»Eine Idee hätte ich tatsächlich«, sagte Jonathan, und er zückte sein Smartphone. Geschickt und schnell tippte er ein paar Zeichen ein und hielt Lissy das Display hin. Sie überflog den Namen der aufgerufenen Internetseite, dann sah sie ihn fragend an.

»Das kenn ich gar nicht. Ist das so eine Flirtapp?«

»Keine App, sondern eine Internetseite zum Kennenlernen, ein Flirtportal.«

Lissy zuckte mit den Schultern.

»App oder Seite – mir ist das egal, Hauptsache, es funktioniert. Und – funktioniert's?«

»Offiziell ist die Seite noch gar nicht online, aber …« Er beugte sich ein wenig zu Lissy hin und senkte seine Stimme. »… aber ich kenn den Chef des Portals von früher, er hat mir die Adresse der Betaversion gegeben.«

»Na ja, mit Online-Flirts hat es Lena nicht mehr so, seit sie darüber diesen Trottel Ralf kennengelernt hat. Hab ich dir das nicht erzählt?«

»Doch, hast du. Aber wie gesagt: Dieses Portal ist offiziell noch gar nicht in Betrieb.«

»Umso weniger taugt es für Lena, oder?«

»Im Gegenteil, Lissy.«

»Hä?«

Jonathan grinste.

»Also … Wir haben hier die Betaversion einer Flirtseite – der man aber nicht ansieht, dass es erst eine Betaversion ist.«

Lissy warf noch einen Blick auf das Display und nickte.

»Gut. Da das Portal aber noch nicht wirklich in Betrieb ist, hat es natürlich auch noch keine Nutzer, verstehst du?«

»Schon, aber was hat das mit Lena zu tun?«

»Stell dir vor, Lena würde sich dort registrieren – und Rick würde sich dort registrieren. Die beiden wären die einzigen Nutzer, also müssten sie einander ja zwingend als idealer Partner empfohlen werden, nicht wahr?«

»Na ja … aber wenn da sonst niemand registriert ist … da riecht Lena doch Meilen gegen den Wind, dass mit dieser Seite irgendetwas faul ist!«

»Nicht unbedingt. Mein Bekannter hat natürlich unzählige fiktive Teilnehmer in seiner Datenbank, teils mit Fotos, mit allen möglichen Merkmalen, Wohnortangaben und was weiß ich noch alles. Die sind nicht real, aber das würde Lena nicht erkennen können – genauso wenig wie sie dieser Seite den Betastatus ansieht, verstehst du?«

»Schon, aber …«

»Oh Mann, was bist du eigentlich gerade für eine Bedenkenträgerin? Willst du nicht auch, dass Lena endlich wieder glücklich ist? Und dass sie am besten mit Rick zusammenkommt?«

Sie zuckte mit den Schultern.

»Du hast doch Lena in Köln sicher auch schon mal auf Rick angesprochen, so ganz beiläufig, oder?«

»Ja.«

»Und?«

»Er fehlt ihr.«

»Na also. Und wie Rick leidet, siehst du ja.«

»Ja.«

»Glaubst du immer noch, dass die beiden nie mehr sein wollen und werden als gute Kumpel?«

»Nein, natürlich nicht. Du hast ja recht, Jonathan, aber …«

»Aber?«

»Nehmen wir mal an, ich bringe Lena dazu, sich auf diesem Portal zu registrieren – und das nach den Erfahrungen, die sie mit dem anderen gemacht hat …«

»Du schaffst das schon, Lissy.«

»Meinetwegen. Und dann schaffen wir es auch noch, dass sich Rick dort registriert.«

»Klappt schon irgendwie.«

»So, wenn wir das alles hinbekommen haben – was machen wir dann, wenn sich Lena oder Rick in eine von diesen erfundenen Testfiguren verlieben? Da sind doch sicher auch tolle Frauen und irgendwelche Sixpacks mit dabei, oder?«

»Natürlich, aber alle haben ihre Macken, und das nicht zu knapp.«

Lissy stutzte und sah Jonathan prüfend an.

»Woher weißt du das eigentlich alles?«

»Wie gesagt, die Seite hat ein Bekannter von mir programmiert.«

»Und dann erzählt er dir alles brühwarm und gibt dir Hintergrundinfos, die er sonst keinem anvertraut? Ich weiß nicht recht …«

Sie schüttelte den Kopf und musterte Jonathan misstrauischer als je zuvor. Jetzt musste ihm schnell was einfallen … Um Zeit zu gewinnen, nippte er an seinem Glas, dann beschloss er, eine Lüge zu gebrauchen, in der ein wahrer Kern steckte.

»Gut, aber du sagst es niemandem?«

»Schaun wir mal.«

»Ich … ich habe etwas Geld, um es mal vorsichtig auszudrücken.«

»Schön, freut mich für dich. Und?«

»Na ja, es ist eigentlich sogar ziemlich viel Geld, und das weiß mein Bekannter.«

»Ja und? Jetzt lass dir nicht alles aus der Nase ziehen und erzähl endlich!«

»Im Moment bekommt man auf der Bank praktisch keine Zinsen für angelegtes Geld, wie du sicher weißt.«

»Ich hab nichts anzulegen, aber ja, ich hab darüber gelesen.«

»Also investiere ich mein Geld, teils in Aktien, aber noch lieber in aufstrebende Firmen und in Geschäftsprojekte, die ich für vielversprechend halte.«

Das war zwar glatt gelogen, weil er seit Jahren nichts in irgendwelche Geschäfte investiert und auch nichts an seinen Wertpapierbeständen verändert hatte – aber während er immer weiter vor sich hin fabulierte, kam ihm sogar die Idee, Risikokapital gegen die Aussicht einer vernünftigen Rendite zu vergeben, immer weniger blöd vor. Lissy jedenfalls schien ihm die Story abzunehmen, und Jonathan redete einfach weiter.

»Das weiß mein Bekannter, also hat er mir sein Projekt vorgestellt, und natürlich habe ich ihn ordentlich ausgefragt, bevor ich ihm meine Zusage gegeben habe. Diese Internetseite scheint vielversprechend zu sein. Ich habe bisher noch keines dieser Flirtportale genutzt – die paar Leute, die ich kennenlernen will, kann ich auch noch persönlich ansprechen. Aber er hat mir die Konkurrenz beschrieben, hat mir die einschlägigen und die wirtschaftlich erfolgreichsten Portale gezeigt, und im Vergleich mit all den anderen Anwendungen in diesem Bereich machte die Seite meines Bekannten tatsächlich eine gute Figur. Und wenn er dann irgendwann vielleicht noch eine App für Smartphones draufsetzt, kann er den Markt ganz schön anknabbern.«

Jonathan ließ eine kurze Pause, dann schob er nach: »Daher kenne ich alle Details und Hintergründe. Zufrieden?«

»Hm«, machte Lissy und bestellte bei Rick Nachschub für sich und für Jonathan.

Bis beide Gläser geleert waren und zwei neue Getränke vor ihnen standen, schwieg sie. Sie schien nachzudenken, und Jonathan hielt es für das Beste, seine Geschichte erst einmal wirken zu lassen. Und tatsächlich klang Lissy von seinem Vorschlag überzeugt, als sie sich endlich wieder zu Wort meldete.

»Okay«, sagte sie, »wir können es ja mal versuchen. Ich fahr übermorgen wieder nach Köln, dann nehme ich Lena nochmal ins Gebet – ich glaube schon, dass sie sich drauf einlässt, es mit diesem neuen Flirtportal zu versuchen.«

Lissys Aussprache war inzwischen etwas schleppend. Es war also durchaus möglich, dass sie mittlerweile auch nur zu betrunken war, um einen etwaigen Haken an der Geschichte zu bemerken. Aber solange sie auch am nächsten Morgen oder vor allem nach ihrer Ankunft in Köln noch derselben Meinung war, konnte Jonathan das egal sein.

»Und ich red mit Rick«, versprach er ihr. »Ich werde dafür sorgen, dass sich unser Trauerkloß nicht nur auf der Seite anmeldet, sondern dass er dort auch seine positiven Eigenschaften ins rechte Licht rückt.«

»Was ist mit welchem Trauerkloß?«, mischte sich nun Rick ein, und Lissy und Jonathan warfen sich einen schnellen Blick zu. Aber mehr als das eine Wort hatte der Barkeeper nicht von ihrer Unterhaltung aufgeschnappt, und weil es nun allmählich etwas ruhiger wurde in der »Scheena Leich«, gluckten sie bald zu dritt zusammen und schwelgten in alten Geschichten und in Anekdoten aus dem Barbetrieb.

Es wurde ein schöner Abend, und als Lissy und Jonathan sich von Rick verabschiedet und mit Hans fröhlich abgeklatscht hatten, drückten sie sich draußen noch einmal ganz fest und wünschten sich gegenseitig viel Erfolg.

*

Als Lissy ihn drei Tage später aus dem Zug anrief, auf der Rückfahrt aus Köln, schien alles aufs Gleis gesetzt. Lena hatte sich nach einigen Cocktails in der Südstadt dazu überreden lassen, die Flirtseite mal anzusehen, und sie hatte sich – zusammen mit Lissy – auch gleich mit Bild und persönlichen Infos registriert. Die beiden hatten eine Menge Spaß gehabt, das Flirtportal hatten sie zum Jux gleich getestet, aber zu Lissys großer Erleichterung meldete sich keiner der attraktiven Männer, die sie mit Adresse aus dem Kölner Raum im »Angebot« gefunden hatten – bis zuletzt war sie nicht sicher gewesen, ob diese Kontakte wirklich so erfunden waren wie Jonathan behauptet hatte. Schließlich konnte er ja nicht alles wissen, was sein Bekannter inzwischen vielleicht noch an der Seite verändert hatte.

Dann, einige Gläser später, hatte Lena ihrer Freundin von den beiden Güterwaggons erzählt, die in den Neugebauerweg geliefert worden waren, als sie dort Jonathan Haber betreut hatte. Doch da waren beide Frauen schon ziemlich beschwipst. Lissy hatte zuviel intus, um sich über diese Geschichte zu wundern und womöglich zu erkennen, dass die beiden Jonathans in Wirklichkeit ein und derselbe waren. Und als sie am nächsten Morgen mit dickem Kopf erwachte, war sie einfach nur froh, dass sie Lena für die Flirtseite hatte erwärmen können.

Auch Jonathan war erfolgreich gewesen. Gleich am Abend nach dem Gespräch mit Lissy hatte er es besonders lange in der Bar ausgehalten, und als die anderen Gäste gegangen waren und sich auch Hans gähnend auf den Nachhauseweg machte, nahm Jonathan Rick für ein »Gespräch unter Männern« beiseite, wie er sich ausdrückte. Eine Flasche Rotwein später war daraus ein Gespräch unter leicht angetrunkenen Männern und aus Rick ein Teilnehmer des Flirtportals geworden.

Jonathan ermunterte ihn, die Sache gleich auf seinem Smartphone auszuprobieren. Er führte ihm vor, wie man die Suchfilter nutzte, und zeigte ihm, welche Ergebnisse man erhielt, wenn man nicht alle Merkmale ausdrücklich eingab, die man von seiner Traumfrau erwartete. Rick war erst sehr zufrieden mit den Treffern, die er erzielte – bis er die einzelnen Porträts öffnete und sich die Angaben der Frauen bis zum Ende durchlas. Manchmal stolperte er über die Wünsche an den potenziellen Partner, mal über die angegebenen Hobbies, mal über sexuelle Vorlieben.

»Echt?«, staunte Rick und deutete auf die entsprechenden Einträge. »Das meint die wirklich so?«

Jonathan zuckte grinsend die Schulter und riet ihm, die Suche einfach noch weiter einzugrenzen. Irgendwann hatte Rick den Bogen raus, und die beiden wankten hinaus und winkten sich zwei Taxis herbei.

»So«, freute sich Lissy, nachdem Jonathan ihr von seinem Erfolg bei Rick berichtet hatte, »nun müssen wir nur noch warten, dass die Flirtklitsche deines Bekannten ganze Arbeit leistet.«

Zwei Likes mit Folgen

Lena hatte den Tag mit Lissy sehr genossen, und auch das Stöbern auf diesem neuen Flirtportal hatte Spaß gemacht. Sie hatten miteinander gekichert und herumgealbert wie immer, und als Lena allein in ihrer Kölner Wohnung saß, sich zu einem Glas Wein vom Fernsehprogramm berieseln ließ und den Kasten nach einer Weile gelangweilt ausschaltete, blinkte das kleine Lämpchen noch immer, das den Standby-Modus ihres Laptops anzeigte. Sie ging mit ihrem Glas zum Schreibtisch hinüber, klappte den Laptop auf und wollte zu ihrer Online-Videothek surfen, als sie wieder die Startseite des Flirtportals vor sich sah – und sich nach kurzem Zögern erneut einloggte.

Halb interessiert, halb amüsiert scrollte sie sich durch die Liste der Treffer, die das Portal auf ihre Angaben hin ausgespuckt hatte. Viele Porträts wurden in der Übersicht mit einem Foto und einer Kurzbeschreibung der Flirtwilligen angezeigt. Mal blieb sie beim einen, mal beim anderen einen Moment lang hängen – und klickte schließlich das Foto eines sympathisch wirkenden Mannes an. Sven, Mitte dreißig, Investment-Banker, Wohnungen in Frankfurt und London – und »interessiert an einer kunterbunten Wochenend-Beziehung«. Was er darunter wohl verstand? Lena dachte eine Weile darüber nach, dann klickte sie auf »Nachricht senden« und schickte die Frage kurzerhand ab.

Nun ging sie nicht erst zurück auf die Listenansicht, sondern nutzte einen Pfeil, der sie direkt zum Porträt des nächsten Mannes führte. Mehr oder weniger witzig versuchten sich manche darzustellen, und wenn sie besonders dämliche Sprüche las wie »Swing ist toll – Swinger auch«, klickte sie lachend und kopfschüttelnd weiter zum nächsten Kandidaten.

Nicht alle registrierten Männer hatten ein Bild von sich online gestellt, und Lena konnte das gut verstehen. Auch sie hatte auf den Upload eines Fotos verzichtet und sich zudem unter einem Pseudonym – Ronja – angemeldet.

Der nächste Kandidat, über den sie stolperte, hätte sein Foto besser ebenfalls weggelassen. Er wirkte etwas pummelig und hielt mit fliehender Stirn und dünnem Bartflaum reichlich Abstand zu einem Adonis. Er versuchte, sich sehr jugendlich zu geben, zitierte den Text zu Cros Hit »Einmal um die Welt« und ließ durchblicken, dass er nicht unbedingt arm war.

Lena klickte weiter.

Es folgte eine Porträtseite ohne Foto. Der Mann gab sich so zurückhaltend, wie das auf einem solchen Portal eben ging. Neben den bloßen Daten über seine Person – zwei Jahre älter als Lena, einssechsundachtzig groß, schlank – gestand er noch seine Schüchternheit ein und seine Probleme damit, Gefühle zu äußern. Das gefiel Lena, aber vor allem sprach sie die Metapher an, in die er sein kleines Geständnis verpackte: »Ich kann dir jeden Cocktail mixen, den du magst – aber die Mischung für mein eigenes Leben bekomme ich einfach nicht hin.«

Sie las den Text einmal, zweimal, dann schrieb sie »LiveMix87« eine Nachricht und ging in die Küche, um sich nachzuschenken. Der Bildschirm des Laptops zeigte an, dass auf ihre erste Nachricht geantwortet worden war. Sven, der Investment-Banker, hatte ihr geschrieben, und er hatte ihr ein »Like« spendiert.

»Hey, Ronja! Freut mich, dass du mir schreibst. Kunterbunte Wochenend-Beziehung – das heißt, dass ich nichts von ausgetretenen Pfaden halte, dass ich mit dir wegen meines Jobs nicht die ganze Woche zusammen sein kann, aber ich sag nur: ›quality time‹. Und wie sieht's bei dir aus?«

»Quality time?« Lena wollte die Nachricht schon wegklicken, als sie beschloss, diesem Typen, der wegen seines Business-Gefasels auf keinen Fall mehr infrage kam, einfach so zum Spaß auf den Zahn zu fühlen.

»Cool«, schwindelte Lena deshalb in ihrer nächsten Nachricht. »London klingt super. Hast du denn Fotos?«

Es dauerte keine fünf Minuten, bis sie die Bilder vor sich hatte. Bild eins: ein Wohnturm in der Nacht, großzügige Fenster, Blick aufs London Eye. Bild zwei: eine kühle, sehr moderne und vermutlich furchtbar teure Innenausstattung. Bild drei: ein Mann auf einem stählernen Stuhl, bekleidet nur mit Ledermütze und straff sitzendem Hüftgürtel. Lena lachte schallend, als sie die nächste Nachricht schrieb.

»Sieht toll aus. Ich wünsch dir viel Glück, und tschüs!«

Es kamen noch zwei Nachrichten von Hüftgürtel-Sven, die sie nicht mehr beantwortete, dann war Ruhe. Lena trank ihren Wein aus und ging ins Bad. Auf dem Weg ins Schlafzimmer schlurfte sie noch einmal am Laptop vorbei: Nun hatte auch »LiveMix87« geantwortet, und auch er hatte sie mit einem »Like« markiert. Sie las seinen ziemlich langen Text durch. Das schien ein netter Kerl zu sein, der keine unappetitlichen Vorlieben hatte – nur war zwischen den Zeilen zu erkennen, dass er derzeit noch recht heftig mit Liebeskummer zu tun hatte.

Als Lena zu Bett ging, dachte sie darüber nach, ob sie das abschrecken würde – oder ob sich zwei Menschen, die möglicherweise Ähnliches erlebt hatten, nicht umso besser verstehen würden.

⁂

Jonathan blieb noch lange wach. Er hatte das Flirtportal oft auf dem Bildschirm, um nur ja nicht zu verpassen, wenn Rick und Lena wie erhofft aufeinandertrafen. Alle Nachrichten, die an eins der Fake-Profile gingen, landeten bei ihm – und so hatte er nach einer Weile auch Lenas Frage an den Investment-Banker Sven auf dem Monitor. Erst wollte er in der Antwort durchblicken lassen, dass er Lena als eine von vielen Teilzeit-Partnerinnen haben wollte – aber ihm fiel keine passende Formulierung ein. Dann dachte er daran, dass er mit der Frage »Magst du Tiere?« womöglich einfädeln konnte, Sven als Sodomisten darzustellen – aber das verwarf er sofort wieder.

Schließlich kam ihm die Idee mit der »Quality Time«, und er machte sich daran, den fiktiven Banker Sven als Schnösel mit Sprechblasenweisheiten zu präsentieren. Und als sie nach Fotos fragte, konnte er nicht widerstehen: Im Internet fand er auf der Homepage eines exklusiven Immobilienmaklers zügig zwei Fotos eines Londoner Luxusappartments – und nach einiger Suche auch das Foto eines fast nackten Mannes mit Lederaccessoires. Das hatte die erhoffte Wirkung. Zur Sicherheit schob er noch zwei Nachrichten hinterher, die Svens Chancen – sofern er noch welche hatte – vollends platzen lassen müssten, aber es kam keine Antwort mehr.

⁂

Rick war an diesem Abend etwas früher nach Hause gegangen. Sein Profil in diesem Flirtportal hatte er mit Jonathans Hilfe über sein Smartphone eingegeben, aber was daraus werden würde – das wollte er nicht in der Bar beobachten, wo ihm jeder über die Schulter schauen und ihm hinterher unangenehme Fragen stellen konnte. Deshalb geduldete er sich, bis sein altersschwacher PC hochgefahren war und er mit einem Feierabendbier vor dem Bildschirm saß. »Ronja« hatte geschrieben. Ihr Text wirkte nett, sie schien eine Frau zu sein, mit der man sich gut unterhalten und mit der man alles Mögliche unternehmen konnte. Jedenfalls glaubte Rick das aus ihrer Nachricht herauslesen zu können. Manches erinnerte ihn an Lena, und als ihm das zu sehr wehtat, schob er nach dem ersten Bier einen doppelten Whisky ein und machte dann die nächste Flasche auf. Es dauerte ein bisschen, bis er sich überwand, aber dann begann er »Ronja« zu schreiben und beschloss, ihr auch von dem Gefühlschaos zu berichten, in dem er sich befand. Dann löschte er einen Teil der Nachricht, tilgte vor allem Lenas Namen aus seiner Schilderung, las den Text noch einmal, kürzte hier und da und war am Ende zufrieden damit, dass sein Liebeskummer nun nur noch zwischen den Zeilen zu erahnen war. Wenn sie sich auf dieser Basis mit ihm einlassen wollte, würde er es einfach mal versuchen.

Sie antwortete nicht. Eine Stunde, zwei, fast drei vergingen, und Rick war in seinem bequemen Bürostuhl eingeschlafen, als sich der PC mit einem lauten »Pling!« bemerkbar machte. Eine Antwort war eingegangen. Rick sah auf die Uhr. Es war mitten in der Nacht.

»Hallo, LiveMix87«, begann der Text. »Tut mir leid, wenn ich dich so spät noch störe. Danke für dein ›Like‹, und danke für deine liebe Nachricht. Mir geht es ähnlich wie dir, und weil ich darüber nachdenken musste, konnte ich bisher nicht einschlafen. Und was hast du für eine Ausrede, jetzt noch wach zu sein – falls du nicht längst schläfst?«

»Liebeskummer, ein bisschen. Und Freude an deinen Nachrichten, ein bisschen mehr.«

»Das klingt schön. Vielleicht sollten wir uns irgendwann mal treffen, was meinst du?«

»Ja, sehr gern. Ich wohne in Stuttgart, kann aber auch gern zu dir fahren. Hier kenne ich ein paar nette Cafés oder Kneipen – bei dir müsstest du halt die Tipps parat haben.«

Es dauerte eine Weile, bis die nächste Nachricht von »Ronja« kam.

»Stuttgart?«

»Ja. Ist das ein Problem?«

Wieder entstand eine Pause, dann erschien eine neue Nachricht von »Ronja« auf dem Monitor.

»Magst du mir ein Foto von dir schicken?«

Rick zögerte nur kurz, dann lud er ein Bild von sich hoch, das ihn lächelnd und mixend hinter dem Tresen der »Scheena Leich« zeigte. Auf dem Foto, fand Rick, machte er eine richtig gute Figur. Aber es kam keine Antwort mehr.

⁂

Natürlich wollten sich Lissy und Jonathan von nun an jeden Abend in der Bar »Zur scheena Leich« treffen, um nur ja nicht den Moment zu verpassen, an dem Rick und Lena mit der Nase aufeinandergestoßen wurden. Entweder bekämen sie ihre richtigen Namen heraus – oder Rick würde ihnen euphorisch vom anstehenden Treffen mit einer Unbekannten berichten, mit der er sich auf dem Portal ausgetauscht und angefreundet hatte.

Gleich am ersten Abend war Rick schweigsamer als sonst. Er wirkte nachdenklich, und als Jonathan und Lissy ihn neckten und ihm zuriefen, dass er sich aufführe wie ein unglücklich verliebter Neuntklässler, wurde er ärgerlich und war erst nach mehr als einer Stunde wieder dazu aufgelegt, überhaupt mit ihnen zu sprechen.

»In der neunten Klasse bin ich zwar schon lange nicht mehr«, sagte er ihnen, als gerade alle Gäste versorgt waren und er Zeit für eine kurze Pause hatte. »Aber mit dem Mädchen, in das ich damals verliebt war, hat meine Laune tatsächlich zu tun. Zumindest indirekt.«

Lissy verkniff sich ein Grinsen, machte große Augen und tat ganz erstaunt.

»Du sprichst jetzt aber nicht wirklich von Lena, oder?«

Er nickte nur und trank einen großen Schluck Rotwein.

»Hat sie dich endlich angerufen?«, fragte sie scheinheilig und zwinkerte Jonathan zu. Rick bemerkte es nicht, er hatte den Blick gesenkt und schüttelte jetzt den Kopf. Die beiden warteten, bis er endlich zu erzählen begann.

»Jonathan hat mich gestern bequatscht, dass ich mal eine dieser … dieser Flirtseiten ausprobiere.«

»Echt, Jonathan? Woher kennst du denn solche Portale? Bist wohl selbst auf der Suche, was?«

Lissy übertrieb hemmungslos und zwinkerte ihm schon wieder zu, und es war ihr auch anzumerken, dass sie nur mit großer Mühe halbwegs ernst bleiben konnte. Rick war allerdings so sehr mit sich und seinen Gedanken beschäftigt, dass er nichts um sich herum wirklich wahrnahm.

»Jedenfalls habe ich gestern Nacht noch ein bisschen in diesem Portal herumgestöbert, und … und ich hatte einen Treffer.«

»Na, das ist doch super!«

Lissys Freude war echt, und nun durfte sie auch endlich lachen und strahlen, ohne dass sie Rick damit stutzig machte.

»Und, wer ist es?«, fragte sie, als wisse sie nicht schon längst Bescheid. »Jemand hier aus der Gegend? Hübsch? Nett?«

Rick sah sie traurig an.

»Das weiß ich nicht. Aber sie hat viel von dem Mädchen, in das ich schon in der neunten Klasse verliebt war.«

»Von Lena? Ist die auch auf diesem Flirtportal unterwegs? Echt?«

Jonathan warf Lissy einen warnenden Blick zu. Sie trug viel zu dick auf, aber Rick konzentrierte sich nach wie vor so sehr auf seine Geschichte, dass ihm das nicht auffiel.

»Ich habe angegeben, was mir an einer Partnerin wichtig wäre, selbst die kleinsten Kleinigkeiten habe ich angegeben – es ist schon erstaunlich, was dieses Portal alles an Merkmalen zur Auswahl stellt. Fast zwei Stunden lang habe ich mir den Kopf über meine Traumfrau zerbrochen … und als ich dann endlich auf ›finden‹ geklickt habe, dauerte es keine Sekunde, bis ich diesen Eintrag vor mir hatte. Sie heißt Ronja, wo sie wohnt, weiß ich nicht. Ich hab ihr gegenüber sogar angedeutet, dass ich im Moment etwas … dass ich eher nicht so gut drauf bin. Sie hat Verständnis gezeigt, wir haben uns gut unterhalten – also ich meine, wir haben uns nette Nachrichten geschrieben, eine Zeitlang. Dann wollte sie, dass ich ihr ein Foto schicke – und dann hat sie sich nicht mehr gemeldet.«

Rick zuckte mit den Schultern.

»Wahrscheinlich findet sie mich hässlich, und das war's schon wieder mit dem netten Kontakt.«

»Blödsinn, Rick, du siehst doch super aus.«

Er lächelte traurig.

»Na ja, egal. Ich verspreche mir von solchen Onlinedatings eh nichts. Aber …«

»Aber was?«

Lissy war ganz Ohr.

»Die Frau fand ich wirklich sympathisch. Sie hat mich …« Rick schluckte. »Sie hat mich halt so stark an Lena erinnert.«

»Echt?«, posaunte Lissy los, und Jonathan hatte es inzwischen aufgegeben, sie noch stoppen zu wollen. »Vielleicht ist ja Ronja gar nicht ihr richtiger Name, vielleicht …«

»Vielleicht – was?«

»Stell dir vor, diese ›Ronja‹ wäre in Wirklichkeit Lena – und ihr würdet euch auf diese Weise wieder treffen und dann, endlich, doch noch zusammenkommen!«

»Sehr witzig, Lissy. Träum weiter. Lena ist in Köln, sie hat mir ziemlich deutlich gemacht, was sie von mir hält – das muss ich jetzt ein für alle Mal akzeptieren.«

»Und diese ›Ronja‹? Trefft ihr euch? Rufst du sie an? Mailst du ihr?«

»Wie gesagt: Seit ich ihr ein Foto von mir geschickt habe, hat sie sich nicht mehr gemeldet.«

Jonathan klopfte ihm auf die Schulter.

»Sie wird sich schon wieder melden«, redete er ihm aufmunternd zu.

»Wenn du meinst.«

Rick schaute Jonathan aus trüben Augen an, dann wurde seine Aufmerksamkeit zur Tür gelenkt. Hans war zu hören, wie er jemanden mit großer Freude begrüßte. Einen Stammgast vermutlich, der lange nicht hier gewesen war. Schritte näherten sich, die Stimme von Hans wurde lauter, und als sich Lissy und Jonathan wunderten, warum Rick so entgeistert an ihnen vorbeistarrte, drehten sie sich um.

»Na, noch immer fleißig am Verkuppeln?«

Lena stand vor ihnen, die Lippen zusammengepresst, der Blick flackernd vor unterdrückter Wut.

⁂

»So, der Herr Haber ist auch da, wie schön. Dann hab ich euch ja alle beisammen.«

Lena war auf den freien Barhocker neben Lissy geklettert und hatte bei Rick, der sie mit offenem Mund anstarrte, zweimal ein Bier ordern müssen, bevor er sich endlich aufraffen konnte, ihr eins zu zapfen. Nun stand er hinter seiner Bar und sah Lena mit großen Augen an. Sie war offensichtlich nicht gerade guter Laune, sondern ziemlich wütend. Lissy schaute verwundert zwischen den anderen hin und her, und Jonathan suchte auf dem Boden nach einem Loch, in dem er verschwinden konnte. Hans hatte sich neben Rick hinter den Tresen gestellt und beobachtete nun mit großem Interesse, was sich aus Lenas überraschendem Besuch ergeben würde.

»Herr Haber? Wieso Herr Haber?«

Lissy stammelte mehr als sie sprach, und viel verwirrter konnte ihr Gesichtsausdruck wohl nicht mehr werden.

»Darf ich vorstellen?«, antwortete Lena in ätzendem Tonfall. »Jonathan Haber, der Mann mit den beiden gebrochenen Handgelenken, den ich in seiner Villa gepflegt und betreut habe.«

»Du … Sie …?«

Lissy brachte nun gar keinen Satz mehr zustande, aber das übernahm Lena für sie.

»Also, nun mal der Reihe nach. Das hier ist also Herr Haber, den du als Jonathan kennengelernt hast – er und der Typ in der Villa, der Handys und Internet hasst, sind ein und derselbe.«

»Aber er hat doch ein Handy«, protestierte Lissy lahm und deutete auf das teure Smartphone, das aus Jonathans Hosentasche lugte.

»Ja, und er geht auch aus dem Haus, obwohl er immer so getan hat, als hätte er sich auf seinem Anwesen vergraben und vor der Welt versteckt.«

»Moment mal«, protestierte nun Jonathan. »Man wird sich ja wohl noch ändern dürfen im Leben, oder? Und daran sind Sie nicht unschuldig, Lena. Ich wollte wirklich jahrelang niemanden sehen und wollte allein sein, nichts von anderen Menschen wissen und nichts von der Stadt, in der ich mich eingeigelt hatte.«

Lena schnaubte.

»Und jetzt?«, fragte sie, und ihr Tonfall klang außerordentlich genervt. »Kommt jetzt sowas wie ›Sie haben mir die Augen geöffnet‹? Bitte nicht!«

Jonathan zuckte mit den Schultern.

»Ich hoffe, ich hätte es nicht so geschwollen ausgedrückt, aber ja: So ungefähr war's.«

»Bitte, gern geschehen«, ätzte sie. »Und zum Dank legen Sie mich rein? Na, ich danke!«

»Aber ich hab Sie doch nicht reingelegt!«

Lenas Augenbrauen gingen nach oben, und Jonathan hob beschwichtigend beide Hände.

»Ich wollte Ihnen nur helfen. Ihnen ging es so furchtbar elend, nachdem dieser Trottel Sie betrogen hatte … das habe ich irgendwann einfach nicht mehr ausgehalten. Ich wollte unbedingt etwas tun … wollte Ihnen – wie gesagt – nur helfen.«

»Wie edel von Ihnen!«, höhnte Lena. »Und deshalb haben Sie sich in meinen Freundeskreis eingeschlichen? Haben sich an meine beste Freundin rangewanzt? Haben sich in mein Privatleben eingemischt, mit der Krönung, dass Sie mich mit meinem Jugendfreund Rick verkuppeln wollen? Na, vielen Dank auch! Da geht's mir doch schon viel besser!«

»Jetzt mach mal einen Punkt, Lena«, sprang Lissy ihm bei. »Kann ja sein, dass du Jonathan übel nimmst, dass er all das hinter deinem Rücken gemacht hat, aber das mit der Flirtseite war nicht nur seine Idee, da hatte ich genauso meine Finger im Spiel.«

»Du hast mich überredet, mich dort zu registrieren, das stimmt schon, aber sei's drum. Du bist meine Freundin, du hast es nur gut gemeint, und im Grunde genommen hast du mich nicht angelogen – anders als er hier!«

Sie fixierte Jonathan mit kaum verhohlener Wut.

»Nur mal ein Beispiel, Lissy: Abends kam er hierher, hat sich bei euch eingeschleimt und hat euch wahrscheinlich ganz beiläufig über mich ausgehorcht – und am nächsten Morgen hat er sich wieder seine abnehmbaren Armverbände angelegt und hat mir den hilflosen Verletzten vorgespielt. Pfui Teufel!«

Jonathan hatte beschlossen, die Tiraden einfach über sich ergehen zu lassen. Auch dass Hans inzwischen die

Stirn runzelte und ihn weit weniger freundlich als sonst ansah, nahm er in Kauf. Wenn am Ende wenigstens das Resultat blieb, dass Rick und Lena zusammenkamen, sollte es ihm recht sein. Sollte sie ihn doch beschimpfen! Wenn das der Preis dafür war, dass sein Plan aufging, würde er damit schon klarkommen. Doch dann wechselte Lena das Thema, und sein Plan löste sich in Luft auf.

»Und dann lässt du dich von ihm einspannen, um Rick und mich auf dieser seltsamen Internetseite zu verbandeln. Mensch, Lissy, etwas mehr Grips hätte ich dir schon zugetraut!«

»Also hör mal!«, protestierte Lissy. »Das geht jetzt aber zu weit! Nur, weil du zu blöd bist, zu merken, wie gern Rick dich hat und wie gut ihr beiden zusammenpassen würdet, musst du mich hier nicht auch noch beschimpfen! Vielleicht solltest du froh sein, dass Jonathan den Programmierer des Portals kennt – so konnten wir dem Glück ein wenig nachhelfen. Und das hat ja auch funktioniert, nicht wahr? Schließlich haben Rick und du nach passenden Partnern auf dem Portal gesucht, sei es aus Spaß oder aus echtem Interesse – und am Ende seid ihr euch gegenseitig für eine Partnerschaft empfohlen worden. Wenn das nicht eindeutig ist!«

Sie zwinkerte Jonathan kurz zu, aber der wich ihrem Blick aus.

»So?«, fragte Lena. »Jonathan Haber kennt den Programmierer des Portals? Hat er dir das genau so gesagt?«

»Ja, hat er.«

»Okay, das ist ja wenigstens nicht mal gelogen.«

»Gut, und warum sagst du das so eigenartig?«

»Darum«, antwortete Lena, tippte ein wenig auf ihrem Display herum und hielt Lissy dann das Handy hin. Die las die Angaben auf dem Monitor und bekam immer größere Augen.

»Schau, Lissy«, erklärte Lena unterdessen, »ich habe nach deinem Besuch gestern noch etwas in diesem Flirtportal gestöbert. Ich habe ein, zwei Nachrichten versendet – und der nettere der beiden Kandidaten schrieb mir von seinem Liebeskummer, wenn auch nur in Andeutungen. Ich fand ihn sympathisch, und als er erwähnte, dass er in Stuttgart lebt, habe ich das mit dem Mixen der Cocktails kombiniert, das er in seinem Profil angab. Daraufhin habe ich mir ein Foto von ihm schicken lassen – darauf war Rick zu sehen, hier in der Bar hinter dem Tresen.«

Hans sah verwirrt zwischen Rick und Lena hin und her.

»Das war ein bisschen viel Zufall oder meinetwegen Schicksal für meinen Geschmack. Also habe ich mal im Impressum des Portals nachgesehen, um herauszufinden, wer die Seite betreibt. Das Impressum war ein bisschen schlampig geführt, und als Betreiber wurde eine Firma genannt, deren Name mir nichts sagte. Danach habe ich den Namen des Flirtportals gegoogelt. Gefunden habe ich praktisch nichts – und das bei einer Seite, die zwar möglicherweise noch nicht lange im Netz ist, aber doch angeblich schon Tausende von Nutzern hat. Und von denen soll niemand in einem Blog oder einem Forum eine Bewertung abgegeben oder einen Kommentar hinterlegt haben? Das kam mir seltsam vor. Und dann habe ich auf denic.de nachgeschaut, wo alle Internetdomains und ihre Eigentümer aufgelistet werden. Und dort habe ich diesen Eintrag gefunden. Jonathan Haber, Neugebauerweg, Stuttgart, Eigentümer der Domain.«

Lissy las den Eintrag vom Display ab. Sie blieb stumm, aber ihre Lippen bewegten sich, und dann sah sie Jonathan so traurig, so enttäuscht und zugleich auch wütend werdend an, dass es ihn schier zerriss. Er wich ihrem Blick aus und sah lieber in Lenas unverändert vor Zorn blitzende Augen. Dass die Miene von Hans inzwischen geradezu versteinert wirkte, bemerkte er aus den Augenwinkeln, aber Lena wetterte bereits weiter.

»Sie haben uns alle belogen! Mich mit Ihrer blöden Verletzung, die schon lange ausgeheilt war, als ich Sie noch betreute. Lissy mit dem Portal, das angeblich ein Bekannter von Ihnen programmiert hat. Und Rick und noch einmal mich mit einer Internetseite, die eigentlich gar nicht existiert und die uns bei der Suche unter vermutlich lauter erfundenen Teilnehmern ausgerechnet uns beide als das ideale Paar vorschlägt. Wobei – mindestens einen echten Nutzer muss das Portal außer Rick und mir haben, einen Banker namens Sven.«

»Nein, der ist auch erfunden«, gestand Jonathan kleinlaut. »Seine Nachrichten habe ich selbst geschrieben.«

»Super!«

»Aber sehen Sie denn nicht wenigstens ein, dass Sie beide wirklich das ideale Paar sind, Sie und Rick?«

Rick hatte die ganze Zeit ein Glas poliert. Inzwischen glänzte es längst, aber er polierte einfach weiter. Hinter seiner Stirn arbeitete es, und seine Augen schimmerten feucht. Lena wiederum war so mit ihrer Wut beschäftigt, dass ihr alles andere offenbar gleichgültig war. Sie beachtete Rick nicht weiter, sondern funkelte nach wie vor Jonathan an.

»Wie kommen Sie eigentlich darauf, dass ich es nötig hätte, mir von Ihnen einen Kerl aufschwatzen zu lassen? Glauben Sie denn nicht, dass ich groß genug bin, selbst für mein Glück zu sorgen?«

Das »Nein« lag Jonathan auf der Zunge, aber er schwieg.

»Ich muss mir nicht von Ihnen irgendeinen Mann auf dem Silbertablett servieren lassen, von dem Sie glauben, er wäre der richtige für mich, verstanden? Und jetzt fahr ich zurück nach Köln, und von euch dreien will ich erst einmal nichts mehr hören, ist das klar? Von Ihnen sowieso nicht, Herr Haber. Von dir auch nicht, Lissy – zumindest nicht, bis du wieder klar genug bist im Kopf, um dich nicht von jedem unter fadenscheinigen Vorwänden vor den Karren spannen zu lassen. Und dich, Rick …«

Sie hielt inne, sah ihn an, schüttelte den Kopf, trank ihr Bier aus, legte einen Fünf-Euro-Schein auf den Tresen – und weg war sie.

Lissy stand wie angewurzelt. Dann trank sie ihr Glas aus, wischte sich die Nase mit dem Ärmel und ging, ohne sich von den anderen zu verabschieden. Sie zog die Tür auf und schaute hinaus, vermutlich um zu vermeiden, dass sie auf dem Nachhauseweg noch einmal der wütenden Lena in die Arme lief.

Jonathan saß stumm da und wusste nicht recht, was er jetzt tun oder sagen sollte. Ein knirschendes Geräusch ließ ihn aufhorchen. Rick hatte das Glas beim Polieren wohl etwas zu fest angefasst, und mit einem der Splitter hatte sich der Barkeeper in den Mittelfinger seiner rechten Hand geschnitten. Interessiert, aber sonst nicht weiter beunruhigt sah Rick dem Blut zu, wie es langsam den Finger hinunterrann und das Geschirrtuch rot einfärbte. Hans hatte das Zerbrechen des Glases ebenfalls aus seiner Erstarrung aufgeschreckt, und er machte Anstalten, sich um Ricks Verletzung zu kümmern, aber der Barkeeper wehrte ihn unwillig ab.

»Kann ich helfen?«, fragte nun Jonathan.

»Nein«, antwortete Rick, ohne aufzusehen.

Hans fixierte Jonathan mit bösem Blick, dann wedelte er ein paar Mal mit der Hand in Richtung Ausgang. Es war ein Rauswurf erster Klasse.

»Gut. Dann geh ich jetzt mal«, brummte Jonathan und rutschte vom Barhocker.

»Ja«, antworteten Rick und Hans wie aus einem Mund.

*

Zwei Tage brauchte Jonathan. Etwas mehr als den ersten, bis er sich entschieden hatte. Und beinahe den ganzen zweiten, bis er sich durchrang, das dazu notwendige Telefonat zu führen.

Er hatte beschlossen, noch einmal mit Lena zu reden. Ihr ordentlich den Kopf zu waschen und ihr hoffentlich die Augen öffnen zu können für Rick und seine wahren Gefühle. Er wollte allerdings nicht allein nach Köln fahren. Einen Führerschein hatte er nie gemacht, und wenn er mit dem Zug fuhr, war nicht auszuschließen, dass ihn am Kölner Bahnhof oder noch auf den letzten Metern bis zu Lenas Wohnung der Mut verlassen und er umkehren würde. Außerdem hoffte er auch auf ein wenig Beistand für das Gespräch mit Lena.

Deshalb rief er Lissy an, doch die legte auf, kaum dass er seinen Namen genannt hatte.

Er versuchte es noch ein zweites Mal, aber diesmal hob Lissy gar nicht erst ab, und auf ihren Anrufbeantworter wollte er nicht sprechen. Also überlegte er, wer sonst als Fahrer und Begleiter infrage kam. Die Liste der Kandidaten war nicht sehr lang. Rick konnte er sofort streichen, nach allem, was der sich in der Bar von Lena hatte anhören müssen. Hans hatte ihn rausgeworfen. Nun fiel ihm nur noch eine Person ein.

Rania Mohlfeidt meldete sich nach dem dritten Klingeln. Anfangs klang sie etwas gehetzt, aber als Jonathan sie um ein Treffen in der Stadt bat, in einem kleinen Café ganz in der Nähe der Agentur, horchte sie auf.

»Sie wollen sich mit mir treffen?«

»Ja, ich weiß: Sie wundern sich, dass ich mein Haus verlassen will, aber …«

»Nein, darüber wundere ich mich nicht«, unterbrach sie ihn.

Jonathan stutzte.

»Ich habe Sie mal gesehen, wie Sie in der Innenstadt in ein spanisches Lokal gegangen sind. Ich kam zufällig vorbei, und Sie haben mich nicht bemerkt.«

»Oh, erinnern Sie mich an diesen Abend lieber nicht!«, bat Jonathan, lachte dabei aber leise.

»Sie wollen mich also treffen? Worum geht's denn?«

»Das würde ich Ihnen gern in diesem Café erzählen. Und wenn Sie dann nicht einverstanden sind mit meinem Vorschlag, trinken wir unseren Kaffee aus und essen den Kuchen vollends auf, und jeder geht seiner Wege, okay?«

Rania war mit dem Treffen einverstanden, aber weil das Café nach ihrem Feierabend gegen neunzehn Uhr bereits geschlossen haben würde, schlug sie ihm stattdessen ein kleines Ristorante zwei Straßen weiter vor.

»Prima, dann kann ich Sie auch gleich zum Essen einladen, als kleines Dankeschön dafür, dass Sie sich überhaupt anhören, worum ich Sie bitten möchte.«

*

Jonathan ging nervös vor dem Lokal auf und ab, als Rania eintraf. Sie war ebenfalls ein wenig angespannt, weil sie keine Ahnung hatte, was ihr wichtigster Klient von ihr wollen könnte. Sie musste nicht lange warten: Kaum dass sie sich einen Tisch in der Ecke hatten zuweisen lassen, da kam er auch schon auf Lena Rohland zu sprechen. Er redete sehr schnell, gerade so, als fürchtete er, dass ihn bei der geringsten Unterbrechung der Mut zum Weitererzählen verlassen könnte. Also saß Rania ganz still da, hörte schweigend zu und versuchte, sich auch während der abenteuerlichsten Wendungen in der Geschichte kein allzu großes Erstaunen anmerken zu lassen. Außerdem achtete sie darauf, nicht allzu erleichtert zu wirken – denn ein Gespräch mit ihrer Chefin am Abend zuvor war ihr nicht mehr aus dem Kopf gegangen, und die halbe Nacht hindurch hatte sie überlegt, wie sie Jonathan Haber gegenüber auf das Thema dieser Unterhaltung zu sprechen kommen könnte. Nun tat sich dafür womöglich eine unerwartete Möglichkeit auf.

Sie waren noch nicht mit dem Salat fertig, da hatte Jonathan ihr schon alles gebeichtet, von seinen ersten heimlichen Ausflügen in die Stadt bis zum krachend gescheiterten Versuch, mit einem selbst programmierten Flirtportal Rick und Lena zusammenzubringen. Als die Hauptspeise aufgetragen wurde, erzählte er ihr von seinem Plan, nach Köln zu fahren – und fragte sie, ob sie ihn fahren und begleiten könne.

Rania ließ ihn zappeln bis zum Dessert, dann willigte sie ein, stellte aber eine Bedingung.

»Also, Herr Haber, ich fahre Sie nach Köln, begleite Sie bis zu Lena Rohlands Wohnung und …«

»… und ich darf Sie vorschicken, damit Lena mich überhaupt ins Haus lässt.«

»Meinetwegen auch das. Ich hatte während ihres Bewerbungsgesprächs und auch danach am Telefon einen guten Draht zu ihr. Inzwischen sind wir per du, und ich wollte sie eh schon mal besuchen. Wenn sie es mir abkauft, dass ich gerade geschäftlich in Köln bin und bei der Gelegenheit auf einen Kaffee bei ihr vorbeischauen will, mache ich Ihnen gern den Türöffner, kein Problem. Aber …«

»Aber?«

»Es wird auf der ganzen Hinfahrt nur um Ihr Gespräch mit Lena gehen, wir können Ihre Argumente durchgehen, Sie können üben – was immer Ihnen als Vorbereitung hilft. Aber die Rückfahrt gehört mir.«

»Das heißt?«

»Egal wie Ihr Besuch bei Lena Rohland ausgeht, egal ob Sie Ihr Ziel erreichen oder nicht: Auf dem ganzen Rückweg von Köln nach Stuttgart hören Sie mir zu und beantworten mir Fragen.«

»Welche Fragen?«

»Da müssen Sie sich überraschen lassen.«

»Hm. So einen Deal hatte ich mit Lena auch mal.«

»Ach ja?«

»Ja. Ich wollte, dass sie mir von ihrem Exfreund erzählt und von den Gründen dafür, dass er nur noch ihr Exfreund war – und vorher wollte sie einiges von mir erfahren. Was ich früher so gemacht habe, warum ich allein lebte und – zumindest damals – keinen Fuß vor meine Tür setzen wollte.«

Rania grinste und putzte ihren Dessertteller bis auf den letzten Krümel.

»Haben Sie was Ähnliches im Sinn?«

»So ungefähr. Aber was Sie in den vergangenen Jahren so gemacht haben, weiß ich ja schon. Es kann eher sein, dass ich versuchen will, Ihnen … ins Gewissen zu reden. Oder Sie zu etwas zu ermuntern.«

»Wird mir das gefallen, Rania?«

»Das weiß ich nicht. Aber wenn Sie wollen, dass ich Ihnen mit Lena helfe – dann müssen Sie sich wohl oder übel darauf einlassen, dass ich im Gegenzug etwas von Ihnen will. Oder eigentlich eher etwas für Sie.«

Er sah sie prüfend an, aber an ihrem schelmischen Lächeln war nicht mehr abzulesen, als dass sie sich offenbar auf das Thema freute, das sie auf der Rückfahrt anschneiden wollte.

»Ich nehme mal an«, sagte sie dann noch, »dass Sie mich um Hilfe gebeten haben, weil Ihnen sonst niemand mehr eingefallen ist, richtig?«

Jonathan lächelte etwas wehmütig und nickte.

»Gut. Dann haben wir einen Deal?«

»Wir haben einen Deal.«

Unbequeme Wahrheiten

Die Fahrt nach Köln verlief ohne Zwischenfälle. Rania rief Lena an und teilte ihr mit, dass sie geschäftlich in der Stadt zu tun habe, über Nacht bleiben und gerne am späten Nachmittag auf einen Kaffee bei ihr vorbeischauen würde. Tatsächlich war Lena einverstanden, auch ihr Dienstplan passte dazu, und sie verabredeten sich für halb sechs. Jonathan hatte während des Telefonats mucksmäuschenstill neben ihr in der Raststätte gesessen. Als sie weiterfuhren, testete er an Rania einige der Argumente, die er sich für Lena zurechtgelegt hatte.

»Und Sie glauben, dass Sie Lena damit überzeugen können?«

»Ja, hat doch alles Hand und Fuß, oder etwa nicht?«

»Das schon, aber es müsste irgendwie … irgendwie persönlicher wirken, verstehen Sie?«

»Wieso persönlicher? Es geht doch nicht um mich, sondern um Lena – wie also sollte ich da persönlicher werden?«

»Ich weiß auch nicht.«

Eine Weile versank Rania in nachdenkliches Schweigen. Als sie den nächsten Satz sagte, hatte Jonathan schon nicht mehr damit gerechnet.

»Geht es irgendwie nicht doch immer auch um einen selbst?«

Jonathan sah sie lange an, dann begann er noch einmal über alles nachzudenken.

Punkt halb sechs drückte Rania auf Lenas Klingelknopf.

»Rania, bist du das?«, kam gleich danach die Frage aus der Sprechanlage.

»Ja.«

»Komm einfach rauf, ich hab grad eine Kollegin am Telefon.«

Die Sprechanlage verstummte, der Türöffner summte, und schon waren sie drin im Haus. Rania stand bereits vor der Wohnungstür im zweiten Stock des Mehrfamilienhauses, und Jonathan war neben dem Türrahmen in Deckung gegangen, als Lena öffnete. Das Telefon hatte sie noch in der linken Hand, die rechte streckte sie Rania hin, und als die kurz zur Seite schaute, folgte Lena ihrem Blick. Sie sah Jonathan, mit einem etwas dümmlichen, entschuldigend gemeinten Lächeln im Gesicht.

Lena wurde sofort ernst und funkelte Rania an. »Was soll das?«

»Können wir reinkommen?«

Lena zögerte.

»Bitte, Lena«, schob Rania nach, und da gab sich Lena einen Ruck und ging ihnen in die Wohnung voraus. Sie legte das Telefon in die Ladeschale, schnappte sich in der Küche eine Sprudelflasche und drei Gläser, stellte alles im einfach, aber gemütlich eingerichteten Wohnzimmer auf den Couchtisch und ließ sich in einen Polstersessel fallen. Dann teilte sie ihren Besuchern mit einer müden Geste zwei Plätze auf dem Sofa zu und verschränkte die Arme vor der Brust.

»Und drunten im Wagen warten Rick und Lissy, nehme ich an?«

Rania lachte und klatschte die flache Hand gegen die Stirn.

»Mist, ich wusste doch, dass wir auf dem Rastplatz was vergessen haben!«

Lena ließ ein kurzes Grinsen zu, dann wurde sie wieder ernst und blickte finster zu Jonathan hin.

»Also, was wollen Sie?«

»Ich finde, das Gespräch in der Bar sollte nicht unser letztes gewesen sein, so, wie es gelaufen ist«, setzte er an und erntete von Lena ein höhnisches Lachen.

»So? Na, mir hätte es an Ihrer Stelle als Finale gereicht. Und ich weiß auch nicht, ob ich noch deutlicher werden kann und möchte.«

»Da haben Sie mich falsch verstanden. Mit Ihrem Part sind Sie meiner Meinung nach durchaus fertig, aber ich würde gern noch etwas loswerden.«

»Ach Gottchen, ja, diese Lovestory, die Sie sich in den Kopf gesetzt haben! Und deshalb sind Sie den ganzen Weg von Stuttgart hierhergefahren und lassen sich von mir weiter beschimpfen? Wie überaus nobel von Ihnen!«

Jonathan schwieg, und Rania befürchtete schon, Lena habe ihm mit ihrer forschen Art den Schneid abgekauft, aber dann bemerkte sie, dass es in ihm brodelte, und sie wartete ab. Lena war dagegen überhaupt nicht auf Jonathans Ausbruch gefasst.

»Merken Sie überhaupt noch was?«, fuhr er sie so laut an, dass sie zurückschreckte.

Lena öffnete den Mund zu einer Entgegnung, aber Jonathan schnitt ihr mit einer kurzen Geste das Wort ab.

»Sie sind jetzt mal ganz still!«

»Moment mal«, protestierte sie, aber es klang etwas verunsichert. »Sie wollen mir in meiner eigenen Wohnung den Mund verbieten?«

»Ja, weil Sie sich lieber nicht weiter um Kopf und Kragen reden sollten. In Stuttgart haben Sie schon genug angerichtet!«

»Ich? Aber Sie –«

»Still jetzt! Sie hören zur Abwechslung mal zu, anstatt ständig allen möglichen Leuten unglaublich weh zu tun!«

Lena warf Rania einen Blick zu, aber von ihr war keine Hilfe zu erwarten. Denn sie wirkte recht zufrieden damit, wie das Gespräch verlief.

»Mir können Sie an den Kopf werfen, was Sie wollen. Mir ist das egal. Noch vor ein paar Wochen haben wir uns gar nicht gekannt, und wenn wir in Zukunft nichts mehr miteinander zu tun haben sollten, macht mir das nichts aus. Geschenkt! Und wenn Sie zu blöd sind, meine Hilfe anzunehmen, dann lassen Sie es halt! Aber Ihre Freunde so vor den Kopf zu stoßen, wie Sie das zuletzt in der Bar gemacht haben – das fasse ich echt nicht!«

Jonathan war nun richtig in Fahrt, und Lena machte gar nicht mehr den Versuch, ihn zu unterbrechen.

»Ich habe Ihnen erzählt, dass ich keine Freunde habe und auch sonst zu niemandem Kontakt wollte, über Jahre hinweg nicht. Aber als Sie für mich zu arbeiten begonnen haben – und seit ich mich durch Sie und durch die Geschichten, die Sie mir über sich erzählt haben, wieder mehr nach außen geöffnet habe –, begann ich mich allmählich zu fragen, ob es sich nicht doch lohnen könnte, sich mal wieder in der Stadt umzusehen oder neue Menschen kennenzulernen. Da habe ich begriffen, dass mir in all den Jahren, in denen ich mich in meinem Haus vergraben habe, doch etwas gefehlt hat. Etwas, von dem ich nicht wusste, dass ich es vermisse – bis ich Sie und Ihre Freunde kennengelernt habe. Und jetzt sind Sie auf dem besten Weg, denselben Fehler zu machen wie ich damals: sich zu vergraben, sich von alten Freunden abzukapseln.«

Er bemerkte, dass Rania ihn ganz eigentümlich ansah.

»Ja, Rania, ich weiß inzwischen, dass das ein Fehler war. Und auch wenn ich mit Ihrer Agentur all die Jahre sehr zufrieden war, werde ich mich künftig um mein Leben wieder selbst kümmern.«

Er lächelte.

»Na ja, ein bisschen wenigstens, jedenfalls um die Dinge, die mir Spaß machen.«

Rania erwiderte sein Lächeln, setzte aber im nächsten Moment eine gespielt grimmige Miene auf und nickte zu Lena hin.

»Stimmt«, gab er ihr recht und grinste. »Mit ihr bin ich ja noch gar nicht fertig.«

Damit wandte er sich wieder an Lena, wenn auch nicht mehr so laut wie zuvor.

»Haben Sie überhaupt eine Ahnung, was für eine Besonderheit es ist, eine Freundin wie Lissy zu haben? Ich vermute, Sie haben sie über Ihre Arbeit kennengelernt, aber sie ist doch längst nicht mehr nur eine Kollegin, oder? Das habe ich damals nie zustande gebracht. Da sind Kollegen oder Mitarbeiter oder Konkurrenten immer genau das geblieben, weil ich sie nie nah genug an mich rangelassen habe. Das wird in den meisten Fällen auch besser so gewesen sein, aber der eine oder die andere hätte sicher mehr werden können. Vielleicht sogar Freunde, wie Sie eine in Lissy haben.«

Lena schluckte.

»Oder hatten, wenn Sie sich nicht bald darum kümmern, dass Ihr letzter Auftritt in der Bar nicht der letzte Eindruck von Ihnen ist, den sie haben wird. Was Sie ihr da alles vorgeworfen haben, wie dumm Sie sie haben dastehen lassen – und alles aus … ich weiß auch nicht … aus verletztem Stolz wahrscheinlich, verletzt wodurch auch immer.«

Jetzt wollte Lena doch was sagen, aber Jonathan stoppte sie.

»Ja, ich weiß, Sie waren sauer, weil ich mich in Ihre Privatangelegenheiten eingemischt habe und weil Lissy mir dabei geholfen hat. Das bringt mich zu dem nächsten Freund, dem Sie noch viel mehr wehgetan haben: Rick.«

Lena wich seinem Blick aus.

»Sie wissen schon, dass Sie da richtig Mist gebaut haben, oder? Beschimpfen mich und stellen ihn ganz beiläufig als einen Trottel dar, als einen Typen, den Sie nicht geschenkt als Partner haben wollen. Ausgerechnet Rick, der in Sie verliebt ist, seit Sie dieselbe Schule besucht haben!«

»Ach, Quatsch«, widersprach ihm Lena. »Rick will doch nichts von mir!«

»Das glauben Sie noch immer? Etwa so, wie Sie es jahrelang für möglich gehalten haben, dass er auf Männer steht?«

»Sie haben doch selbst zugegeben, dass Sie ihn dazu überreden mussten, sich auf Ihrem blöden Portal anzumelden. Dann hat er bemerkt, dass ich dort auch registriert bin – da wird er sein ›Like‹ in meinem Profil halt aus alter Freundschaft gesetzt haben.«

Sie räusperte sich.

»Oder aus Mitleid womöglich, und darauf kann ich gut verzichten.«

»Sie sollten sich mal selbst zuhören, Lena! Wie so viel Dummheit in diesen hübschen Kopf passt, ist mir schleierhaft! Rick hat nicht gewusst, dass Sie hinter ›Ronja‹ stecken. Aber diese ›Ronja« hat ihn an Sie erinnert, und das hat ihn traurig gemacht.«

Lena blinzelte.

»Rick liebt Sie, das hat außer Ihnen selbst, glaube ich, inzwischen jeder kapiert. Und wenn er Sie betrunken nach Hause geschafft und zugedeckt hat, statt über Sie herzufallen, dann sollten Sie ihm das hoch anrechnen – wo er sich wahrscheinlich seit vielen Jahren immer wieder ausmalt, wie es wohl wäre, wenn Sie beide endlich zusammenkommen und miteinander schlafen würden.«

Sie schluckte.

»Sie waren so damit beschäftigt, sich wegen dieses untreuen Idioten Ralf leid zu tun«, fuhr Jonathan fort, »dass Sie gar nicht erkennen wollten, dass es da einen Mann gibt, der viel besser mit Ihnen umgehen würde, wenn Sie ihn nur ließen.«

»Und das hat Ihnen Rick alles so gesagt?«

»Ach was, das hat er natürlich nicht, und einen Teufel wird er tun, das jemandem anzuvertrauen! Der wird es auch nie wagen, bei Ihnen hier in Köln aufzukreuzen oder auch nur anzurufen. Er wird in Stuttgart still vor sich hin leiden, wie all die Jahre schon, er wird vielleicht darauf hoffen, dass Sie sich einen Ruck geben und Sie beide wenigstens wieder Kumpel sein werden – oder er wird hoffen, dass Sie ihm nie mehr über den Weg laufen, auch möglich, dass er woanders hinzieht, damit er Sie vielleicht irgendwann vergessen kann. Zumindest ein bisschen.«

Lena schwieg lange, dann schniefte sie und lächelte Jonathan traurig an.

»Sie meinen echt, dass Rick in mich verliebt ist?«

Jonathan nickte.

»Und dass sein ›Like‹ ernst gemeint war?«

Er nickte noch einmal.

»Ich habe zwei ›Likes‹ auf Ihrem Portal bekommen. Das von Hüftgürtel-Sven haben Sie gesetzt, richtig?«

»Ja, sozusagen in Svens Namen.«

Jonathan grinste. Lena kratzte sich an der Nase und wirkte sehr nachdenklich.

»Jetzt brauche ich schon fiktive Männer, um solche ›Likes‹ zu bekommen«, seufzte sie, griff nach ihrem Handy, surfte auf die Startseite des Portals und loggte sich ein. Dann sah sie Jonathan irritiert an.

»Beide ›Likes‹ sind noch da. Warum haben Sie Ihres nicht wieder gelöscht, nach der Abfuhr, die ich Ihnen in der ›Scheena Leich‹ verpasst habe?«

»Na ja, abgesehen von Ihrem Auftritt in der Bar mag ich Sie immer noch ganz gern. Aber wichtiger ist, dass Rick sein ›Like‹ noch nicht wieder gelöscht hat, oder?«

Sie nickte und versank wieder für eine Weile in brütendes Schweigen.

»Da hab ich richtig Mist gebaut, was?«, sagte sie schließlich.

»Ja.«

»Und was mach ich jetzt?«

Jonathan nickte ihr aufmunternd zu.

»Ihnen wird schon das Richtige einfallen.«

*

Sie hatten Köln noch nicht verlassen, da klingelte Ranias Handy. Jonathan nahm das Gespräch entgegen, Lena war dran.

»Ich weiß jetzt, was ich mache.«

Im Hintergrund waren Schritte in einem Treppenhaus zu hören.

»Ich fahr jetzt zu Lissy und werde mich entschuldigen. Ich bin schon auf dem Weg zum Wagen. Und dann bitte ich sie, dass sie mit mir in die Bar geht. Ich glaube, ich brauche etwas Verstärkung, wenn ich Rick unter die Augen trete.«

»Viel Glück«, sagte Jonathan und legte auf.

Eine halbe Stunde später näherte sich von hinten ein knallroter Zweisitzer. Rania hatte gerade einen Bus überholt, als sie der Kleinwagen mit Lichthupe von der rechten Spur scheuchte. Im Vorbeiflitzen winkte Lena ihnen beiden lachend zu, und bald war sie vor ihnen im mäßig dichten Verkehr verschwunden.

»Es hat mir übrigens sehr gefallen, was Sie da vorhin gesagt haben«, lobte Rania nach einer Weile.

»Ja? Ich hatte eher die Befürchtung, dass ich's übertreibe. Ich glaube, so heftig bin ich schon lange niemanden mehr angegangen. Aber es hat funktioniert, also soll's mir recht sein.«

»Nein, ich meine das, was Sie über sich selbst gesagt haben. Das mit den Freunden, die Sie hätten haben können.«

»Okay.«

»Würden Sie manches heute anders machen?«

»Das hoffe ich doch. Und geht es uns so nicht allen? Man macht was oder lässt es und hält es im jeweiligen Moment für das einzig Richtige oder das einzig Mögliche – und dann schaut man ein paar Jahre später darauf zurück und könnte sich in den Hintern beißen.«

Jonathan lachte und sah dann zum Seitenfenster hinaus. Die Landschaft flog an ihnen vorbei, mal waren Wiesen und Wälder zu sehen, dann wieder unglaublich hässliche Industriegebiete.

»Glauben Sie«, fragte Rania, »dass man manchmal eine zweite Chance bekommt? Dass es im Leben Gelegenheiten gibt, eine Entscheidung noch einmal anders zu treffen, vielleicht besser?«

»Keine Ahnung.«

»Und … gibt es eine bestimmte Entscheidung, die Sie gerne noch einmal anders treffen würden?«

Jonathan sah zu ihr hin. Ranias Tonfall hatte auf ihn den Eindruck gemacht, dass sie auf etwas Bestimmtes hinauswollte. Und wirklich lächelte sie im Moment ganz versonnen vor sich hin, dann hielt sie ihm ihr Smartphone hin. Auf dem Display war eine Bildergalerie zu sehen.

»Schauen Sie da mal rein, Herr Haber.«

Er zögerte.

»Jetzt schauen Sie sich die Bilder schon an!«, drängte ihn Rania. »Ich hab Ihnen doch gesagt, dass ich auf der Rückfahrt über etwas mit Ihnen reden will. Das hat mit diesen Fotos zu tun. Los jetzt.«

Er musterte zunächst die Thumbnails. Es waren neue Fotos darunter und einige, die älter wirkten. Er rief das erste Bild auf, eines der neueren, und ließ sich danach das zweite und dritte anzeigen. Auf den Fotos sah er eine Frau von etwa vierundzwanzig, fünfundzwanzig Jahren. Sie war etwas pummelig, aber recht hübsch, und erinnerte ihn vage an jemanden, den er vor langer Zeit gekannt hatte. Ein wehmütiges Gefühl machte sich in ihm breit.

»Wer ist das?«, fragte er, aber Rania winkte nur ab.

»Schauen Sie erst die anderen Bilder an.«

Zwei weitere Fotografien zeigten die junge Frau von eben neben Ölgemälden, die alle dramatisch beleuchtete Seen oder Flüsse zum Motiv hatten. Die Gemälde waren nicht übel, die junge Frau sah ganz stolz aus, vermutlich war sie die Malerin, aber weder die Gemälde noch das Gesicht der Frau oder der Hintergrund der Fotos sagten ihm wirklich etwas. Die Schnappschüsse konnten in Stuttgart oder fast jeder anderen größeren deutschen Stadt entstanden sein.

Als er das erste der älteren Fotos in voller Auflösung auf dem Display sah, gab es dagegen keinen Zweifel, wo es gemacht worden war. Seine Hand zitterte leicht, und als er den ersten Schreck verdaut hatte, fragte er Rania in scharfem Ton: »Wo haben Sie das her?«

»Das erzähle ich Ihnen nachher. Aber Sie erkennen, wer da drauf ist?«

»Natürlich erkenne ich das. Ich bin da drauf, im Hintergrund sehen Sie die Eisdiele Pinguin am Eugensplatz, und …«

»Und neben Ihnen steht die Frau, mit der Sie damals zusammen waren.«

Jonathan presste seine Lippen zu einem schmalen Strich zusammen und funkelte Rania wütend an.

»Ich frage Sie noch einmal: Wie kommen Sie an dieses Foto?«

Rania lächelte, und Jonathan fühlte Wut in sich aufwallen. Wut darüber, dass diese junge Frau einfach so in seiner Vergangenheit herumgestochert hatte – und darüber, dass sie ihm damit so zielsicher zu schaffen machte.

»Gehen wir noch einmal ein bisschen zurück in unserem Gespräch, Herr Haber. Wäre das eine Entscheidung, die Sie heute anders treffen würden?«

»Das geht Sie nichts an. Außerdem wüsste ich nicht, dass ich damals eine Entscheidung getroffen habe. Im Gegenteil musste ich damit klarkommen, dass diese Frau eine Entscheidung getroffen hat. Da konnte ich damals nicht viel ändern, und ich wüsste nicht, was daran heute anders wäre.«

»Wollen Sie mir von damals erzählen?«, fragte Rania.

»Nein, will ich nicht.«

»Schade«, sagte sie. »Das war zwar der Deal, mit dem Sie einverstanden waren – wir reden über ein Thema. Über diese Frau und Ihre gemeinsame Zeit damals. Und ich fahre Sie dafür nach Köln. Aber okay, wenn Sie nicht wollen, kann ich Sie schlecht zwingen. Schade ist es trotzdem.«

Sie fuhren mehr als eine Stunde schweigend weiter, bevor Jonathan sich überwand.

»Ich weiß zwar nicht, was das bringen soll nach all diesen Jahren, aber bitteschön. Um mein Versprechen zu halten, will ich Ihnen von damals erzählen.«

Er räusperte sich.

»Ich war damals Chef dieser Computerfirma. Ich hatte das Unternehmen gegründet, wir hatten Erfolg, der Umsatz ging durch die Decke, alles lief wie am Schnürchen, und ich hatte Tag und Nacht nur meinen Job im Kopf. Dann traf ich sie.«

Er deutete auf die Frau, die auf dem Foto neben ihm vor der Eisdiele stand.

»Vio hat bei mir in der Firma als Praktikantin angeheuert, und sie war kaum zwei Tage da, als sie mir auch schon den Kopf verdrehte. Eine lebenshungrige junge Frau, schon auch ehrgeizig, aber eben anders als ich. Auch mal dazu in der Lage, zwischendurch die Beine hochzulegen, einen Spaziergang zu machen, sich ein Eis schmecken zu lassen. Wir hatten ein Problem zu lösen, mit dem ich seit Stunden nicht weiterkam. Ich sprach das Thema in einem Meeting an, und Vio meldete sich zu Wort, weil sie eine Idee hatte, wie man das ganz anders angehen könnte. Das Thema hatte sie während ihres Studiums – Mathe und Informatik – fasziniert, und auch ihre Diplomarbeit handelte davon, also haben wir uns in einen kleinen Besprechungsraum zurückgezogen und haben Lösungsansätze diskutiert. Sie war so … so lebendig, so sprühend vor Energie, das hat mich echt umgehauen. Die Ideen, die wir an diesem Nachmittag entwickelt haben, führten in eine Sackgasse, aber ich war total verliebt in dieses Mädchen. Wir sind nach der Arbeit essen gegangen, und ich wäre wahrscheinlich noch am selben Abend mit ihr im Bett gelandet, wenn sie mich gelassen hätte – aber hat sie nicht.«

Er lächelte versonnen.

»Vio hat mich freundlich, aber bestimmt auf Distanz gehalten. Das kannte ich damals nicht. Ich sah ganz gut aus, ich hatte Geld, war erfolgreich – da gab es immer wieder mal eine Praktikantin oder die Mitarbeiterin eines Kunden, mit der was lief. Ich glaube, mein Ruf war damals auch entsprechend, und die Frauen wussten vermutlich, worauf sie sich einließen und dass das nur was für den Moment war.«

Jonathan warf Rania einen entschuldigenden Blick zu.

»Nicht, dass Sie glauben, ich wäre stolz darauf. Ich weiß schon, dass ich diese Frauen nur benutzt habe – vermutlich genau so, wie sie mich. Mit Vio war das etwas ganz anderes.«

Eine kleine Pause entstand, bevor er weiterredete.

»Ich habe mich wirklich sehr um sie bemüht. Habe ihr ganz früh am nächsten Morgen Blumen nach Hause schicken lassen, mit einer kleinen Karte drin, einer Einladung für ein schickes Essen am Abend. Und diesmal tat ich so, als würde ich nicht mehr von ihr wollen. Ganz gesittet haben wir beisammengesessen, und gleich nach dem Espresso habe ich sie im Taxi nach Hause gebracht.«

Er lächelte versonnen, wurde aber schnell wieder ernst.

»Als wir auch am nächsten Abend zusammen ausgingen, landeten wir nach dem Essen in einer Hotelbar, die damals sehr angesagt war als Treffpunkt für Nachtschwärmer. Sagt man heute noch ›Nachtschwärmer‹? Na, egal – dort hat jedenfalls eine Band gespielt. Vio wollte nach ein, zwei Gläsern, dass ich mit ihr tanze. Ich habe mich überreden lassen, und sie hat sich schlapp gelacht, weil ich ihr dabei immer wieder fast auf die Füße getreten bin. Es war ein schöner Abend, es wurde spät, und schließlich haben wir uns ein Zimmer in diesem Hotel genommen.«

Jonathan sah einen Moment lang zum Fenster hinaus.

»Am Morgen bin ich früh wach geworden, habe sie schlafen gesehen wie ein Engel und habe sie sicher eine halbe Stunde lang betrachtet. Dann habe ich mich leise angezogen und mich aus dem Zimmer geschlichen, um sie nicht zu wecken. Kaum im Büro angekommen, war dort auch schon der Teufel los: neue Termine, Besprechungen, drängende Probleme. Gegen halb elf kam Vio in die Firma. Sie stand plötzlich in der Tür zu meinem Eckbüro und klopfte ganz leise gegen den Türrahmen. Ich hatte gerade einen schwierigen Kunden aus England am Telefon und war ziemlich gestresst – deshalb winkte ich ihr nur kurz zu und wollte ihr ein Zeichen geben, dass ich erst später für sie Zeit haben würde.«

Er unterbrach sich und massierte seine Schläfen, bevor er weitersprach.

»Mein Zeichen hat sie wohl falsch verstanden. Erst stand sie wie erstarrt am Türrahmen und wurde blass, dann presste sie ihre Lippen zusammen, und flammendes

Rot schoss ihr ins Gesicht. Da habe ich erkannt, dass ich jetzt dringend etwas richtigstellen sollte – aber der Kunde ließ sich nicht abwimmeln, und schon wandte sich Vio abrupt ab und stöckelte kerzengerade den Flur entlang.«

Jonathan zuckte mit den Schultern.

»Als der Engländer endlich auflegte, wollte ich gleich rüber zu ihrem Büro, aber im Flur sah ich, wie sich die Aufzugtür schloss – und dahinter hatte Vio gestanden, eine Kiste mit Kleinkram und einer kleinen Tischpflanze in den Armen. Das war das Letzte, was ich von ihr gesehen habe.«

»Haben Sie sie nicht angerufen? Oder noch einmal versucht, mit ihr zu reden?«

»Zuerst hatte ich natürlich genau das vor. Aber tagsüber fand ich die Zeit nicht dazu, abends wurde es etwas später – und als endlich doch der letzte Termin abgehakt war, redete ich mir ein, dass es jetzt zu spät sei, um sie noch zu stören. Es hat eine Weile gedauert, bis ich mir eingestehen konnte, dass ich einfach die Hosen gestrichen voll hatte.«

Er lächelte wehmütig.

»Am nächsten Tag habe ich sicher zwanzig, dreißig Mal ihre Nummer gewählt, aber sie ging nicht ran. Abends stand ich vor ihrer Tür, aber entweder war sie nicht daheim oder sie hat die Klingel ignoriert. Tja, und dann stand der nächste Abgabetermin bevor, und es mussten wieder Nächte durchgearbeitet werden. Ich habe immer wieder an Vio gedacht, aber irgendwann war's mir halt auch zu blöd, ständig bei ihr anzurufen, ohne dass sie mich sprechen wollte. Und irgendwann gab's halt die nächste Praktikantin, die sich mir … Na, egal. Eine Mitarbeiterin hat mir dann erzählt, dass Vio doch noch einmal gekommen war – sie hatte sie vom Fenster aus gesehen, wie sie vor dem Firmengebäude wartete, und es sah aus, als wolle sie mich abpassen.«

Jonathan seufzte.

»Das wäre sie gewesen, die Chance, mit ihr zu reden. Da hätte ich ihr endlich erklären können, dass ich sie im Hotel wirklich nur ausschlafen lassen wollte und dass ich wirklich nur dieses eine wichtige und dringende Telefonat zu Ende hatte führen müssen, danach hätten wir reden und uns am besten auch gleich wieder für den Abend verabreden können. Wissen Sie, Rania: Ich habe damals viel darüber nachgedacht, was Vio über all das denken mochte. Ich bin sicher, dass sie mich für einen dieser Machos hielt, die an einer Frau nur so lange interessiert sind, bis sie sie im Bett hatten. Ich hätte ihr gern gesagt, dass sie damit völlig falsch lag, aber ... aber Vio wartete draußen vor der Firma ausgerechnet an einem Abend, an dem ich nach dem letzten Meeting dieses Tages eine ... sagen wir: besonders ehrgeizige Praktikantin zum Essen ausführte. Sie hat uns beide wohl beim Rausgehen gesehen. Die Kollegin droben am Fenster meinte, Vio sei schnell ein paar Schritte in den Schatten zurückgetreten, habe uns beiden noch nachgeschaut und sei dann davongegangen.«

»Das ist dumm gelaufen.«

»Kann man so sagen. Ich habe jedenfalls nichts mehr von ihr gehört, und nach dem Bericht der Kollegin habe ich mich auch nicht mehr getraut, sie anzurufen oder bei ihr vorbeizufahren. Der Job war damals auch ziemlich fordernd, und ich nahm mir gar nicht so viel Zeit, mir Gedanken um private Dinge zu machen. So richtig darüber nachgedacht habe ich erst wieder, als ich aus meiner eigenen Firma flog, als ich mich vergrub und mir diese … diese Festung im Neugebauerweg einrichtete.«

Er lachte trocken.

»Na ja – einrichten ließ. Das meiste hat ja Ihre Agentur übernommen. Ich hatte damals zu gar nichts Lust, konnte mich zu nichts aufraffen, sondern habe mich nur in meinem Selbstmitleid gesuhlt. Okay, damit war ich dann irgendwann fertig, Vio konnte ich auch vergessen, weitgehend jedenfalls, und seither fand ich mein Leben allein in meiner Villa ganz in Ordnung.«

Jonathan sah Rania an.

»Wissen Sie, ich nehme es Ihnen ein bisschen übel, dass Sie diese Erinnerung wieder in mir hochkommen lassen. Ich war über die Jahre ganz gut damit zurechtgekommen, und für die Abende, an denen ich doch mal wieder an sie gedacht habe, hatte ich immer guten Wein und Whisky im Haus. Damit werde ich mir heute Nacht wohl auch wieder behelfen müssen, dank Ihnen. Und das alles, ohne dass es irgendjemandem etwas bringen würde. Vio hat mich damals falsch verstanden und hat den Kontakt zu mir abgebrochen – das war bitter, ist aber nicht zu ändern. Und wo sie heute steckt und was sie heute macht … Ich weiß es nicht, und ich werde es nie erfahren. Und dabei sollten wir es vielleicht auch belassen.«

»Nicht unbedingt.«

»Was?«

»Wir sollten es nicht unbedingt dabei belassen.«

»Oje, hab ich Sie mit meiner Gardinenpredigt für Lena Rohland womöglich angesteckt, und jetzt wollen Sie für mich Schicksal spielen? Rührend, danke, aber lassen Sie's lieber. Diese Frau lebt heute sicher ein glücklicheres Leben, als sie es mit einem Egoisten wie mir hätte haben können.«

»Nein, tut sie nicht.«

»Woher wollen Sie das wissen?«

»Weil ich sie kenne.«

Jonathan stutzte, dann nahm er noch einmal die neueren Fotos auf dem Smartphone in Augenschein und verglich sie mit Rania.

»Das sind jetzt aber nicht Sie, Rania, oder?«

»Nein. Sehen Sie denn da eine Ähnlichkeit?«

»Nein, nicht gerade, aber …«

»Also: Die junge Frau auf dem Foto heißt Josephine, genannt Josi. Sie ist die Tochter Ihrer Vio – und ich finde, sie sieht ihrer Mutter auch ein bisschen ähnlich.«

Er musterte noch einmal das Foto.

»Na ja … wenn man sich ein bisschen Babyspeck wegdenkt …«

Jonathan grinste, wurde aber gleich wieder ernst.

»Und wie kommen Sie dann an diese Fotos? Und woher kennen Sie Vio?«

»Sie kennen sie auch, Herr Haber.«

»Ja, klar, von damals.«

»Nein, Sie haben immer wieder mal mit ihr zu tun.«

»Das ist Quatsch, Rania. Wo und wie soll ich denn mit ihr zu tun haben?«

»Ihre Vio hieß mit vollem Namen Violetta, richtig?«

»Ja, aber den Namen mochte sie nicht sehr, und ich auch nicht. Aber so hieß sie, richtig. Violetta Hohner. Hatte damals eine kleine Wohnung irgendwo im Stuttgarter Westen, die Adresse weiß ich aber nicht mehr.«

»Sie hat zwei Jahre, nachdem Sie kurz zusammen gewesen waren, geheiratet und sich weitere zwei Jahre später wieder scheiden lassen.«

»Und?«

»Ihr Mann hieß Weck.«

Jonathan blinzelte, dann fiel der Groschen.

»Sie meinen … Vio heißt heute Violetta Weck? Und ihr gehört die Agentur, die sich seit Jahren um mich kümmert?«

Rania nickte.

»Ach, das ist doch Blödsinn. Sie hätte doch sicher mal etwas gesagt oder mit mir gesprochen oder …«

»Und wozu? Wo sie doch glaubte, Sie hätten sie nur benutzt wie all die anderen Praktikantinnen vor und nach ihr auch?«

»Aber so war das doch nicht!«

»Was aber nur Sie wussten.«

Darauf wusste Jonathan nichts zu sagen, und nach einer Weile sprach Rania weiter.

»Violetta Weck hat sich nie getraut, mit Ihnen zu reden. Erst war sie überzeugt davon, dass Ihnen gar nichts an ihr lag, dass sie nur eine Affäre von vielen war – und dann …«

»Ja?«

»Und dann kam ihre Tochter zur Welt.«

Jonathan warf noch einen Blick auf das Foto mit der molligen jungen Frau.

»Die paar Kilos zu viel … hat ihr das ihr Vater vererbt, dieser Herr Weck?«

»Josi isst gern, wenn sie traurig ist, und sie isst gern, wenn sie fröhlich ist, und dazu lässt sie sich am liebsten Bier oder Wein schmecken. Das hat mit ihrem Vater also nichts zu tun. Der ist schlank.«

Rania sah Jonathan an und grinste.

»Und dabei handelt es sich übrigens auch nicht um Herrn Weck. Josi war schon geboren, als er und Violetta heirateten.«

Jonathan stutzte.

»Was wollen Sie mir damit sagen?«

»Na ja, Josi ist vierundzwanzig. Und jetzt rechnen Sie mal nach, wie lange es her ist, dass Sie und Violetta ein Paar waren.«

»Das ist doch Quatsch. Wir haben nur ein einziges Mal …«

»Tja, das nennt man einen Volltreffer.«

»Sie machen sich lustig über mich, Rania, stimmt's?«

»Nein, kein bisschen. Josi ist Ihre Tochter.«

Jonathan sah sie zweifelnd an.

»Sie können mir glauben«, schob Rania nach. »Und Frau Weck hat nach einiger Zeit auch mal versucht, doch wieder zu Ihnen Kontakt aufzunehmen. Sie waren damals aber gerade aus Ihrer Firma geflogen, und unter der Handynummer, die sie aufbewahrt hatte, waren Sie nicht mehr zu erreichen.«

»Das war ein Geschäftshandy, und danach wollte ich keins mehr.«

»Sie hat irgendwie rausbekommen, dass Sie die Villa im Neugebauerweg gekauft hatten. Daraufhin hat sie einen Flyer drucken lassen und hat Ihnen den in den Briefkasten geworfen. Und als Sie sich wirklich gemeldet haben, hat sie ihre kleine Firma – die eigentlich Dienstleistungen im Internet anbot, aber nicht so richtig lief – zu genau der Agentur gemacht, die sie Ihnen in diesem Flyer angepriesen hat.«

»Aber wieso …«

»Ich glaube, dass sie damals noch immer in Sie verliebt war – und ganz ehrlich: Ich glaube, das ist sie heute noch.«

Er schluckte, wandte sich zum Fenster und sah eine Weile schweigend hinaus.

»Sie hat das ihrer Tochter übrigens nie erzählt«, sagte Rania schließlich. »Vielleicht, weil sie sich ihr gegenüber genierte, dass die Tochter ein Produkt eines One-Night-Stands war. Josi hat immer wieder nachgefragt, die beiden haben sich darüber fürchterlich verkracht, es gab böse Worte und dann Funkstille. Und am Ende hat Josi den Kontakt zu ihrer Mutter abgebrochen. Mehr oder weniger jedenfalls.«

Jonathan wischte sich auf dem Smartphone noch einmal durch die kleine Bildergalerie und schüttelte den Kopf.

»Diese Geschichte hat's ja echt in sich …«, murmelte er, dann sah er Rania aufmerksam an. »Und woher wissen Sie das alles?«

»Von meiner Chefin.«

»Darüber hat sie mit Ihnen gesprochen?«

»Ich hatte ein längeres Gespräch mit ihr, am Abend vor unserem Treffen im Ristorante.«

»Und Josi gegenüber sagt sie kein Wort?«

»Inzwischen haben sich die beiden endlich mal wieder getroffen, sie haben sich ausgesprochen, und jetzt weiß Josi auch, wer ihr Vater ist. Aber sie hat ihrer Mutter wohl ordentlich ins Gewissen geredet. Und so sehr sich meine Chefin einerseits über das lange überfällige Gespräch mit Josi gefreut hat – dass Josi jetzt Druck macht und Frau Weck zu einem Treffen mit Ihnen bewegen will, das setzt ihr ordentlich zu.«

»Hm«, brummte er und sah auch nicht gerade so aus, als würde er sich auf ein solches Gespräch freuen. »Was sollte das auch bringen, nach all den Jahren?«

Jonathan stierte eine Weile vor sich hin, dann sah er zu Rania. Ein knitzes Lächeln umspielte ihre Mundwinkel.

»Nein«, protestierte er, »dazu wollen Sie mich jetzt nicht wirklich überreden, oder?«

»Ihre Entscheidung«, sagte sie, das Lächeln wurde aber breiter.

»Na, vielen Dank auch!«

Sie fuhren ein Stück schweigend, dann begann Rania wieder zu erzählen.

»Ich wollte Ihnen doch noch berichten, wie ich zu diesen Bildern kam.«

Sie deutete auf ihr Handy, das Jonathan noch immer in der Hand hielt.

»Wie gesagt, meine Chefin hatte sich zu einem klärenden Gespräch mit Josi verabredet. Sie war ganz aufgeregt, und als sie endlich aus dem Büro flitzte, war ich gerade auf dem Flur. Mir fiel auf, dass sie ihre Handtasche auf dem Tisch hatte liegen lassen. Ihre Handtasche!«

Sie sah Jonathan an, aber der schaute nur verständnislos zurück.

»Männer!«, schnaubte Rania in gespielter Empörung. »Die Handtasche meiner Chefin liegt nie irgendwo einfach so rum! Eine Handtasche ist für eine Frau … ach, was soll's, das verstehen Sie als Mann eh nicht. Jedenfalls wollte ich ihr hinterherrennen und ihr die Tasche bringen. Dabei habe ich sie etwas zu schwungvoll vom Tisch gezerrt. Die Tasche war nicht verschlossen, und im nächsten Augenblick lag der komplette Inhalt vor mir auf dem Boden verstreut. Der übliche Krimskrams, den ich auch mit mir herumtrage – und einige Fotos, ältere und neuere.«

Rania setzte ein entschuldigendes Lächeln auf.

»Ich hab die Bilder kurzerhand abfotografiert, ohne in diesem Moment darüber nachzudenken, ob das nun besonders höflich ist oder was ich mit diesen Aufnahmen anfangen wollte. Dann habe ich schnell alles wieder in die Tasche gepackt, habe sie verschlossen und bin nach draußen gegangen, um meine Chefin vielleicht doch noch zu erwischen. Sie kam mir im Flur entgegen, war sehr erleichtert, dass ich ihre Tasche hatte, ließ sie sich geben – und schon war sie wieder weg.«

Sie ließ eine kleine Pause.

»Gestern dann war sie so durch den Wind, dass ich sie einfach rundheraus gefragt habe, ob ich ihr helfen kann. Sie hat ziemlich elend ausgesehen, und als sie auf meine Frage hin gezögert hat, habe ich sie direkt auf ihr Problem mit Josi angesprochen. Ich habe ihr auch verraten, dass ich sie zufällig gesehen habe, wie sie Sie dabei beobachtet hat, wie Sie in ein spanisches Lokal in der Innenstadt gegangen sind.«

»Ich dachte, Sie hätten mich dort gesehen, und das auch nur zufällig …«

»Was mich betrifft, war es Zufall. Aber sie war ebenfalls vor Ort, und mir kam es so vor, als wäre sie Ihnen schon auf dem Weg zu diesem Lokal gefolgt.«

Jonathan schüttelte den Kopf.

»Dann hat sie mich beobachtet, womöglich verfolgt, aber sie spricht mich nicht an? Ich meine – sollte man da nicht einfach mal miteinander reden?«

»Sollte man, natürlich«, gab Rania ihm Recht. »Aber haben das Rick und Lena bisher gemacht? Oder … Sie und Violetta, damals, nach diesem Missverständnis?«

»Hm.«

Jonathan sagte nun nichts mehr und schaute nachdenklich aus dem Fenster. Sie sprachen kein weiteres Wort, bis sie fast bei ihm zuhause angekommen waren.

»Sie können gern schon hier anhalten«, sagte Jonathan zu Rania, als sie von der Hauptstraße in den Neugebauerweg abbog. »Die letzten paar Meter würde ich gern zu Fuß gehen.«

»Okay.«

Sie ließ den Wagen am Rand des Weges ausrollen. Sie musterte ihn. Er wirkte weder ungehalten noch eingeschnappt nach dem, was sie zu ihm gesagt hatte. Müde schien er zu sein, etwas erschlagen von den Neuigkeiten, sicher auch nachdenklich – aber durchaus nicht schlecht gelaunt.

»Hier ist ihre Adresse«, sagte sie und reichte ihm ein mehrfach gefaltetes Blatt Papier. »Sie hat ein paar Tage freigenommen, zum ersten Mal seit vielen Jahren. Auf jeden Fall zum ersten Mal, seit ich in der Agentur arbeite.«

Rania schaute ihm in die Augen.

»Vielleicht wäre das eine gute Gelegenheit, bei ihr vorbeizuschauen und endlich mal in aller Ruhe mit ihr über alles zu reden.«

»Sie sagen das, als wäre es das Leichteste der Welt.«

»Nein, das ist es nicht, natürlich nicht.«

»Eben. Und deshalb weiß ich, ehrlich gesagt, nicht, ob ich mich trauen werde.«

Er schaute sie bittend, fast flehend an.

»Ob Sie vielleicht so nett wären und mit Vio reden würden? Ich meine, Sie kennen doch jetzt die ganze Geschichte, und mich haben Sie ja auch bearbeitet …«

»Nein, das nun wirklich nicht!«, wehrte sie lachend ab. »Das müssen Sie schon selbst machen. Und ich würde Sie auch bitten, dass Sie nicht allzu viel von mir erzählen, wenn Sie mit meiner Chefin sprechen. Vor allem:

Erwähnen Sie bitte nicht, dass ich Ihnen die Fotos gezeigt habe.«

»Das ist kein Problem – falls ich mich traue, mit Vio zu reden. Aber was, wenn sie mich doch nicht sehen will? Wenn ich vor ihrer Tür stehe, und sie lässt mich nicht rein? So wie damals?«

»Lena Rohland wollte Sie auf keinen Fall sehen, und das haben Sie gewusst – und sind trotzdem zu ihr nach Köln gefahren. Was also soll Sie von einem Besuch bei Violetta Weck abhalten?«

Er schaute zur Windschutzscheibe hinaus. Es war dunkel, trocken, mild, am wolkenlosen Himmel funkelten Sterne.

»Das Wetter«, sagte er und grinste, »die schlechte Busverbindung, kein Taxi bekommen – was weiß ich, irgendeine Ausrede findet sich immer.«

»Wenn man eine sucht, ja.«

Sie lächelte ihn aufmunternd an.

»Aber ein Mann, der sich von nichts davon abbringen lässt, einer Frau ins Gewissen zu reden, damit sie endlich mal ihren besten Freund mit etwas anderen Augen betrachtet – der sollte doch problemlos auch eine so kleine Hürde in eigener Sache nehmen können, was meinen Sie?«

»Es ist immer leichter, anderen Ratschläge zu geben, als selbst welche anzunehmen. Und es ist schneller und einfacher anderen ins Leben gepfuscht, als man das eigene wirklich auf die Reihe kriegt.«

Er öffnete die Beifahrertür und nickte Rania zum Abschied zu. Sie sah ihm nach, wie er den Neugebauerweg entlangschlenderte und wie er vor seinem Grundstück stehenblieb und die hohe Hecke musterte, beide Hände tief in den Hosentaschen vergraben. Sie wartete, bis sich das Metalltor wieder hinter ihm geschlossen hatte, dann fuhr sie hinunter in den Talkessel.

*

Am nächsten Morgen, Jonathan hatte schlecht geschlafen und wirr geträumt, drückte der Wind den Regen gegen die Scheiben. Es sah so ungemütlich aus wie lange nicht mehr. Kein Wetter, um auch nur einen Hund vors Haus zu jagen. Ein Wetter, um es sich auf der Couch so richtig gemütlich zu machen und der Welt dort draußen die kalte Schulter zu zeigen. Und die Busverbindungen waren am Wochenende ohnehin schlecht hier draußen am Neugebauerweg.

Jonathan stand mit seiner dampfenden Kaffeetasse hinter dem großen Fenster im Schlafzimmer und sah auf den Garten seiner Nachbarn hinunter. Die Arbeiten am Gewächshaus ruhten seit einigen Tagen, die Maiers hatten sich wohl handwerklich verhoben mit ihrem Projekt. So gesehen hätte er sich damals den Anwalt vermutlich sparen können, der ihnen bei Strafandrohung den Aufbau eines Baumhauses so nah an der Grundstücksgrenze untersagt hatte.

Lächelnd ließ Jonathan seinen Blick über die Nachbarschaft schweifen, dann trank er seinen Kaffee aus und ging in die Eingangshalle. Ja, es war ein Mistwetter. Und die Busverbindung war lausig. Aber die Überwachungskamera zeigte ihm: Das Taxi, das er vor einer halben Stunde bestellt hatte, rollte gerade in den Innenhof.

Er nahm die Jacke vom Haken, steckte die Adresse von Violetta Weck ein, seufzte tief und trat dann vor die Tür. Zumindest versuchen konnte er es ja mal.

Ende

Dank

Danke an alle, die mitgeholfen haben, aus dem Weg eines eigenbrötlerischen Handy-Verachters zurück ins normale Leben einen Roman zu machen. Danke allen, die sich lesend auf diese Geschichte eingelassen haben. Und danke den dreien, die wissen, dass sie gemeint sind.

Sollte sich jemand in diesem Buch wiedererkennen, danke ich außerdem für das (unverdiente) Lob: Wie in Romanen üblich, sind Handlung und Personen frei erfunden.

Wie immer wünsche ich viel Spaß für Versuche herauszufinden, was an den Schauplätzen der Geschichte real und was fiktiv ist. Einiges entlarve ich schon jetzt: Leider gibt es weder die Bar »Zur scheena Leich« noch ihr sympathisches Personal, die »Heiße Katze« und ihr Chef Carlo sind diesmal genauso erfunden wie schon im »Maultaschen-Komplott«, und natürlich geht es in der realen Leonhardstraße nicht halb so idyllisch zu wie im Buch.

Auch den Neugebauerweg und das imposante Haber'sche Anwesen dort habe ich mir ausgedacht. Immerhin enthält Jonathans Adresse einen Hinweis, in welcher Umgebung ich mir seine Villa denke: Als Namensgeber für den fiktiven Weg habe ich mir den Zeichner Walter Neugebauer (»Fix & Foxi«) ausgesucht – einen späten Künstlerkollegen der Killesberger Straßenpaten Spitzweg, Holbein und Grünewald.

Und falls Sie ähnlich wenig Spaß an Handys haben wie Jonathan Haber zu Beginn der Geschichte: Schalten Sie es einfach mal aus, aber verlieren Sie nicht den Kontakt zu Ihren Freunden!

Jürgen Seibold

Zwei Likes für Lena